Um jardim onde morrem as Flores

e nascem segredos

Esta é uma publicação Trend, selo exclusivo da Ciranda Cultural.
© 2024 Ciranda Cultural Editora e Distribuidora Ltda.

Editora:
Nayra Ribeiro

Segunda edição:
Luciana Garcia

Projeto gráfico:
Stefany Borba

Revisão:
Luciana Garcia e Karina Danza

Primeira edição:
Algo Novo Edtorial

Imagens da capa e do miolo:
www.shutterstock.com:
Squeeb Creative e ImmortaleCstudio

Dados Internacionais de Catalogação na Publicação (CIP) de acordo com ISBD

B726j   Borba, Stefany

Um jardim onde morrem as flores e nascem segredos / Stefany Borba.
– Jandira, SP : Trend, 2025.
216 p. ; 22,6cm x 15,5cm.

ISBN: 978-65-8318-707-9

1. Literatura brasileira. 2. Ficção. 3. Suspense. I. Título.

2025-2667

CDD 869.8992
CDU 821.134.3(81)

Elaborado por Odilio Hilario Moreira Junior - CRB-8/999

Índice para catálogo sistemático:
1. Literatura brasileira: Ficção 869.8992
2. Literatura brasileira: Ficção 821.134.3(81)

1ª edição em 2025
www.cirandacultural.com.br
Todos os direitos reservados.
Nenhuma parte desta publicação pode ser reproduzida, arquivada em sistema de busca ou transmitida por qualquer meio, seja ele eletrônico, fotocópia, gravação ou outros, sem prévia autorização do detentor dos direitos, e não pode circular encadernada ou encapada de maneira distinta daquela em que foi publicada, ou sem que as mesmas condições sejam impostas aos compradores subsequentes.

PRÓLOGO..7
A COLHEITA...11
O PASSADO É SEMEADO.............................31
QUANDO FLORESCEM OS ANSEIOS................59
RAÍZES NÃO EXPOSTAS..............................77
ERVAS DANINHAS.....................................97
A FLOR FORA DOS PADRÕES DO JARDIM......123
SEMENTES DO ENGANO.............................139
O ÚLTIMO CULTIVO..................................157
O FRUTO PROIBIDO..................................167
GIRASSÓIS...187
O CAMINHO DAS FLORES...........................201
AGRADECIMENTOS...................................215

*Para todas as mulheres que tiveram
que ser fortes antes de mim.*

PRÓLOGO

A LUA PAIRAVA NO CÉU, lançando brilho sobre o jardim destruído da antiga casa de dona Antônia. As sombras das árvores retorcidas dançavam ao vento. Maria Isabel corria desesperada pelo jardim, o coração batendo descompassado, o medo pulsando em cada célula do corpo dela.

Ela tropeçou em uma raiz exposta e quase foi ao chão, mas conseguiu recuperar o equilíbrio a tempo. O terror nos olhos da jovem era palpável. Atrás, a silhueta sombria dele se aproximava lentamente, cada passo ecoando como um trovão na mente assustada de Maria Isabel.

Ela correu e gritou, porém o pedido de socorro se perdeu no vazio da noite. O jardim parecia um labirinto infernal, cada caminho levando-a de volta ao ponto de partida. Os segredos de sua família a assombravam, ainda mais misturados à realidade assustadora.

De repente, uma luz fraca à distância: o portão... a saída do jardim. Barulhos de sirene pareceram assustar a figura da qual, agora de longe, voltando para dentro da casa, só se via a sombra. Uma onda de esperança percorreu o corpo exausto da jovem. Com a força que lhe restava, ela correu em direção à luz, e já não havia mais sons de passos apressados atrás dela.

– Maria Isabel! Onde você está?

Ela ouviu uma voz conhecida e correu em direção ao portão, já não se sentindo abandonada. Com o coração mais calmo, viu que a sombra sumira por completo.

– O que aconteceu, Bel?

Ela não conseguia falar, e lágrimas invadiam o rosto dela. A respiração pesada foi ficando leve com o alívio que a jovem deixou que tomasse conta de seu corpo. Então, sem saber, ela se permitiu cair nos braços de alguém em quem achou que podia confiar, sobretudo naquele momento de desespero, para um abraço apertado. Enquanto ele a segurava, ela jamais poderia imaginar que o verdadeiro perigo não estava dentro da casa, mas sim no calor que agora a envolvia. Seu maior pesadelo estava apenas começando.

A COLHEITA

MARIA ISABEL ESTAVA SENTADA na sala de jantar da casa de sua avó, observando um vaso de porcelana branca que combinava com a mobília clara. O vaso cheio de rosas vermelhas, as pétalas ainda vibrantes, com a intensidade de quem acabaram de ser colhidas. Elas haviam sido compradas um pouco antes de Maria Antônia, a dona da casa, sofrer um ataque cardíaco.

Com os olhos fixos nas flores, a mente da jovem foi levada a um passado que parecia mais distante do que de fato era. Porém, muito havia mudado em quatro anos, desde a época em que ela morava ali com a avó, aos 15 anos de idade.

4 anos antes

Naquele dia, Bel estava afundada no sofá cinza e comprido , de tom neutro e marcado pelo desgaste dos anos, que dominava a sala de estar da casa com. As mãos apertavam com força o celular, como se o próprio aparelho pudesse sentir a dor que Henrique lhe causava com cada mensagem enviada. O ambiente parecia congelado no tempo, assim como o sofá – imóvel e indiferente. As cortinas estavam fechadas, impedindo que qualquer fio de luz suave do fim da tarde invadisse a sala. Ela ouvia o leve tique-taque do relógio na parede, cada segundo prolongando sua angústia.

Bel não conseguia afastar a memória daquele dia na praia em Ilhabela, quando tudo parecia perfeito. Estava de biquíni, aos risos, de mãos dadas com Henrique. Foi ali que ele a pediu em namoro, após anos de amizade. Postar a foto daquele momento especial havia sido, para ela, uma maneira de celebrar o amor que acreditava compartilhar. Henrique, o mesmo garoto que a fazia se sentir tão amada, agora enviava mensagens cheias de raiva. Ela encarava a tela do celular, lutando contra as lágrimas que teimavam em cair. Ele estava *on-line*, esperando uma resposta, e a última mensagem ainda queimava na mente de Bel.

Henrique: O que você tem na cabeça, Maria Isabel? Que merda! Acha bonito colocar uma foto com os peitos de fora para chamar a atenção?

Ela, com os dedos trêmulos e o coração apertado, digitou:

Bel: Oxe, Rique. É a foto do dia em que você me pediu em namoro. A gente faz um ano hoje; eu só queria relembrar um momento especial.

Henrique: De boas intenções o inferno está cheio. Os meus amigos estão comentando como a minha namorada é uma piranha. Belo presente de um ano, hein?

O ar na sala parecia mais pesado, quase irrespirável. A jovem sentiu um nó se formar na garganta.

Bel: Achei que você não ligasse para o que os outros pensam!

Henrique: Só apaga essa merda.

> **Bel:** Henrique, não vou apagar uma foto que eu acho bonita porque os seus amigos estão enchendo o seu saco.

O silêncio que se seguiu foi esmagador. Bel olhava fixamente para a tela. Depois de um minuto, a resposta apareceu, crua e direta, como um golpe.

> **Henrique:** Na verdade, sabe o que eles disseram? "A sua namorada esquisita até que é gostosa... Agora entendo o que você viu nela. Pegaria também!" Quer que te chamem de vadia que busca atenção? Estou pensando no seu bem, só isso.

A sala estava vazia, mas Bel se sentia cercada pelas palavras dele. Ela já sabia o que as pessoas pensavam dela na escola – esquisita, bruxa, satanista –, mas não esperava que as palavras de Henrique pudessem ser tão venenosas. Ele sempre dissera que ela não deveria se importar, que nada daquilo era verdade. Agora, era como se ele estivesse jogando toda aquela sujeira para cima dela.

Maria Isabel se lembrou das zombarias das outras crianças que, no passado, chamavam-na de "uma das três Marias estranhas da rua Serafino Albuquerque", na pequena cidade de Itapetininga. Raramente reclamava com a avó ou com a mãe sobre as piadas cruéis, mas, por anos, aquilo a incomodou muito.

Quando a porta da sala se abriu, Maria Antônia entrou, com os cabelos grisalhos em um coque alto e os olhos castanhos miúdos, que pareciam sempre ver além de tudo. Ela segurava flores azuis vibrantes, de uma cor quase surreal, que se destacavam no ar sombrio do cômodo. Percebendo a neta de rosto inchado e mãos trêmulas, a senhora estendeu uma das flores. Bel pegou-a mecanicamente, encarando as pétalas. Esperava algo assim de Henrique naquele dia, e não aquela conversa ridícula.

Maria Antônia se sentou ao lado da neta, suspirando enquanto ajeitava a saia escura que caía sobre os joelhos. Sem desviar os olhos de Bel, disse com a voz calma:

– Querida, é sempre tão irônico... Um amor que nos faz chorar dessa forma raramente é digno de nossas lágrimas.

Bel havia deixado a flor sobre a mesa e, sem conseguir conter a onda de frustração, subiu a escada correndo, os passos ecoando pela casa. Lá em cima, jogou-se na cama. Algum tempo depois, pegou o celular de novo e, sem pensar muito, deletou a foto.

Dias atuais

Maria Isabel, agora no presente, desejava voltar no tempo, abraçar Maria Antônia e permitir-se ser confortada pela avó. Queria ter apreciado a flor azul que recebera, tocado as pétalas e sentido o perfume com mais calma. Mas não era fácil para ela se abrir – aprendera com a própria avó e com a mãe, Maria Regina, a esconder o que sentia. As duas, sempre tão contidas, mantinham os próprios sentimentos em silêncio, enquanto cobravam de Bel uma espontaneidade para falar sobre si.

Depois do funeral de Maria Antônia, uma reflexão incômoda não parava de rondar a mente de Bel: Como alguém que amava tanto as flores nunca cuidou do próprio jardim? O quintal da casa, ao contrário do interior sempre impecável, parecia ter sido abandonado por completo. Tomado por mato, ervas daninhas e plantas mortas, era como se aquele espaço tivesse sido esquecido. A ironia era cortante: dentro da casa, tudo em ordem, cada móvel no lugar; do lado de fora, o caos reinava. O quintal mais parecia um cenário de filme de terror, um lugar sombrio, quase que pronto para uma desova de corpos.

– Eu pedi para o Gustavo e o Pedro levarem as roupas da sua avó para a igreja. Ela queria que fossem doadas, caso algo acontecesse. Confesso que não aguento mais ficar aqui, lidando com a hipocrisia de certas pessoas que fingem lamentar nossa perda – disse Maria Regina, entrando na sala e interrompendo os devaneios da filha. A mulher usava um vestido preto justo e sapatos de salto alto. O rosto inchado e os olhos vermelhos denunciavam horas de choro, enquanto ela forçava normalidade na voz. Diferentemente dela, Maria Isabel fitava o vazio com olhos secos.

– Desculpe, mãe. Eu sentei aqui por um momento e nem percebi o tempo passar.

– Está tudo bem, querida. Percebemos que você precisava de um tempo para si.

– Mãe, às vezes me pergunto quanto realmente conhecíamos a vovó. Ela sempre se importou conosco, cozinhava nossos pratos favoritos e cuidava de nós quando estávamos doentes. Mas era uma mulher de poucas palavras, sempre se esquivando de perguntas pessoais. Enterrei uma amada desconhecida e não sei se o nó no meu peito é de saudade ou de angústia. Eu devia ter insistido mais, ligado mais, passado mais tempo com ela... Será que ela estava bem mesmo, todas as vezes que respondeu que sim?

– Demos a ela uma escolha, Bel. Eu a convidei para morar conosco e vender a casa, mas ela sempre recusou.

Regina sentou-se ao lado da filha, e o silêncio parecia espesso, enquanto o vento lá fora sussurrava contra as cortinas, fazendo-as ondular com um movimento nervoso.

Pela janela, o jardim se estendia diante delas – um quadro imóvel que sempre provocava uma sensação difícil de nomear. Desconforto, talvez. Ou um desconcerto amargo que se intensificou desde o dia em que a jovem Regina, quando tinha apenas 15 anos, encontrou algumas fotos do pai esquecidas no fundo de uma gaveta. Otávio, o homem que ela nunca conheceu, surgiu nas imagens que a moça encontrou na época como uma figura quase fantasmagórica: sério, com as mãos marcadas pela terra e os olhos fixos nas flores que cultivava com precisão quase ritualística. Até hoje, tudo o que a mulher sabia sobre o pai era que ele fora um ótimo jardineiro. Ela nunca se esqueceu de como a fachada da casa aparecia nas imagens antigas, com lindas rosas que pareciam ter cores diversas, ainda que a fotografia fosse em preto e branco. Havia também petúnias, lírios e uma horta cuidadosamente alinhada. Por algum motivo, Maria Antônia ficou devastada ao descobrir que a filha encontrou aquelas fotografias entre papéis amassados. Havia ainda uma da irmã que Regina nunca tinha visto – outra presença ausente que moldou sua vida em silêncio. Crescer com meias-histórias era como viver em uma casa cheia de portas trancadas – e carregar a dúvida constante sobre o que se escondia atrás de cada uma delas. Porém, com o tempo, Regina deixou de perguntar. Aprendeu a silenciar a raiva que antes sentia não só pelo estado do jardim que sempre gerou burburinho na vizinhança, mas também desistiu de tentar entender ou descobrir tudo o que não sabia do próprio passado. Talvez tenha percebido – mesmo sem muitas palavras ditas por Maria Antônia – que aquele pedaço de terra caótico e com uma aparência tão deprimente era o espelho de um luto que nunca encontrara lugar para florescer. E, quando a vida lhe trouxe suas próprias feridas, Maria Regina finalmente entendeu o silêncio da mãe.

A mulher respirou fundo; suas costas já doíam pelo tempo sentada em cadeiras com estofados desgastados. Ao olhar para a filha, notou que Bel não conseguia desviar os olhos do vaso sobre a mesa. As rosas ali pareciam mais vermelhas do que nunca no final da tarde, tingidas pela luz morna que entrava no cômodo – as flores eram vibrantes demais, quase irreais. Maria Regina também as encarou, sentindo um nó na garganta se apertar. Havia ali naquela casa um lembrete insistente de uma nova ausência, a de uma avó e mãe.

Maria Isabel e Maria Regina tinham chegado havia três dias, acompanhadas de Gustavo, o namorado de Bel, e Pedro, o novo marido de Regina. Os três últimos ocupavam-se em doar as roupas e outros pertences da falecida à paróquia, enquanto Bel permanecia trancada na casa, presa aos próprios pensamentos e às memórias de infância.

A campainha soou, e a moça, sem muito ânimo, levantou-se para atender. No portão estava Joaquim – ou Joca, para os íntimos – ou delegado Nunes – para a maioria na cidade. Ele era um homem alto, de pele pálida e cabelos pretos ondulados, como os de Bel.

– Oi, pai – disse a jovem com um suspiro, forçando um sorriso.

– Oi, gatinha. Encontrei a sua mãe com o Pedro e... Como é mesmo o nome dele? – perguntou o homem, referindo-se ao namorado da filha.

– Gustavo, pai. E eu já te disse que não gosto que me chame de gatinha – respondeu Bel, revirando os olhos. – Quer entrar?

Joca soltou uma risada curta, meio desconfortável, e aceitou o convite. Ele esteve muitas vezes naquela casa, porém nunca conseguiu se sentir à vontade. Já havia morado ali por um curto período, mas o ambiente, cheio de rastros da ex-sogra, sempre o sufocava.

Conforme caminhavam até a sala, ele olhava em volta, sentindo o peso da memória em cada móvel, cada objeto trazendo lembranças silenciosas da falecida. Maria Isabel se sentou, convidando o pai, com os olhos, a fazer o mesmo.

– Desde que você chegou não responde às minhas mensagens. Então vim para ver como você está... – disse Joaquim, com uma preocupação sincera, mas um tanto incerta, na voz.

– Estou bem, só... é estranho estar aqui sem a vovó – Bel respondeu, baixando os olhos.

Joca assentiu, olhando fixamente para a foto pendurada na parede de Maria Antônia ao lado de Bel e Regina. Ele jamais diria em voz alta, mas a ausência da senhora tornava o ambiente mais suportável para ele, embora soubesse quanto a avó significava para Bel.

– Querida, se ficar aqui é muito difícil… Você sabe que pode ir para a minha casa. As gêmeas iam adorar, e a Lúcia gosta muito de você.

Bel hesitou, considerando a oferta por um instante. Sabia que a proposta vinha do desejo do pai de tentar confortá-la, de se aproximar. Mas a verdade era que, por mais doloroso que fosse, estar naquela casa a ajudava a lidar com a perda.

– Obrigada, pai. Mas quero ficar aqui com a mamãe por enquanto – respondeu gentilmente, tentando não magoá-lo.

Joaquim deu um leve sorriso, ainda vasculhando a casa com os olhos.

– Bem, que tal a gente marcar um jantar em família? Podemos fazer aquela lasanha que você gosta! – ele sugeriu, tentando parecer casual.

– Acho que eu aceitaria uma lasanha, sim – Bel respondeu. Ela não conseguiria recusar, não com ele olhando-a com aqueles olhos verdes, que ela tanto desejava ter herdado, confusos e cheios de expectativa. Joaquim parecia nunca saber exatamente o que fazer pela filha, mas, de algum jeito, ele sempre tentava; embora as tentativas fossem desajeitadas, havia algo reconfortante na insistência dele em estar presente.

– Então está combinado: jantar no sábado! E traga o seu namorado. Quero conhecê-lo melhor – disse o pai com um sorriso, levantando-se de um salto.

Bel o acompanhou até o portão, percebendo o alívio sutil que ele sentiu ao se aproximar da saída. Antes de partir, Joca hesitou e, então, abraçou a filha – um gesto que, embora afetuoso, ainda parecia marcado pela distância que sempre existira entre eles.

– Qualquer coisa, estou aqui.

– Eu sei, pai. Obrigada – respondeu, enquanto o observava sair pelo portão.

Ela sempre caminhava apressada pelo quintal. Voltou para a casa e, sozinha novamente com suas memórias, fechou a porta e respirou fundo, tentando encontrar forças para enfrentar mais um dia no ambiente silencioso, com a gritante presença da ausência.

Bel e o pai nunca foram tão próximos quanto ela e a mãe. Após um acidente de carro que Joaquim sofrera, ele não apenas se divorciou de Regina como também se afastou da filha por um tempo. Focou nos estudos, determinado a se formar em Direito – algo que, sem dúvida, um homem podia fazer, já que a sociedade estava habituada a cobrar muito mais das mães na criação de uma criança. Durante esses anos, Regina carregou sozinha o peso da responsabilidade. Quando Bel completou 8 anos, Joaquim reapareceu, tentando recuperar o tempo perdido.

Na manhã seguinte, Maria Isabel desceu a escada ainda sonolenta. A mesa da sala de jantar estava repleta de panquecas, ovos mexidos, torradas caseiras, pães, leite, suco de laranja e café fresco. Sua mãe, vestindo um avental, organizava tudo em volta de um vaso branco com rosas já um tanto murchas, enquanto Pedro trazia mais frutas. A casa, ainda silenciosa, parecia tentar retomar uma rotina relativamente normal. Gustavo, com uma camiseta antiga da Legião Urbana, *short* desgastado e óculos de aros pretos, estava concentrado no *notebook*, escrevendo algo.

– Bom dia. Posso ajudar em algo? – perguntou Bel, fazendo com que sua presença fosse notada.

– Bom dia, filha. Estamos quase terminando. Pensei em um café da manhã reforçado, pois preciso resolver algumas coisas na cidade. Decidi reformar o jardim e deixar tudo em ordem para alugar a casa antes de voltarmos. Sei que é difícil, mas sua avó ia querer que seguíssemos a vida.

– Eu sei, mãe... Se eu puder ajudar com a documentação, ou em qualquer coisa, avise.

Gustavo se levantou, beijou a namorada e sussurrou no ouvido dela:

– Bom dia, princesa. Não quis te acordar, você precisava descansar.

Ela se afastou um pouco, apenas para olhar melhor o jovem alto, esguio e de sorriso fácil, com dentes muito brancos que se destacavam na pele negra.

– Obrigada, e bom dia, meu amor! – respondeu Bel, deixando-se envolver nos braços dele por alguns instantes.

– Querida, parece que alguns documentos da sua avó ficaram na cômoda que doamos para a dona Janice. Você e o Gustavo podem ir buscar? – sugeriu Maria Regina, interrompendo o momento do casal.

– Sem problemas. Podemos ir, certo, Gu?

– Claro – Gustavo concordou, enquanto caminhava junto de Bel até a mesa.

Todos se sentaram para o café, e a fome da jovem, que havia dias parecia ter sumido, começou a retornar aos poucos. Ela devorava ovos e torradas. O som da mastigação unindo-se aos tilintares de talheres nas xícaras preenchia o ambiente, junto do som intermitente de Maria Regina e do padrasto digitando no celular. Enquanto Gustavo tomava um gole de café, observou a namorada com um olhar atento, quase estudando cada movimento dela. Parecia aliviado ao vê-la comer, mesmo que de maneira apressada – como se o ato de se alimentar fosse um pequeno sinal de que ela estava, pouco a pouco, recuperando-se da perda.

Enquanto Bel e Gustavo caminhavam calados na direção da casa de dona Janice, ela pensava em Henrique, afinal, a ideia de encontrá-lo a deixava um tanto apreensiva. Já ele vasculhava toda a cidade com um olhar curioso.

– Gu, obrigada por vir comigo – disse Bel, quebrando o silêncio. – Sei que estávamos planejando viajar para o Nordeste e escapar desse inverno. E aposto que visitar uma cidadezinha do interior não estava nos seus planos de férias...

– Bel, faz parte de estar em um relacionamento apoiar nos bons e nos maus momentos. Sei que você faria o mesmo por mim. Além disso, é uma chance de conhecer o lugar onde você cresceu. E estou tendo tempo para escrever, o que é um bônus.

– O jardim da casa da minha avó inspirou o seu livro de terror? – Bel perguntou, lembrando-se das histórias assustadoras que as pessoas criavam na cidade e do *bullying* que sofrera na adolescência. O que antes a machucava agora parecia uma memória distante.

Gustavo, sempre brincalhão, respondeu afirmativamente, e disse que escreveria sobre uma bruxa vivendo em uma casa assombrada. Já Bel garantiu que faria a adaptação para o cinema.

– Bom, chegamos. Esta é a casa da dona Janice. Lembra-se do Henrique? Ele é neto dela, pode estar por aqui...

– Se encontrarmos o seu ex, tudo bem, Bel. Todo mundo tem um passado, e o seu primeiro amor faz parte do seu – disse Gustavo, tranquilo, tentando acalmar a visível tensão da namorada.

Dona Janice, uma mulher baixinha e sorridente, já os aguardava no portão. Os traços de seu semblante contavam histórias de longos anos. A pele, antes firme, agora era marcada por sulcos profundos que serpenteavam pelas bochechas e ao redor dos olhos, como rios de experiências passadas. Seus cabelos grisalhos, finos e sedosos estavam meticulosamente presos em uma trança embutida, cada mecha cuidadosamente entrelaçada.

– Bebel! Você está linda, minha bonequinha! – exclamou, abrindo os braços com os olhos marejados.

– Oi, dona Janice! Como a senhora está?

– Bem, na medida do possível, querida. Entre, deixa eu te dar um abraço – ela envolveu Bel em um aperto caloroso. A jovem sorriu e retribuiu, embora ainda sentisse a leve tristeza no olhar da senhora, que agora observava Gustavo com curiosidade.

– Esse é o namorado novo? Que rapaz bonito, Bebel! – comentou dona Janice, fazendo com que os dois corassem de leve.

– Sim, este é o Gustavo – respondeu Bel, sem jeito.

A senhora os convidou para entrar, oferecendo chá ou café. O grupo caminhou pelo pequeno quintal de piso frio após passarem pelo portão de ferro, que rangeu suavemente. A porta da casa estava aberta, e o som baixo da televisão preenchia o ambiente com as notícias do jornal da tarde.

– Não queremos incomodar, dona Janice. Só precisamos pegar uns documentos que a minha mãe disse estarem na cômoda que trouxeram para a senhora – explicou, tentando não parecer apressada, embora o desconforto de estar ali fosse perceptível.

– Ah, claro. O Henrique esteve aqui mais cedo, ajudando-me a organizar. Ele encontrou uns cadernos de receitas e algumas coisas pessoais da sua avó. Estão aqui – respondeu dona Janice, entregando a sacola com algum esforço.

Gustavo, percebendo o cansaço da senhora, rapidamente pegou a sacola.

– Muito obrigada, dona Janice – disse Bel, observando a familiar sala de estar, cujas paredes guardavam tantas lembranças de sua juventude.

– Fico tão feliz de te ver, Bebel. A sua avó sempre falava de você e da sua mãe com tanto carinho... Tenho certeza de que ela está orgulhosa, onde quer que esteja – comentou a senhora, com os olhos marejados.

As palavras acertaram Maria Isabel de um jeito inesperado. Apesar de já ter enfrentado o velório e visto o corpo da avó sem vida, a dor real da perda parecia despertar nela somente agora. As lágrimas vieram como uma enxurrada, e ela se escorou na porta de madeira escura, tentando conter o choro.

– Sentiremos muita falta dela, querida. Quer um copo de água? – ofereceu dona Janice, tentando acalmar a jovem.

– Acho que prefiro ir para casa... Obrigada, dona Janice – fungou Bel, limpando as lágrimas e tentando forçar um sorriso.
– Claro. Apareçam com mais calma quando puderem. Vou adorar recebê-los – sua voz exalava a mesma doçura de sempre.
– Foi um prazer, dona Janice – Gustavo acrescentou, antes de saírem em silêncio pelo portão.

À tarde, como Regina ainda não tinha voltado, Bel pediu um almoço e comeu com Gustavo. Ele subiu para o quarto, para escrever, quando ela conseguiu convencê-lo de que estava bem. O jovem, que sempre anotava coisas no celular, estava claramente influenciado pela cidade. Itapetininga serviria como inspiração para seu primeiro romance. Maria Isabel sentia-se aliviada por, apesar da razão triste da viagem, Gustavo estar aproveitando parte de seus dias de férias.

Sentada no sofá, Bel mexia na sacola que dona Janice lhe entregara, contendo cadernos, alguns documentos que ela separou para a mãe e livros de receitas. Encontrou fotos antigas de dona Antônia e do avô que nunca conhecera, o senhor Otávio Gonçalves. Na imagem, ambos pareciam sérios, em frente a uma casa com um jardim florido. Dona Antônia, com cabelos longos e escuros, tinha um olhar doce e vulnerável. O avô de Bel, alto e forte, sustentava um bigode e uma postura rígida. Entre as fotos, havia uma de dona Antônia segurando um bebê, datada de 1978. Bel sabia que só podia ser Roberta, a irmã mais velha de sua mãe, que desaparecera em 1989, assim como Otávio. Mesmo período em que um *serial killer* conhecido como Assassino das Bonecas estava aterrorizando a região, matando mulheres e meninas. Muitos acreditaram que Otávio fosse o assassino, pois os crimes cessaram após seu desaparecimento. E a cidade, colocando a culpa na esposa que ficara para trás, já havia julgado e condenado Maria Antônia – pelo menos até que Alberto Lima, o homem que confessou os crimes antes de tirar a própria vida, admitisse ser o verdadeiro assassino.

Bel se viu, depois de muito tempo, intrigada novamente com o mistério do desaparecimento do avô e com toda a história de Alberto Lima, uma narrativa da qual Maria Antônia e Maria Regina sempre pareceram se esquivar. Por isso, a maior fonte de informações da jovem até então havia sido suas pesquisas na internet.

Ao ouvir a voz da mãe e de Pedro no portão, Bel correu e escondeu a sacola atrás de uma estante antiga. Separou apenas os documentos para a mãe. Maria Regina entrou e a filha, que fingia ler um livro, levantou-se e, com alguns papéis em mãos, que pareciam ser a escritura da casa e comprovantes de pagamentos antigos, foi até a mãe e cumprimentou Pedro, que passou por ela como um raio, correndo em direção ao banheiro.

– Deu tudo certo com as burocracias? – perguntou Bel, um tanto inquieta.

– Mais ou menos, filha – Maria Regina pegou os documentos e, enquanto os analisava, continuou: – Perfeito. Bem, nós arrumamos uma empresa para mexer no jardim no sábado. Vamos precisar ficar mais uma semana em Itapetininga, mas vocês podem voltar para São Paulo depois da missa de sétimo dia se quiserem.

– Acho que prefiro ficar aqui mais uma semana. O Gustavo está inspirado para escrever, e estar aqui parece certo – respondeu Bel.

Trancado no antigo quarto de infância da namorada, onde pelúcias empoeiradas pareciam observá-lo das prateleiras, Gustavo mantinha os olhos fixos na tela do *notebook*. A última palavra havia sido digitada e o seu primeiro livro estava oficialmente roteirizado. No entanto, aquela sensação de alívio que ele costumava ter ao se ver satisfeito com algo não veio. E não podia culpar apenas o cansaço por isso.

Ele ainda não tinha coragem de contar à Maria Isabel que a história – aquela que começou a tomar forma ao longo dos dias – tinha como cenário central o jardim da avó dela. Quem falaria sobre isso durante um velório? Depois, o tempo passou, e ele simplesmente... adiou. Disse a si mesmo que Bel estava frágil demais, lidando com o luto, e que aquilo podia esperar. A verdade, porém, era mais incômoda.

Mesmo com as brincadeiras que faziam – "um dia você vai escrever sobre aquela casa bizarra", ela dizia sorrindo –, Gustavo sabia que havia uma linha tênue entre inspiração e invasão. E, no momento em que a namorada cruzasse aquelas páginas e percebesse os traços do que aconteceu com ela disfarçados em personagens fictícios, haveria uma chance real de ela não achar graça nenhuma.

Mas ele estava certo de uma coisa: se conseguisse moldar o enredo de maneira a distanciá-lo do mundo real, possivelmente a namorada enxergaria apenas a ficção. Talvez até gostasse. Afinal, algumas histórias, por mais dolorosas que sejam, precisam ser contadas.

Outra questão que atormentava o jovem era sua busca por um desfecho que fugisse do previsível – algo ousado, à altura dos mestres que colecionava em sua estante abarrotada de mistérios, reviravoltas e finais perturbadores. Mas nada lhe parecia bom o bastante. Nada surpreendia.

Foi então que a lembrança bateu, nítida como uma lâmina: a placa na estrada, onde se lia "Limite de município entre Alambari e Itapetininga". Ele se lembrava com precisão – não só da paisagem, mas do frio que sentiu no estômago naquele momento.

Dissera à mãe – e a si mesmo – que nunca remexeria no passado assombrado do lado paterno. Prometeu que sua visita a Itapetininga era puramente para amparar a namorada. Uma mentira conveniente, na qual nem ele acreditava mais. A mãe tampouco. Mas fingiu que confiava no filho.

Gustavo tentou dizer para si que aquela placa não significava nada. Repetiu na cabeça diversas vezes que Berenice – a avó esquecida e institucionalizada quando ele ainda aprendia a amarrar os sapatos – não voltava a ocupar seus pensamentos. Mas era mentira. Ele precisava não só de respostas, mas de mais inspirações.

Um soco abrupto na madeira o arrancou dos devaneios.

– Gustavo, vai demorar no banheiro? – gritou Pedro, do outro lado da porta.

O jovem fechou o *notebook* com um estalo. Piscou, voltando à realidade.

– Você está batendo na porta errada, cara. O banheiro é o da frente – respondeu, revirando os olhos.

Não houve réplica. Apenas o som ríspido da outra porta sendo aberta e, em seguida, batida com força. Eles estavam naquela casa havia dias, mas o padrasto de Bel, desatento, ainda insistia em confundir os cômodos, sempre alegando que o lugar era grande demais.

Gustavo se espreguiçou, o corpo doendo como se tivesse passado a tarde inteira sendo comprimido por suas próprias questões. Estalou os ombros, alongou os braços e enfiou a mão no bolso da calça em busca do celular. Ao desbloquear a tela, lá estava: o endereço da última busca. O asilo onde Berenice morava.

Ele havia jurado que não iria atrás disso e que deixaria os segredos onde estavam. Até mesmo porque, dependendo do que encontrasse ali, teria que explicar muita coisa para Bel, e não estava preparado para isso. Ainda não.

Mais dias se passaram até a chegada do sábado que marcou o sétimo dia desde o falecimento de Maria Antônia. Boa parte da cidade havia se reunido na grande paróquia, no coração de Itapetininga. A avó de Maria Isabel frequentava a igreja todos os domingos, sempre acompanhada por Janice, uma das poucas pessoas não familiares que derramava lágrimas genuínas pela falecida. Muitos anos se passaram desde os crimes bárbaros dos anos 1980 e, embora o culpado tivesse sido encontrado com provas irrefutáveis, o misterioso desaparecimento de Otávio ainda alimentava fofocas e lendas sobre Maria Antônia, atribuindo-lhe crimes que nunca cometera. No entanto, após sua morte, ela foi, de repente, canonizada, mesmo pelas pessoas que nunca gostaram dela. Poucos ousavam falar mal dos mortos, ainda mais em um local sagrado. Histórias boas sobre Maria Antônia brotavam da boca de desconhecidos e de pessoas que antes apenas lançavam olhares de julgamento. Um exemplo foi dona Luzia, a vizinha do fim da rua, que uma vez, quando Bel era criança e estava na fila da padaria central, afirmou que "seu sangue sempre gelava ao passar na frente da casa das Marias" e que "não se surpreenderia se dona Antônia um dia fosse de fato culpada de um crime terrível, enterrando alguém no quintal medonho de sua casa". No final da missa, a mulher se aproximou da família da falecida:

– Sinto muito pela perda da família e da nossa comunidade. É muito triste não ter mais na igreja e pela cidade uma pessoa que só tinha bondade no coração e que sem dúvida está sendo recebida nos braços de Jesus – disse com falsas lágrimas e um sorriso amarelado, enquanto Maria Regina e Maria Isabel tentavam parecer simpáticas e esconder o que realmente sentiam.

Joaquim não tinha ido ao velório nem ao enterro, mas, por fim, compareceu à missa, segundo ele, pela filha, trazendo as gêmeas idênticas de dez anos – meninas tímidas, magras, usando vestidos pretos iguais que faziam os cabelos loiro-claros, como os da mãe, brilharem ainda mais. A madrasta de Bel esperava ao lado delas, em um silêncio respeitoso. Quando sentiu os olhos de Maria Isabel, acenou para a primeira filha do marido e, em seguida, cochichou algo que pareceu ser uma bronca para as crianças, as quais, apesar dos olhares curiosos, mostravam a ansiedade de ir embora.

Na saída, Bel abraçou as irmãs, que não via desde que tinha se mudado para São Paulo, e cumprimentou a madrasta e o pai.

Quando todos foram embora, sentiu certo alívio. A semana havia sido intensa e todos esses ritos de despedida eram dolorosos e cansativos.

– Querida, precisamos ir. A empresa de jardinagem só tinha o dia de hoje para trabalhar no jardim da casa da sua avó. Apesar do cansaço, precisamos recebê-los – disse Maria Regina, passando a mão nas costas da filha enquanto enxugava lágrimas insistentes com um lenço na outra mão. Pedro e Gustavo pareciam discutir algo, distraídos, na porta da igreja.

– Acho que vou ficar uns minutos na praça. Preciso respirar um pouco, longe de tudo e de todos, antes de ir para casa e ver a bagunça que vão fazer para arrumar aquele jardim – respondeu Bel.

Maria Regina assentiu e foi ao encontro do marido, cochichando algo para Gustavo no caminho. Pouco depois, ele foi até a namorada e, antes que ela pudesse abrir a boca para dizer algo, disparou:

– Posso ficar na pracinha com você? Prometo ser uma companhia silenciosa!

– Você sempre sabe o que dizer, ou o que não dizer, né? – Bel segurou a mão do namorado e ambos caminharam na direção de um dos bancos de madeira da pequena praça localizada na frente da igreja.

Gustavo e Maria Isabel permaneceram imersos nos próprios pensamentos, enquanto o cenário ao redor refletia o silêncio de uma tarde tranquila. A praça estava quase deserta, com exceção das risadas distantes de algumas poucas crianças que brincavam, as vozes se misturando ao farfalhar das folhas, sopradas pelo vento suave. Próximo a um banco de madeira desgastado, um senhor de olhar cansado vendia flores em uma pequena banquinha. Vasos de margaridas e rosas ligeiramente murchas estavam dispostos com um cuidado melancólico enquanto ele esperava, com paciência, por clientes.

Após horas de silêncio, Bel respirou fundo e, como se despertasse de um longo devaneio, disse que estava pronta para ir embora. O horário do almoço já havia passado, então decidiram pegar algo para comer na padaria mais próxima. O aroma de misto-quente feito com pão fresco e de café recém-passado permeava o ar, acompanhando-os ao longo da lenta caminhada até a casa de dona Antônia, a cerca de quarenta minutos da igreja.

Seguindo pela rua, ao se aproximar de uma lixeira para jogar fora papéis engordurados e copos plásticos vazios, Bel notou algo que fez um calafrio percorrer sua espinha: uma cruz de madeira, pintada de rosa e desgastada pelo tempo, estava cravada em um canteiro na calçada. A visão despertou uma lembrança incômoda de um *podcast* sobre crimes reais que ouvira tempos atrás: nos anos 1980, o Assassino das Bonecas deixou uma de suas marcas perturbadoras ali. Uma boneca, com olhos humanos colados nas órbitas, foi encontrada onde a cruz agora estava. O pensamento a invadiu em um salto, fazendo-a apertar o passo, para tentar afastar a imagem sombria.

Depois de mais quatro quadras, finalmente chegaram à casa de dona Antônia. O que os aguardava, no entanto, foi como um soco no estômago. O ar parecia pesado, sufocante. Policiais estavam por toda parte, circulando pelo quintal revirado. O pai de Maria Isabel andava de um lado para o outro da calçada, agitado, falando ao celular com a testa franzida, enquanto a mãe gritava e Pedro, que também parecia nervoso, tentava conter e consolar a esposa. Bel tentava entender o que estava acontecendo. Os olhos da jovem então se fixaram em Lúcia, sua madrasta, sentada na entrada em estado de choque. Ao lado dela, uma travessa quebrada de lasanha se espalhava pelo chão, os cacos de vidro misturados ao molho vermelho. Quando, enfim, Bel olhou para o quintal, um calafrio ainda maior a percorreu. Entre a terra remexida e o mato cortado, havia muitos ossos… Esqueletos humanos.

O PASSADO É SEMEADO

NO MEIO DE UMA TARDE FRIA, Bel estava sentada na cama com Gustavo, encarando uma fotografia antiga de Otávio e Maria Antônia. Eles estavam em um dos quartos da chácara alugada por Joaquim, localizada em Alambari, cidade vizinha a Itapetininga. O local era grande e equipado, ideal para confraternizações, mas estava descuidado, com móveis desgastados e um cheiro forte de mofo permeando o ar. Era um refúgio improvisado e precário, para onde Joaquim havia levado a família às pressas, a fim de protegê-la das acusações de bruxaria e assassinato, entre outras discriminações que estavam enfrentando.

Em meio ao refúgio silencioso, tomada por pensamentos e memórias, Maria Isabel refletia sobre os recentes acontecimentos. Diante de olhares de desdém, ela e a mãe foram chamadas de macumbeiras e ouviram acusações de que sua família tinha pacto com o demônio. Isso a irritava demais, principalmente pela constante associação preconceituosa que essas pessoas faziam entre tudo que consideravam ruim e religiões de matriz africana. Bel sempre pregou respeito a todas as crenças e se posicionava contra o racismo. Para ela, era inadmissível ver aquelas pessoas raivosas clamando por pura ignorância.

Ali, agora, em uma construção antiga com paredes cobertas de hera, afastada do tumulto de Itapetininga, a jovem encontrava um pouco de paz para pensar. O cheiro de madeira velha e mofo misturava-se ao aroma distante das flores do campo. O silêncio era pontuado apenas pelo canto dos pássaros e o sussurro do vento entre as árvores.

Sentada na cama que rangia a cada movimento, Bel olhou para Gustavo, que folheava distraidamente um dos diários de dona Antônia. Ela quebrou o silêncio:

– O meu pai falou que não pode revelar muito sobre a investigação, mas desconfiam que o meu avô e a minha tia estão entre as vítimas – disse, levantando-se devagar, com a cama emitindo um protesto agudo.

Gustavo ergueu os olhos do diário, pensativo. A luz do sol que entrava pela janela criava padrões intrincados no chão de madeira desgastada.

– Você acha que a sua avó poderia estar envolvida nisso de alguma forma? – perguntou ele, cauteloso, com a voz cheia de dúvida.

Bel suspirou. Caminhou até a janela e olhou para o vasto campo que se estendia além do jardim.

– Não sei, amor. A imagem que tenho dela é de uma mulher comum, sempre participante da comunidade, fazendo caridade, cuidando da família. Tem que haver outra explicação, algo que ainda não conseguimos ver.

O ambiente estava carregado de mistério e tensão. Gustavo voltou a folhear um dos diários e comentou:

– Não sei se você vai encontrar alguma resposta aqui. Tem fotos da sua família, que você já deve ter visto mil vezes, muitas receitas e algumas anotações aleatórias sobre corte e costura, além de passagens da Bíblia.

– Tá aí uma coisa nova, pelo menos, que eu não sabia sobre ela. Nem tem máquina de costura na casa dela – disse Bel, intrigada.

– Pelas matérias que achei sobre os crimes, na época, o Assassino das Bonecas costurava vestidos em tecido bege e os colocava nas bonecas que ele usava para inserir os olhos humanos das vítimas, antes de espalhá-las pela cidade.

– Você também acha que foi a minha avó? É isso? – Bel acusou, agora com a voz carregada de tensão enquanto encarava o namorado. A fúria tomava conta dos olhos dela.

– Meu amor, não acho; todo mundo sabe que foi o Alberto, e não parece haver um motivo para imaginarmos o contrário. Mas você tem que concordar comigo que, para quem não conhece a sua família e vê tudo de longe, é o que parece à primeira vista. Afinal, os corpos estavam no quintal do qual ela nunca cuidou. Tem todo o mistério do sumiço do seu avô, que pode estar entre as vítimas. Não é que eu ache que foi ela... mas é o que aparenta; só isso.

A fúria deu espaço para a tristeza. Cabisbaixa, com as sobrancelhas levemente franzidas e a boca comprimindo-se em uma linha fina, Bel se aproximou novamente.

– Eu sei que muitas vezes as pessoas não são o que aparentam ser, mesmo as que conhecemos há anos, mas algo me diz que ela não seria capaz. Tem que existir outra explicação...

Gustavo continuou examinando os diários até que, adotando uma postura atenta, com as mãos inquietas, notou algo diferente na capa preta de um dos cadernos.

– Você tem algum estilete por aqui? Alguma chave? – perguntou de repente à namorada.

– Tem a chave do quarto. Por quê?

Gustavo se levantou e pegou a chave. Estava com as sobrancelhas ligeiramente erguidas, como se esperasse por uma revelação a qualquer momento. Descolou uma parte da capa revestida daquele caderno preto com cuidado. Ali, escondido, estava um papel velho, fino e amarelado, com uma caligrafia diferente da de Maria Antônia.

Toninha, meu girassol, por você eu faria qualquer coisa, você sabe disso. Não houve um dia em todos esses anos que eu não tenha pensado em nós e em tudo aquilo que não vivemos. Quando encontrarem o meu corpo, saiba que todo esse "e se?" que fez morada em minha mente era como um câncer que me matava a cada dia. Entenda que tudo que eu fiz foi por você! Eu te amo, e vou te amar para sempre.

Do seu Alberto.

Bel andava de um lado para o outro, com as mãos na cabeça – que, aliás, parecia poder explodir, de tão pesada e latejante.

– Gu, se esse Alberto for quem eu estou pensando, essa história toda acabou de ficar pior, porra!

– Sei lá, Bel... Alb... berto é um nome comum! – disse gaguejando, como se não pudesse confiar nas próprias palavras.

Ela parou por um instante, os olhos já marejados. Voltou para a cama, encolhendo-se no canto e abraçando as próprias pernas, em uma tentativa de encontrar algum conforto, e respirou fundo. Então finalmente perguntou:

– Você acha que devemos dar isso para o meu pai?

Gustavo a fitou por um instante, os olhares se cruzaram. Então ele o desviou e passou a mirar fixamente o bilhete, linhas de concentração se formando em sua testa. O jovem, tentando recuperar o fôlego, disse:

– Bel, é fácil culpar os mortos com provas pela metade: eles não podem se defender...

– Vamos buscar mais evidências, então, antes de falar qualquer coisa – ela disse, decidida, recusando-se a acreditar que a avó poderia estar de fato envolvida em todos aqueles crimes. Gustavo assentiu, ainda pensativo.

Uma batida na porta interrompeu o casal. Bel agarrou o bilhete e o caderno e os escondeu apressada sob os travesseiros. A segunda batida ecoou mais forte na porta de madeira.

– Bel, o seu pai chegou. Vamos comer e conversar. Traga as coisas que a dona Janice te deu.

– Já vou; estou me trocando, mãe.

Gustavo tentou colar o caderno de volta, sem muito sucesso, dando de ombros ao pensar que possivelmente ninguém acharia estranho o rasgado, de tão velhos que eram os objetos. Ele o entregou para Bel, e ambos se olharam por um instante.

– Bel, vai ficar tudo bem, amor – o sussurro encorajador foi a última coisa que ela ouviu antes de ajeitar a postura e o cabelo e descer a escada.

Assim que a porta se fechou atrás da namorada, Gustavo correu para o banheiro como se estivesse fugindo de algo invisível. Trancou-se lá dentro com um estalo seco e ficou parado por um instante, sentindo o som do trinco ecoar como um tiro abafado dentro da cabeça. Encostou-se na pia e, por um momento, teve a estranha sensação de que sua pele estava ficando translúcida, pálida, a ponto de parecer doente. Se ele desabasse naquele estado no meio de uma rua, alguém sem dúvida tentaria checar seus sinais vitais. Ou chamaria uma ambulância.

Suas mãos agarraram a pia com tanta força que os nós dos dedos empalideceram ainda mais. O espelho à frente dele devolveu o reflexo de um estranho – um homem jovem, mas devastado por dentro, como se estivesse afundando lentamente em um pântano que ninguém mais enxergava. Respirou, tentando encher os pulmões de ar, mas foi quando a náusea subiu, como uma onda quente e ácida, que ele percebeu quão mal realmente estava. Fechou os olhos, pressionou os dedos contra as têmporas e tentou forçar a própria respiração a obedecer: longa, lenta, contínua. Inspirar. Expirar. Inspirar. Expirar. Só então percebeu que a inquietação das mãos havia cessado.

Não dava mais para adiar. Ele precisava ver Berenice. Ela talvez fosse a única alma viva capaz de lhe dar algum fio de compreensão em meio ao caos que se formava. O pai dele? Já tinha se mostrado inútil – qualquer tentativa de tocar nesse assunto só terminaria em silêncio ou em uma linha muda, desligada abruptamente no meio da conversa. Gustavo sabia disso com uma certeza gélida.

Olhou-se novamente no espelho, procurando ali algum resquício de firmeza, tentando imaginar se ainda conseguiria manter um semblante neutro. Nunca fora bom em fingimentos. Nunca soube disfarçar o que sentia. Mas precisava tentar. "Qualquer pessoa normal teria aquela reação ao descobrir esqueletos enterrados no jardim da avó da namorada, certo?", ele se perguntou, tentando cravar essa lógica dentro de si como um prego enferrujado em madeira podre.

Voltou a inspirar e expirar, contando até dez. Alisou os cabelos com as mãos ainda incertas, mas obedientes, e engoliu em seco, tentando conter o gosto amargo na garganta. Estava decidido. Iria ao asilo. Precisava ouvir tudo da boca da própria Berenice. Não era mais apenas uma busca por inspiração para o seu livro. Era pessoal e urgente.

E, no fundo, ele sempre soube. Desde o momento em que decidiu viajar para Itapetininga, algo dentro dele já pressentia que o passado não ficaria quieto. A única coisa que Gustavo ainda não conseguia admitir – nem para si mesmo – era que talvez nunca tivesse coragem de contar à namorada que o Assassino das Bonecas, o psicopata que mesmo morto ainda assombrava o imaginário da cidade, não era só um amante da avó dela... mas também o tio-avô dele.

O jovem endireitou a postura, ajeitou a roupa com movimentos quase automáticos e, antes de sair, fechou os olhos por um instante. Precisava parecer inteiro em vez de alguém que estava à beira de um colapso. Depois, girou a maçaneta e começou a descer a escada, forçando-se a entrar no teatro da normalidade.

Na cozinha, uma mesa redonda de madeira centralizava o espaço em que Joaquim e Pedro estavam sentados, encarando as próprias mãos, enquanto Regina passava um café, espalhando o aroma de grãos recém-moídos pelo cômodo, junto da tensão evidente que preenchia o ar.

– Oi, pai – disse Bel, colocando os cadernos na mesa com um som oco que reverberou pela sala. Todos os olhares se voltaram para ela no mesmo instante, como se um ímã invisível os tivesse puxado.

Gustavo, que tinha chegado havia pouco ao cômodo, pegou uma cerveja na geladeira e sentou-se, em silêncio, ao lado da namorada, consciente de que ele ainda era apenas um espectador daquela história. A luz fraca da cozinha criava sombras alongadas de todos. Bel permaneceu de pé, com o olhar fixo nos cadernos.

– Oi, gati… Bel – disse Joaquim, limpando as mãos e corrigindo-se ao lembrar que a filha mais velha detestava o apelido. Ele pegou os cadernos e começou a folheá-los com cuidado, seus dedos calejados passando pelas páginas com um toque quase reverente.

– São basicamente receitas, algumas fotos antigas e reflexões sobre missas e trechos da Bíblia – informou Bel, quebrando o silêncio crescente. A luz amarelada do ambiente refletia no cabelo dela, criando sombras dançantes nas paredes. Regina serviu o café enquanto Pedro se levantava para pegar um pedaço do bolo de fubá com goiabada.

– Às vezes, juntando com outras pistas, algo aqui pode fazer sentido. É um começo – disse Joaquim, agora encarando Gustavo, que tomava um grande gole da cerveja gelada, com a garrafa suando nas mãos.

O jovem ficou um pouco desconcertado, percebendo que não a havia oferecido para ninguém.

– O senhor… Alguém aceita uma cerveja?

– Eu não bebo! – com as mãos cerradas sob a mesa, Joaquim foi mais ríspido do que gostaria.

– Obrigada, amor – Bel interferiu, com um olhar que repreendeu o pai.

– Aceita um café, então, delegado? – Pedro perguntou, servindo-se. Bel percebeu que, embora o padrasto estivesse quieto e consciente de que aquela história era sobre a família da esposa, ao mesmo tempo, ele tentava impor sua presença quando Joaquim estava envolvido. Regina também parecia surpresa com o tom do marido, observando os dois se encararem por um instante.

– Obrigado, mas, infelizmente, estou com pressa. Primeiro, como delegado, eu não deveria estar aqui de forma pessoal. Segundo, preciso chegar com fome em casa. A Valentina e a Pietra decidiram aprender a cozinhar com a mãe e, se eu não comer o que elas prepararam, vão ficar chateadas. Preciso ir. Vou levar os cadernos comigo, mas, se precisarem de mim, mandem uma mensagem.

Antes que Regina pudesse responder, Pedro levantou-se apressado, apertou a mão do delegado e disse que o acompanharia. Joaquim se despediu rapidamente da filha, de Gustavo e de Regina, e saiu pela porta dupla já aberta, com Pedro à sua espera. Assim que passou, as madeiras se fecharam atrás deles com um som pesado.

Quando o padrasto de Bel voltou, os quatro comeram em silêncio. Depois, ela subiu para o quarto e Gustavo, dizendo precisar de ar fresco, pegou o *notebook* e foi se sentar perto da piscina. As águas escuras refletiam o céu do fim da tarde em tons suaves de cinza e azul, manchados pela escuridão que se aproximava.

No quarto, sob uma luz fraca, Maria Isabel tinha em mãos o bilhete que Alberto escrevera para sua avó. Ela segurava com mãos que mal sustentavam o papel amarelado e desgastado pelo tempo. Os olhos corriam pela caligrafia desbotada e, por mais que ela tentasse focar nas palavras, sua mente estava distante. De repente, um vento soprou com força, uivando através das frestas da casa. Em um instante, a janela foi arrancada de sua posição com um estrondo, e Bel sentiu um arrepio subir pelo corpo. No mesmo instante, seu celular vibrou com uma mensagem.

> **Número desconhecido:** Oi, Bel. Espero que você esteja bem. A Heloísa está de volta na cidade. Perguntamos ao delegado Nunes onde você está, mas ele não quis dizer. Achei mais alguns cadernos da sua avó. Com tudo acontecendo, imaginei que você fosse querer de volta. Falei para a Helô que ia te mandar uma mensagem para ver se podemos nos encontrar. Sei que faz tempo que os três encrenqueiros não se unem, mas estamos do seu lado.

Ela sabia que era Henrique. Tinha excluído o número, mas ainda se lembrava do começo. Quando era mais nova, costumava ligar para ele, sentindo uma ansiedade no peito ao ouvir aquela voz que, na época, mexia com todo o seu corpo. Eles foram melhores amigos, e depois se apaixonaram. A jovem fechou a janela encarando a tela luminosa na outra mão e pensando na infância, quando os três encrenqueiros se conheceram na escola.

Bel tinha nove anos e todos a chamavam de bruxa e satanista. Muitas crianças apenas repetiam o que ouviam em casa sobre "as três bruxas satanistas que moravam na casa assombrada", "as três Marias estranhas da rua Serafino Albuquerque". Henrique e a irmã dele, Heloísa, um ano mais velha, entraram na escola quando voltaram para Itapetininga com os pais para morar mais perto de Janice após o falecimento do avô. Sendo o jovem meio *nerd* e tímido, é claro que todos começaram a pegar no pé dele também. Helô já era mais comunicativa, além de linda, e, como jogava futebol melhor do que qualquer menino da escola, isso foi o suficiente para que passassem a chamá-la de "Maria João". Os três, frequentemente atormentados, acabaram se unindo e, assim, tornaram-se amigos inseparáveis. Um dia, criaram um plano para juntar cocô de cachorro e colocar na bolsa daqueles que mais implicavam com eles: Mayara, Augusto, Lucas e Andreia. Mayara, a filha do dono da padaria central da cidade, foi a primeira a enfiar a mão na bolsa, na frente de todos. O trio não conteve o riso ao ver a reação de nojo e a surpresa dos demais. Foram chamados pela então diretora Jussara, que suspendeu o trio. A partir daquele dia, ela os apelidou de "os três encrenqueiros", um nome que o grupo adotou com humor.

Bel: Rique? Desculpa, não tinha mais o seu número salvo. Então, esses cadernos... você os leu?

Ela respondeu depois de ponderar por alguns instantes, um tanto apreensiva com a ideia de que alguém pudesse achar coisas que fossem incriminar ainda mais sua avó.

Número desconhecido: Oi, Bel. Eu mesmo. Confesso que abri um e tinha coisas de igreja, mas me arrependi e parei. Deve ser pessoal para você e sua família. Com tudo o que está acontecendo, talvez você encontre respostas neles. Nunca vi sua a avó como uma *serial killer*. E, de qualquer forma, acho errado envolverem você e a sua mãe, tratando-as como culpadas. Se eu puder ajudar em algo, conte comigo.

Bel: Deve haver outra explicação para tudo isso. E sim, os cadernos antigos dela podem ajudar. Obrigada por entrar em contato.

Número desconhecido: Podemos nos encontrar para eu te entregar os cadernos. O que acha? Eu, você e a Heloísa. Ela voltou dos Estados Unidos e vai passar as férias por aqui. Pode ser o reencontro dos três encrenqueiros.

Bel pensou em pedir para Henrique mandar os cadernos por algum motociclista de aplicativo de entrega. Porém, movida por um sentimento nostálgico, quis se encontrar com os dois.

> **Bel:** Estou em Alambari. Podemos nos encontrar naquela hamburgueria nova que tem a decoração de cenários de filme de terror, a Mordida Fatal. O que acha?

> **Número desconhecido:** Nossa, sim! Finalmente chegou um desses lugares que só se vê na cidade grande, hein! Vi uma galera postando foto lá; eu topo muito esse rolê.

> **Bel:** Combinado. Meio-dia em ponto lá na frente?

> **Número desconhecido:** Sem dúvida. Deus me livre de te encontrar com o monstrinho da fome possuindo o seu corpo!

Bel acabou rindo com a última mensagem, lembrando-se de quando namoravam.

5 anos antes

Quando eles tinham 14 anos, combinaram de comemorar o terceiro mês de namoro em um restaurante japonês, onde ela chegou no horário combinado, mas recebeu uma mensagem de Henrique avisando que se atrasaria por causa de um jogo de futebol. "É Corinthians e Palmeiras", ele dizia para se justificar.

Bel, toda produzida e maquiada, usando o melhor vestido que tinha na época – um preto, com estampa de cerejas vermelhas, combinando com seu All Star da mesma cor –, já estava amuada, sentada na calçada e fazendo carinho em um cachorro caramelo – que começou a considerar levar para casa, mesmo sabendo que a mãe e a avó colocariam ela e o animal para fora.

Com trinta minutos de atraso, Henrique chegou, caminhando sem pressa até Bel enquanto o estômago dela já roncava de fome.

– Credo, Bel! Esse bicho deve ter sarna e sabe-se lá mais o quê...

O cachorro rosnou, parecendo entender que Henrique o encarava com o nariz enrugado de nojo. Ele ainda bateu o pé com força na calçada, perto do animal, o que fez o bicho sair correndo. Bel encarava o namorado com um misto de chateação e raiva.

– Sarnento é você?! Porra, Rique, meia hora!? Eu estou morrendo de fome...

– Calma, minha...

– Sua o cacete! – ela respondeu, levantando-se em um salto.

– Eita, como ela está brava! Possuída pelo monstrinho da fome... Bora comer, mulher!

Com essas palavras, abriu a porta do restaurante, exibindo aquele sorriso sempre travesso, meio de lado, que fazia o coração da Bel de 14 anos saltitar no peito. Ela passou pelo namorado revirando os olhos, porém não conseguia mais manter a irritação quando ele a fitava com aqueles malditos olhos de cor âmbar, ainda mais brilhantes sob a luz amarela do ambiente.

Dias atuais

A mente de Bel foi trazida de volta para o presente assim que um som agudo e prolongado da porta, que começou a se mover com as dobradiças enferrujadas, chegou em seus ouvidos. Gustavo entrou no cômodo e, instantaneamente, ela guardou o celular no bolso da calça *jeans* e se aproximou dele, que a olhava com certa desconfiança.

– Você está bem?

– Acho que não tem como estar, né?

Gustavo respirou fundo, deixou o *notebook* na cômoda ao lado da cama e envolveu Bel em seus braços delgados, com músculos alongados e sutis, mas ainda assim definidos graças aos anos de aulas de natação. O jovem a encarou por um momento; sempre se sentia sortudo por ter alguém como ela em sua vida. Quando estava com a namorada, tinha a absoluta certeza de que tudo o que sentira por outras mulheres no passado havia sido paixão, e de que apenas com Maria Isabel aprendera a amar; ele simplesmente se recusava a perder tudo o que tinham.

– Sei que agora está tudo errado, mas as coisas vão encontrar o seu caminho. Confia em mim? – sussurrou no ouvido dela.

Em resposta, Bel o puxou mais para si, e os lábios deles se encontraram em um beijo que começou lento, mas se intensificou com urgência. Ele sentiu o calor da respiração dela, e ela saboreou o gosto amargo da cerveja que o namorado bebera mais cedo. Enquanto os corações batiam em ritmo acelerado, quase em sincronia, eles se despiram. Nus na cama, as mãos dela se perdiam nos cachos negros dele. Enquanto ele segurava firme a cintura dela, traçando com os lábios um caminho de beijos no pescoço e fazendo a boca da jovem se abrir em suspiros leves, os dois se esqueceram de tudo o que os afligia.

Na manhã seguinte, Maria Isabel acordou sozinha, ainda nua, envolta em edredons grossos na velha cama. O ambiente estava imerso em uma penumbra silenciosa, rompida apenas pelo som distante de pássaros. Quando acendeu a luz, seus olhos lacrimejaram, ajustando-se lentamente ao brilho repentino. Ela olhou ao redor, sentindo a solidão do lugar, e buscou o celular no bolso da calça *jeans* jogada no chão. Eram quase onze horas da manhã e ela se sobressaltou ao perceber que tinha pouco tempo para se arrumar. Duas mensagens piscavam nas notificações.

> **Henrique:** Tudo certo para hoje?

> **Gustavo:** Amor, você estava tão em paz que eu não quis te acordar. Sinto que você precisa descansar; os dias não estão sendo fáceis. Vou dar uma volta pela cidade. Vi que há uma livraria antiga no centro; quero dar uma olhada em um livro. Se quiser me encontrar, você me liga? Te amo!

Bel tentou ligar para Gustavo várias vezes, querendo avisá-lo de que almoçaria com dois amigos, mas ele não atendeu. Deixou uma mensagem e confirmou o encontro com Henrique. Depois de um banho rápido, vestiu-se ouvindo o estômago roncar. Mesmo com fome, decidiu pular o café da manhã e ir direto para o almoço.

Descendo a escada, que rangia a cada passo, percebeu que a mãe e o padrasto interromperam uma conversa em sussurros ao vê-la. Os olhos castanhos de Regina estavam opacos, como se a luz que costumava brilhar neles tivesse se apagado temporariamente. Fios prateados começaram a aparecer cada vez mais entre os cabelos escuros dela, e olheiras arroxeadas marcavam a pele pálida e delicada, revelando a exaustão de uma noite maldormida.

– Bom dia, filha – disse Regina, forçando um sorriso. Ela sempre fora próxima de Bel, mas ultimamente parecia esconder algo.

– Bom dia – disse Pedro, com rispidez na voz. Depois se levantou apressado, sem olhar para Bel nem para Regina, e subiu como um furacão pela escada, batendo a porta do quarto no segundo andar.

– Bom dia. Aconteceu alguma coisa? – perguntou Maria Isabel, seus olhos, estreitos e atentos, movendo-se rapidamente de um lado para o outro, avaliando cada detalhe ao redor.

– Não, querida. Eu e o Pedro apenas discordamos em algumas questões – Regina ponderou por um instante; parecia querer dizer algo, mas esfregou a têmpora e apenas trocou de assunto. – Quer comer agora? Pensei em fazer uma macarronada. Imagino que seja tarde para pão e café com leite, certo?

– Na verdade, eu pensei em ir comer hambúrguer no centro de Alambari com... – não sabia por que algo dentro de si dizia para ocultar que Henrique também se encontraria com ela – ... a Heloísa. O Gustavo foi a uma livraria. Vou falar para ele nos encontrar lá.

– A Heloísa irmã do Henrique? Ela não está estudando nos Estados Unidos?

– Sim, mas veio passar as férias em Itapê. Ela quer me encontrar para saber como estou e, sinceramente, vai ser bom conversar com alguém de fora, sabe? Talvez até sobre outras coisas.

Regina parecia analisar a filha. Ela abriu a boca algumas vezes, antes de finalmente dizer:

– Entendo, Bebel. Fico feliz que tenha uma amiga por perto e... bem, sei que não é Itapetininga, mas se cuida, está bem? As fofocas voam.

A jovem acenou com a cabeça e abraçou a mãe, que ainda parecia aflita e exausta.

– Por que não descansa e pede alguma coisa para comer?

– É uma ótima ideia, Bebel.

Bel soltou a mãe, que subiu para o quarto. A garota observou os passos dela, que ecoaram pesados contra os degraus de madeira. Cada um deles era arrastado, como se exigisse um esforço enorme para Maria Regina erguer os pés do chão. Quando já não podia mais ver a mãe, Bel respirou fundo e saiu pela porta dupla de madeira, caminhando até o ponto de ônibus mais próximo. Chegando lá, quase como se tivesse combinado o horário, o ônibus para o centro apareceu e a levou em direção à hamburgueria.

Já no centro da cidade, Bel estava vinte minutos atrasada, mas sentia alívio ao comparar a relativa calma de Alambari, mesmo em um fim de semana, com a agora caótica cidade vizinha, Itapetininga. Assim que desceu do ônibus, avistou a Mordida Fatal, que naquele sábado parecia ter uma pequena fila de espera diante da fachada – uma mistura estranhamente fascinante de nostalgia e arrepios. As paredes externas, pintadas em tons de preto e cinza desbotados, imitavam a aparência de uma casa abandonada, com janelas parcialmente cobertas por cortinas rasgadas e rachaduras propositais na pintura. No topo, um letreiro em neon vermelho vibrante piscava sem parar, como um aviso silencioso, com o nome da hamburgueria estilizado em letras gotejantes, como se recém-saídas de uma cena sangrenta.

De longe, Maria Isabel avistou os irmãos parados perto de um Opala vermelho, um de costas para o outro, imersos no celular. Era impossível não notar quanto se pareciam, apesar das diferenças nos detalhes. Ambos tinham a pele parda e cabelos que lembravam fios de seda escura. O cabelo dele era curto; já o dela caía suavemente até os ombros. Henrique havia herdado os olhos dourados e brilhantes da mãe, enquanto os de Heloísa eram tão escuros quanto os do pai, profundos e misteriosos. O moço, com o mesmo 1,85 metro do pai, destacava-se ao lado da irmã, que, embora de estatura mediana, também chamava a atenção por ser pelo menos dez centímetros maior que Bel e seu 1,55 metro.

Quando ela se aproximou, Henrique foi o primeiro a notá-la. Ele estava encostado no carro e, quando pôde vê-lo melhor, ela percebeu que o jovem definitivamente havia andado malhando no último ano. Os braços e ombros largos e bem definidos se destacavam, criando uma silhueta imponente, possível de ser notada mesmo por baixo do suéter preto. Ele ainda tinha o mesmo sorriso torto e charmoso pelo qual ela havia se apaixonado seis anos antes. Henrique cutucou a irmã, que colocou um sorriso no rosto, seu batom vermelho fazendo com que os dentes brancos brilhassem ainda mais. Ao notar os olhos delineados com perfeição da amiga, Bel lembrou que, por acordar atrasada, estava sem nada de maquiagem e, possivelmente, descabelada.

– E aí, como vocês estão? – Maria Isabel se aproximou, um pouco tímida ao reencontrar pessoas que haviam sido tão próximas no ensino médio, mas que agora pareciam estranhos conhecidos, distantes pelo tempo.

Ela e Helô se afastaram antes mesmo de terminar o colégio. Quanto a Henrique, ele ainda era o namorado de Maria Isabel quando terminaram o ensino médio, dois anos antes. Naquela época, a mãe de Bel passara em um concurso no Ministério Público de São Paulo, e, pouco tempo depois, a jovem terminou com Henrique por telefone, no final do primeiro semestre da faculdade. Os sentimentos dela haviam mudado, e o relacionamento à distância já não fazia sentido. Então, não era surpresa o clima estranho entre eles agora. Henrique a observava com um olhar fixo, engolindo em seco, e Bel começou a se arrepender de ter aceitado esse reencontro. Logo ele sacudiu a cabeça, como se espantasse qualquer incômodo, e seu semblante ficou tranquilo novamente, fazendo-a questionar se havia apenas imaginado o desconforto dele.

– E aí está a nossa Bebel aventureira.

– Oi, Rique, Helô...

– E aí está a torta de climão de um reencontro entre ex-namorados. Passei por isso esta semana também, quando a Marina foi lá em casa. Como você está, Bel? – Heloísa passou pelo irmão e abraçou a moça com força. Depois de soltar a amiga, com um sorriso cheio de empatia, completou: – Quero dizer, apesar de toda a situação de ter um cemitério no quintal da sua avó.

– Cacete, Heloísa, discreta como um elefante no meio da cidade – satirizou Henrique.

A implicância entre os dois fez Maria Isabel rir; havia uma familiaridade naquilo.

– Vocês não vão começar a brigar antes da sobremesa, né? Eu estou bem, para quem descobriu esqueletos enterrados no jardim da avó falecida e está tentando entender que diabos aconteceu naquela casa – Bel comentou dando de ombros, com um sorriso largo e forçado, e então deu uma espiada para dentro do restaurante e mudou de assunto. – Eu acho que eles têm uma réplica do corredor de *O iluminado*, com bonecas das gêmeas. Quando a sua vida parece um filme de terror, é sempre bom mergulhar nos que são apenas ficção. Vou ver o tempo de espera da fila – ela tentou parecer animada.

Henrique levantou um *pager* de espera que estava no bolso dele.

– Parece que somos os próximos! Eu e a Helô chegamos no horário, sabe...

– Eu estava vendo um jogo do Corinthians contra o Palmeiras, menino; imperdível! – Bel rebateu com ironia e Henrique riu, entendendo o recado.

O *pager* não demorou para vibrar com luzes piscantes nas mãos dele. Eles entraram no Mordida Fatal e os olhos de Bel, uma grande fã de terror, brilharam ao passar por todos os cantos do local. Era pequeno, mas tinha espaços com cenários de filmes como *Pânico*, *Halloween*, *O chamado* e *O iluminado*.

– *O iluminado*! – Bel e Henrique exclamaram em uníssono.

Heloísa deu de ombros.

– Não assisti a nenhum e tudo aqui me dá medo, então, tanto faz.

Eles se acomodaram em uma mesa de madeira rústica e clara que combinava com as cadeiras. O ambiente era divertido, com um carpete de padrão geométrico hexagonal em tons de laranja e marrom cobrindo o chão ao final do corredor. Ali, uma cena assustadora os observava: bonecas em tamanho real das gêmeas do famoso filme de terror. Helô sentou-se ao lado de Bel, enquanto Henrique ficou de frente para as duas. Bel, animada, pediu o lanche Carrie Sangrento, com *ketchup* extra, acompanhado de batatas e refrigerante. Henrique optou pelo Jason's Smash, com Coca-Cola. Já Helô escolheu o *drink* Fundo do Poço, uma mistura de vodca com frutas vermelhas, que vinha com uma miniatura da Samara, do filme O *chamado*, no fundo do copo, além de uma generosa porção de batatas fritas.

Eles colocaram o papo em dia, falando sobre tudo, menos sobre os acontecimentos recentes. Os irmãos perceberam que era disso que a jovem precisava. Estar ali com eles aos poucos trouxe alguma normalidade, como se por alguns instantes Bel tivesse voltado no tempo.

Antes de irem embora, Heloísa deu mais um abraço apertado em Maria Isabel e disse:

– Vou ficar um mês por aqui. Não vamos nos tornar estranhas de novo, tá? Se precisar conversar, manda mensagem – Helô a fitava com uma expressão que transmitia o quanto as palavras eram sinceras.

– Obrigada, Helô!

Henrique pigarreou, e sua irmã, revirando os olhos, captou o recado. Sem dizer mais nada, entrou no carro, deixando os dois sozinhos na frente dele.

– Eu sei que fui um idiota quando terminamos – começou Henrique, com um tom arrependido. – Eu queria voltar atrás e não ter mandado aquelas mensagens. Foi bom te ver, sabe? Eu ficaria feliz se pudéssemos ser amigos de novo.

– Tudo bem, Rique. Eu devia ter vindo para cá ver minha vó e aproveitado para falar com você pessoalmente. Ter terminado olhando nos seus olhos, sabe? Eu entendo como você se sentiu.

– Mesmo assim, não justifica o que te falei. Foi tudo da boca para fora. E, bom, raramente o primeiro amor da adolescência dura para sempre, né?

– Eu sei... Está tudo bem, de verdade.

– Amigos? – ele estendeu a mão, com um sorriso de quem buscava perdão, quase fazendo cara de cachorro sem dono.

– Amigos! – ela respondeu, apertando a mão dele com um sorriso suave.

– Quer uma carona? – o jovem perguntou, apontando para o carro com um gesto descontraído.

– Ah, não. Vou tentar encontrar o Gustavo.

Um lampejo breve e indecifrável passou pelo olhar de Henrique, rápido demais para Maria Isabel entender o significado. Ele deu de ombros, inclinou-se e deu um beijo no rosto dela. Sem dizer nada, entrou no carro e se despediu com uma buzina curta, seguida de um aceno vago. Helô também acenou, distraída, enquanto falava com alguém ao telefone.

O silêncio no carro parecia grudar nos ouvidos como uma névoa espessa e desconfortável. Henrique mantinha os olhos fixos na estrada, mas sua atenção, na verdade, dividia-se entre os próprios pensamentos e os movimentos raivosos de Heloísa ao lado. Ela digitava algo no celular com fúria silenciosa, os dedos batendo na tela como se quisessem atravessá-la. Henrique não precisava perguntar. Sabia. Era Marina. Sempre era Marina. Pela maneira como a irmã franzia a testa, dava para perceber que a conversa não estava indo bem – o que, considerando o histórico das duas, não era surpresa.

Ele suspirou, pensando em quão óbvia fora a recaída. Era só ligar os pontos. As conversas abafadas, o clima estranho. Marina queria algo em troca, como sempre. Henrique nunca gostou dela, nunca confiou naquela cara de anjo com olhos de cobra. Mas aquilo nunca fora problema dele. Não diretamente. E ele já tinha problemas demais.

Ver Maria Isabel novamente foi como ter uma cicatriz reaberta com uma lâmina afiada. Uma lembrança bonita, mas dolorosa, latejando por dentro. Era impossível negar: ainda gostava dela. Ainda a amava. Como esquecer alguém como ela? Bel tinha aquele sorriso que parecia iluminar tudo, mesmo quando tentava escondê-lo. E aquele hábito de se enroscar no próprio cabelo quando ficava nervosa... enrolando os fios no dedo, ou empurrando aquela cortina negra de seda sobre o rosto como se pudesse se esconder do mundo. Era ridículo o quanto ele se lembrava de cada detalhe.

Ele a amou desde o primeiro olhar. E, então, perdeu-a. Por culpa dele. Talvez estivesse pronto, finalmente, para começar a admitir isso. Não tinha sido o melhor namorado do mundo. Mas também não se julgava péssimo.

Assim que estacionou o carro na garagem, Heloísa saltou para fora como uma flecha disparada e subiu a escada em silêncio, com os dois pugs dela latindo animadamente atrás. Era sempre assim. Sirius e Rony poderiam dormir o dia inteiro, e Heloísa poderia passar quanto tempo fosse fora do país; quando ela entrava pela porta, eles se tornavam vigilantes apaixonados. Henrique não se importava. Eram dela.

Henrique se jogou no sofá com o celular na mão e deixou o peso do dia cair sobre si como uma âncora. Abriu a galeria de fotos e lá estava ela. Maria Isabel, sorrindo, ao lado dele, em uma época em que o mundo parecia ter sentido. Tinha sonhos com ela. Uma casa. Filhos. Uma vida. Mas ela fez outros planos, e ele... ficou para trás, fingindo não perceber quanto Bel se calava nos últimos dias antes do fim.

Melissa era uma boa distração. Simpática, bonita. Conheceram-se na copiadora da família dela. Os dois saíram algumas vezes. Mas ela era como todas as outras: passageira. Tudo o que Henrique conseguia sentir era desejo. E até isso, uma hora, acaba.

O som apressado dos passos de Heloísa descendo a escada quebrou a linha de pensamento dele. Os pugs observaram do topo, indecisos.

– Você anda mexendo nas minhas coisas? – ela perguntou, ao se aproximar com os olhos faiscando de raiva, e os pés batendo no chão.

Henrique se levantou tão rapidamente que o celular lhe escapou das mãos e caiu no chão com um estalo. Os olhos da irmã foram diretamente para a tela acesa – e para a imagem dele com Bel, anos antes.

– Ai, pelo amor de Deus, Henrique! Supera. Eu sabia que você queria ir lá hoje porque...

A campainha tocou com insistência, ecoando pela casa. Uma voz estridente gritou o nome de Heloísa do lado de fora, e os pugs, agora determinados, desceram a escada em disparada, latindo em uníssono como em uma orquestra caótica. Henrique nem precisou olhar para saber quem era. Marina. Ultimamente, era sempre Marina atrás da irmã.

– Aparentemente, não sou só eu que preciso superar o passado, né, Heloísa? – ele alfinetou, sem disfarçar o deboche.

Ela apenas revirou os olhos mais uma vez, encaixou a pulseira no pulso como se fosse uma armadura e saiu marchando em direção à porta, com seus dois "protetores" rosnando atrás como soldados barrigudos.

Henrique não resistiu. Espiou à distância.

As duas meninas estavam na varanda, conversando em tom abafado, quase conspiratório. Ainda assim, o nervosismo era visível nos gestos e nas expressões tensas. Heloísa entregou um maço de dinheiro para Marina.

O som dos pugs no portão dificultava ouvir qualquer coisa, mas o grito da irmã atravessou tudo como uma navalha na última frase.

– EU TE MATO, MARINA! JURO QUE TE MATO!

Marina achou graça. Sorriu com desdém, beijou a outra, que a empurrou com força, e foi embora gargalhando, como se fosse um jogo do qual só ela soubesse as regras.

Heloísa se virou e pegou o irmão espiando. Ele fugiu para o quarto, quase tropeçando nos próprios pés, e se trancou lá dentro. Colocou os fones de ouvido antirruído e abriu Valorant, para jogar *on-line*, tentando afundar a mente no mundo virtual.

Mas então veio a notificação de uma mensagem muito esperada:

> **Melissa:** Se souberem que eu roubei coisas do *pen drive* do cliente, os meus pais me matam. Mas está tudo aí!

Henrique abriu o PDF sem hesitar.

Estava ficando tarde. Bel tentou ligar para Gustavo, mas o telefone caía direto na caixa postal. Frustrada, ela decidiu ir até a única livraria do centro de Alambari, uma caminhada de cerca de trinta minutos, mas não o encontrou lá. Quando chegou, o lugar estava lotado devido a uma feira de troca de livros, na qual as pessoas traziam os exemplares que não queriam mais e podiam adquirir novos com desconto. Ela vasculhou as prateleiras, reconhecendo alguns títulos que estavam em sua lista há tempos, e acabou comprando um clássico do terror: uma coletânea de contos do mestre do horror cósmico, H. P. Lovecraft. As mensagens que enviava para o namorado nem sequer chegavam no celular dele, e o tempo foi passando. Já estava ficando tarde, e o cansaço começou a pesar. A jovem, então, chamou um carro de aplicativo para voltar à casa temporária, onde sua família estava hospedada.

Dentro de um Nissan Versa prata, Bel trocou poucas palavras com o motorista de meia-idade, que também parecia exausto. Ela decidiu mexer nos cadernos da avó que Henrique lhe trouxera. A maioria deles continha orações, passagens da Bíblia e receitas, ou seja, nada de novo. Entretanto, um dos cadernos parecia ter um volume extra na capa. Curiosa, ela rasgou o revestimento, e seus olhos descrentes encontraram mais um bilhete cuidadosamente escondido, acompanhado de uma foto em preto e branco da avó quando era mais nova. A moça reconheceu, naquela jovem da imagem, traços que compartilhavam, como os olhos escuros e amendoados, os lábios pequenos, mas desenhados, e o mesmo formato de nariz, fino e arrebitado. Ela estava nua e sorrindo para quem registrava aquele momento. Atrás da foto, em tinta vermelha gasta, estava escrito "pecadora". Aquilo fez o coração de Bel errar uma batida. Com as mãos vacilantes, ela pegou o papel velho para ler:

Alberto,

Penso em você todos os dias, e me pergunto como a vida seria se o destino não tivesse sido tão cruel com a gente, prendendo-me a um homem que nunca vou amar. Confesso que, em minha mente, às vezes o mato, e me pego imaginando como seria a vida sem ele. Dei à luz uma linda garotinha; teria ela o mesmo destino ou um pior? Acho que eu preferiria ter tido um menino, apenas para ninguém herdar de mim a maldição de ter que ser mulher. Eu estava sozinha em casa quando Otávio simplesmente sumiu assim que nossa primeira filha veio ao mundo. Soube, por outras pessoas, que ele estava no bar atrás de cigarros, mulheres, bebidas e jogos de azar. "Sabe como são os homens", todos dizem para nós, com pena no olhar, porém normalizando os atos masculinos.

Agora, aqui sozinha nesta casa, com o choro da minha pequena ecoando pelas paredes e meu coração ainda mais dolorido que todo o resto do meu corpo, olho para ela e me pergunto como seria se Roberta tivesse seus traços, seu sorriso fácil, seus olhos verdes e sua pele negra, que os faz contrastar e brilhar como esmeraldas. E se nós duas pudéssemos ter os seus cuidados e o seu carinho? Talvez em outra vida.

Otávio não me ama; ele me tem como um de seus pertences. "Minha mulher", ele diz, porque é isso que eu sou, como suas calças, suas terras, seu caminhão e seu dinheiro. E, ainda que ele cuide de tudo melhor que de mim, ainda levanta a voz ao me chamar de sua. E, mesmo que eu não quisesse mais ser, depois dos laços e do que juramos diante de Deus, selamos um contrato. Embora fosse um pecado dos dois querer desfazê-lo, o meu seria ainda maior, pois todos olham para as mulheres como coisas a pertencer; e, para os homens, como os únicos que, entre os muitos outros direitos facilmente adquiridos, podem ter mulheres, coisas, dinheiro, livre-arbítrio – este prometido por Deus para todos e entregue apenas para os homens.

Criei o hábito de ler a Bíblia nesses tempos, sozinha em casa e cansada de velhos romances, e me pergunto se somos todas castigadas como Eva porque o mundo foi criado por um homem, ou se os homens distorcem as palavras de Deus e as histórias da Bíblia para justificar uma vida na qual o mundo é deles e nós nascemos de suas costelas apenas para adorá-los.

Bel guardou o bilhete e a foto no bolso, cada palavra martelando em sua mente como um eco persistente. Por um breve momento, ela esqueceu que Alberto era o principal suspeito das mortes das mulheres enterradas no quintal da avó. A mente da jovem estava voltada para o que poderia ter ocorrido entre ele e Antônia. Mergulhada em pensamentos, nem percebeu quando o carro passou da entrada da chácara. Atordoada, pediu para descer ali mesmo. Quando o carro se afastou, ela tentou ligar para Gustavo, mais uma vez, sem sucesso. Caminhou até a casa com o silêncio ao redor parecendo intensificar seus pensamentos.

Ao chegar, encontrou Regina na sala com Pedro, assistindo ao jornal. Bel escondeu a sacola com os cadernos em um dos armários vazios da cozinha, onde sabia que sua mãe não mexeria.

– Bel? – chamou Regina, aproximando-se com um tom de preocupação na voz. – Eu estava tentando ligar para você e para o Gustavo, e nada! Mandei várias mensagens e vocês nem responderam. Você tem ideia de como fiquei preocupada?

– Desculpa, mãe. Eu me distraí, o Uber passou da entrada e acabei vindo a pé... Quanto ao Gustavo, não faço ideia de onde ele está. Tentei ligar, mas ele também não me atende – Bel estava começando a sentir a preocupação crescer.

De repente, Pedro gritou o nome de Maria Regina com urgência, interrompendo um início de sermão. Quando ambas chegaram à sala, encontraram-no andando de um lado para o outro, agitado, repetindo, com os dentes cerrados:

– Eu te avisei, Regina, que merda remexida fede duas vezes mais!

No jornal, a imagem da casa da mãe de Maria Regina dominava a tela, enquanto os repórteres traziam uma notícia chocante, que fazia a cabeça de todos rodar de incredulidade:

"A história se repete em Itapetininga, cidade do interior de São Paulo. Ossos de mulheres mortas nos anos 1980 pelo Assassino das Bonecas, identificado mais tarde como Alberto Lima, foram encontrados no quintal de Maria Antônia Gonçalves, falecida recentemente. Hoje, durante a investigação, uma nova boneca foi encontrada na casa, com olhos humanos e um bilhete grudado. No papel, uma passagem bíblica escrita à mão, como nos crimes do passado. A polícia acredita que alguém esteja imitando Alberto Lima para atrair atenção, após o alvoroço recente na cidade..."

Um trovão ribombou no céu, sacudindo as janelas com um estalo seco. Em seguida, um vento forte abriu a porta com violência, como se a própria tempestade quisesse invadir o espaço. O som da madeira batendo contra a parede ecoou pela casa, seguido pelo ar gelado, denso e invasivo. Era como se o tempo se preparasse para testemunhar algo.

Todos na sala congelaram; o noticiário agora abafado pelo uivo do vento. E então, entre a chuva e as folhas que rodopiavam do lado de fora, uma figura se delineou na entrada. Uma sombra desajeitada, mancando, com a silhueta distorcida pelas gotas-d'água e pelas luzes oscilantes da tempestade. Os corações de Maria Regina, de Maria Isabel e de Pedro dispararam, com batidas rápidas e sincronizadas.

Aos poucos, a figura se aproximou, revelando-se à medida que a luz da sala iluminava seu rosto. Era Gustavo, descabelado – o cabelo grudado na testa pela chuva e os olhos arregalados. Suas roupas estavam encharcadas, sujas de lama, e um dos sapatos estava furado, o dedo do pé sangrando. Ele parecia fora de si, respirando com dificuldade, a expressão perplexa.

– Eu... eu simplesmente me perdi – sua voz era quase um sussurro rouco, abafado pelo barulho do vento. – Acabou a bateria do meu celular... Andei pela cidade inteira. Não encontrei lugar para sacar dinheiro para o ônibus, não consegui carregar o celular... Achei que nunca chegaria aqui!

Ele olhou em volta, confuso, enquanto todos o encaravam como se ele fosse uma assombração.

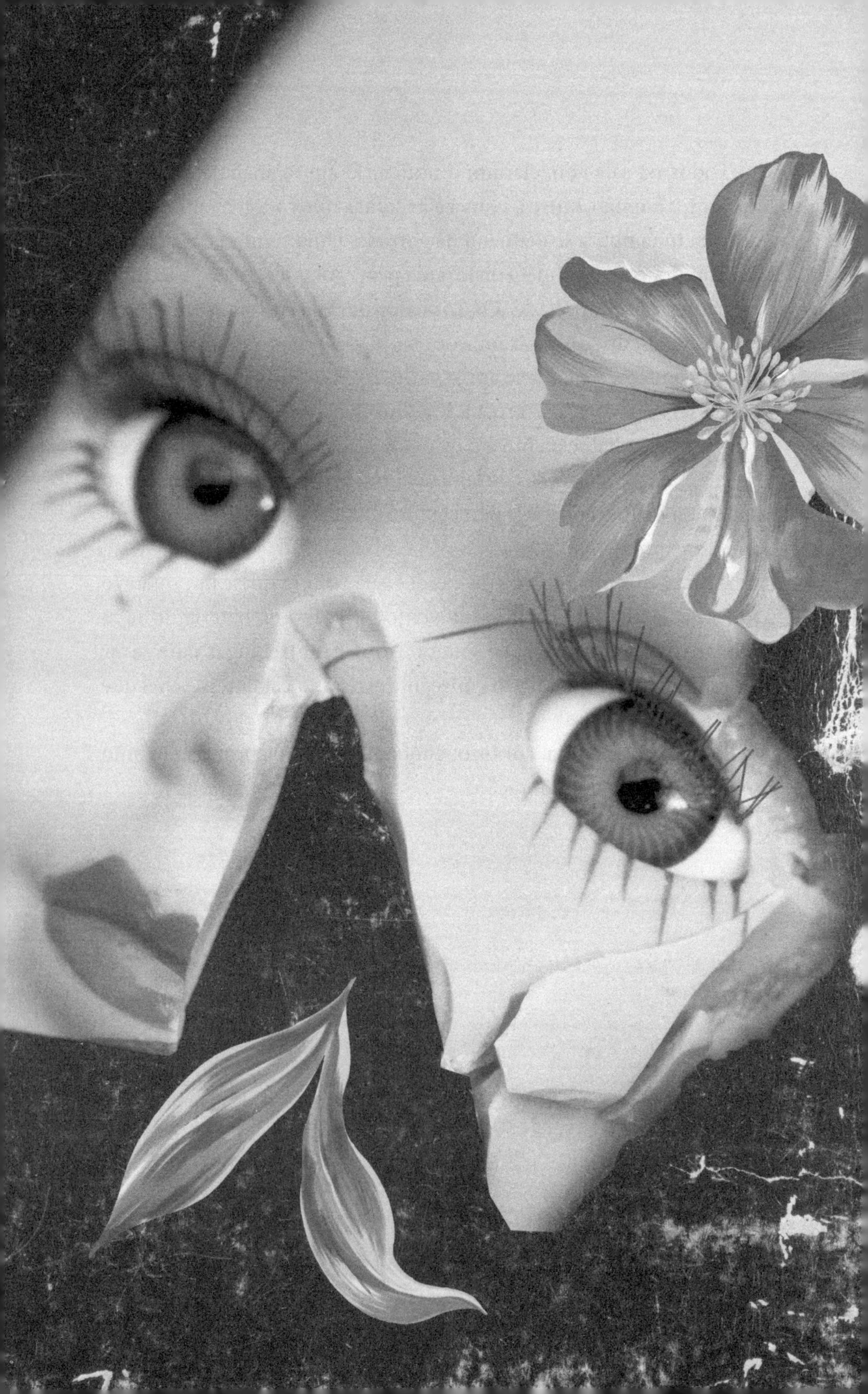

QUANDO FLORESCEM OS ANSEIOS

EM PÉ, segurando uma grande xícara de café, Maria Isabel fitava Gustavo com olhos inquietos. O cansaço no rosto dela refletia a noite maldormida após uma discussão que não levara a lugar algum. Anotações preenchiam uma cartolina colada na parede atrás dela, ligando o nome de Maria Antônia a Alberto Lima com uma interrogação, logo abaixo dos dizeres "dias atuais" e de círculos destacando a frase "Três garotas entre 17 e 20 anos desaparecidas". Ao lado deles, havia uma garrafa de café quase vazia e latas de energético espalhadas pelo chão.

Gustavo, ainda sonolento, esfregou os olhos enquanto a luz fraca do sol de inverno penetrava pela janela, dissipando a escuridão de uma noite chuvosa. Ele bocejou e olhou para a namorada.

– Você dormiu ou passou a noite toda obcecada com tudo o que está acontecendo?

Maria Isabel, com a raiva transparecendo nos olhos cansados, perguntou para o namorado, entre os dentes:

– Gustavo, eu ainda não entendi onde você esteve o dia todo ontem.

Ele hesitou, a mente trabalhando para encontrar uma resposta coerente. Finalmente, suspirou com pesar e disse:

– Você está me perguntando se fui para Itapetininga cometer um crime e complicar ainda mais a vida da sua família? Não, Bel. Como já te falei, eu fui à livraria, e provavelmente nos desencontramos. O meu carregador está com mau contato, e esqueci ele aqui, de qualquer forma, então o meu celular acabou ficando totalmente descarregado. Gastei o que tinha no bolso com um lanche e meus cartões ficaram na sua bolsa. Sem dinheiro para ônibus, muito menos para táxi, eu me perdi. Andei por ruas estranhas, algumas pessoas me deram direções erradas até eu encontrar um caminho conhecido e, quando finalmente estava chegando, começou a tempestade. Caí em um buraco de lama, por isso as roupas sujas e rasgadas. Eu nem sabia o que havia acontecido, mas é isso – o jovem respirou fundo depois de narrar os acontecimentos de modo apressado. Um segundo depois, observando as anotações da namorada e parecendo organizar os pensamentos, ele se sentou na beira da cama e colocou os óculos. – Quero te ajudar, porém não comece a apontar suspeitos sem base ou motivos, ok? Entendo que você esteja nervosa, mas isso não vai levar a lugar nenhum – era visível quanto Gustavo se esforçava para se manter calmo diante de questionamentos que ele achava absurdos.

Maria Isabel também respirou fundo, esfregando o rosto como se pudesse afastar o sono e a dor que latejava em sua cabeça. De fato, o namorado não tinha motivos para sair por aí matando ninguém do nada.

– Eu estou cansada... Vim para enterrar a minha avó e voltar para São Paulo. Mas, em vez disso, descobri segredos dela que eu nem sei se queria saber. E, agora que um louco está imitando o homem que provavelmente foi amante da dona Antônia para todos em Itapetininga, o mais óbvio é me culpar ou culpar a minha mãe. Nós nunca quisemos dinheiro nenhum, mas que bela herança nos deixou, hein, vovó... – Maria Isabel baixou a cabeça, segurando-a entre as mãos, enquanto Gustavo tentava confortá-la, deslizando suavemente a mão pelas costas dela.

O toque inesperado trouxe um breve alívio, interrompido pelo vibrar do celular. Ambos se voltaram para a tela, onde o nome de Henrique surgiu. Gustavo olhou do celular para a namorada com as sobrancelhas arqueadas, encarando-a fixamente, com uma faísca de desconfiança no olhar. Bel respirou fundo e disse:

– Preciso te contar o que aconteceu ontem, antes das notícias.

Então, começou a relatar o encontro com Henrique e Heloísa e falou sobre tudo o que encontrou dentro da capa dos cadernos pretos da avó.

– Você foi no Mordida Fatal sem mim? Que traição, Maria Isabel!

– Podemos ir juntos outro dia…

– Hum, não sei… Você foi com o seu ex primeiro – ele forçava uma risada, tentando parecer que estava brincando, mas ela percebeu que tinha um pouco de ciúme na atitude dele.

– Você sabe que o Henrique é passado, né? Mas fomos amigos antes de tudo e, sei lá, acho que preciso de amigos e de pessoas do lado da minha família neste momento.

– Eu sei – ele disse por fim, dando de ombros – Bel, acho que não dá para negar que a sua avó teve um passado com o Alberto. Talvez seja melhor entregar os bilhetes para o seu pai, principalmente agora que algum doido está recriando o passado.

– Você tem razão – ela soltou, mas parecia um tanto desanimada ao concordar.

O estômago de Bel roncou; a última coisa que tinha comido era o lanche do dia anterior. O casal desceu e encontrou Pedro e Regina cozinhando juntos em um silêncio carregado de tensão.

– Bom dia, quase boa tarde!

– Bom dia, belos adormecidos – Maria Regina disse enquanto colocava uma panela de arroz fresco sobre uma tábua de madeira na mesa.

Gustavo foi até a tomada perto da mesa, onde estavam dois iPhones pretos idênticos. Quando pegou um deles do carregador, Pedro, que trazia filés de frango grelhados em um prato de vidro, disse:

– Esse é o meu. O seu carregou cem por cento e eu troquei.

– Obrigado, Pedro – o jovem disse, plugando o celular de volta no carregador e pegando o seu, que estava ao lado.

Gustavo olhava fixamente enquanto Bel colocava comida no prato. Ela deu uma garfada no arroz, comeu um pedaço de frango, então respirou fundo, quando a mãe se sentou ao lado dela para almoçar, e soltou:

– Mãe, encontrei umas coisas da vovó...

– Que coisas? – Maria Regina perguntou. Pedro, que conversava com alguém no celular enquanto petiscava pedaços de filé de frango no prato, também parou tudo para prestar atenção na enteada, a tensão tomando conta do rosto de ambos.

– O Henrique me deu mais cadernos e, bom, eu não estou com cabeça para falar sobre o mesmo assunto duas vezes, e o meu pai precisa saber também. Podemos chamá-lo para conversarmos todos juntos?

Regina e Pedro estavam prontos para protestar, mas Gustavo interveio:

– Acho melhor mesmo. A princesa não pregou os olhos a noite toda; é melhor ela descansar um pouco e falar para todos sobre o que achou quando estiver com cabeça para isso.

Pedro pareceu querer discordar, mas Regina o olhou como quem dizia "deixe a menina", com olhos firmes.

– Eu vou pedir para o Joaquim vir mais tarde. De qualquer forma, também queremos falar com ele; fomos mais cedo na delegacia e ele não estava.

Pedro, visivelmente desconfortável, pegou seu prato e saiu em passos apressados, a fim de comer na sala. Bel, Gustavo e Regina comeram em silêncio. Logo depois, o jovem, para aproveitar que o dia estava menos frio, com um sol tímido despontando no céu, foi para uma das mesinhas perto da piscina.

🌹

Gustavo abriu o *notebook* com dedos hesitantes sobre o teclado, tentando se ancorar na única coisa que, teoricamente, ainda conseguia controlar: o seu projeto literário. A tela brilhou diante dos olhos dele, iluminando ainda mais seu rosto. O roteiro do livro piscava diante do jovem como um desafio silencioso. Ao lado, o bloco de notas exibia fragmentos de ideias, pedaços de cenas escritas entre uma crise e outra. Mas ele sabia, no fundo do peito, que não conseguiria escrever uma linha sequer. Tinha acabado de mentir, de novo, para Bel.

Aquela sensação sufocante já não era estranha – uma mistura pesada de culpa e medo, firmando-se na mente como uma pedra. Ele não queria perdê-la; isso era certo. Mas cresceu ouvindo, quase como uma maldição, que um único erro poderia arruinar uma vida inteira. Se alguém descobrisse que o sangue de um criminoso corria em suas veias, mesmo diluído em gerações, não pensaria duas vezes antes de vê-lo como uma continuação do monstro.

Gustavo sugou o ar de forma dramática, engoliu a própria saliva e fechou, por um segundo, os olhos, tentando se recompor. "Eu teria contado", jurou mentalmente para si mesmo, "sobre a Berenice, sobre o Alberto...". Ele até prometeu que "teria levado Bel no asilo", se achasse que a avó ainda poderia ajudar em algo. Mas Berenice... Ela se recusava a falar. A boca da mulher, no encontro deles, permaneceu cerrada com força. E era difícil colocar a culpa somente no Alzheimer. Afinal, Gustavo viu. Ele sentiu. Aquele olhar. Quando a senhora o notou pela primeira vez, não foi confusão o que surgiu nos olhos dela – foi ódio.

Ele tinha quase certeza de que, ao encará-lo, ela não via um neto – via o próprio filho. Aquele que a abandonou. A semelhança entre os dois era impossível de ignorar. E talvez fosse exatamente por isso que Berenice jamais diria uma palavra. Pelo menos, não para ele.

Gustavo pegou os fones e os encaixou nos ouvidos com força, em uma busca para escapar da própria cabeça. Precisava de uma distração. Algo impessoal. Frio. Racional. Abriu seu aplicativo de *podcasts* e rolou pelos episódios do seu favorito: *Enquanto eu te vejo, você me ouve?* Narrado por uma jornalista e uma estudante de jornalismo, o programa sempre o capturava. Era inteligente e minucioso. Ele passou rapidamente pelo episódio sobre o Assassino das Bonecas. No passado, ouvira-o dezenas de vezes. Conhecia cada frase. Continuou rolando até pousar sobre outro episódio. Um que ele sempre achou fascinante: "O escritor da caneta mortal". Sim, aquele era perfeito. Distante. Seguro. Um caso sobre um autor inglês que transformava seus próprios crimes em romances policiais e os publicava anonimamente, com detalhes extremamente precisos – algo que só podia ter sido escrito por uma mente doentia. Era Charlie Thomas Davis, nome proibido nas livrarias, mas também um gênio insano que escondia corpos com a mesma habilidade com que escondia metáforas nas entrelinhas.

O jovem deu *play*, com euforia, e então as vozes das narradoras surgiram em seus ouvidos como um sussurro familiar. Foi assim que, por alguns instantes, ele se permitiu relaxar. Já tinha lido todos os livros daquele homem em PDFs que circulavam nos cantos mais escuros da internet ou eram trocados entre fãs em encontros secretos. Ele até participou de alguns dos encontros – não muitos, mas suficientes para saber que não podia contar aquilo para ninguém.

Gustavo sempre se perguntou se um dia conseguiria escrever com aquele nível de perfeição. Aquele realismo. Aquela profundidade quase sensorial com a qual os leitores esqueciam que estavam lendo, e não vivendo a cena, sem jamais cometer um crime.

E então, de repente, como se um alerta invisível disparasse em sua cabeça, ele parou. Arrancou os fones dos ouvidos com brutalidade, como se estivessem queimando sua pele. Seu *notebook* estava ali. Aberto. Com anotações. Histórico de pesquisas. Ele se imaginou na mira da polícia. O sobrinho-neto do infame Assassino das Bonecas. Fascinado por crimes. Ouvindo *podcasts*, lendo livros proibidos, estudando padrões de *serial killers*. Se virasse alvo das atuais investigações, ele poderia não apenas perder Bel, mas também a própria liberdade.

Gustavo abriu o navegador e começou a apagar o histórico, mesmo sabendo que aquilo não adiantava muito. Afinal, não era a barra de pesquisas limpa que o salvaria da polícia, se os policiais o investigassem. Mas, naquele momento, fazer isso dava a ele a falsa sensação de controle.

Sobre a cama do quarto, Bel se encontrava largada, vencida pela dor de cabeça que latejava sem trégua. Agora, somava-se a isso uma queimação no estômago – efeito colateral, talvez, da comida misturada ao turbilhão emocional que a consumia.

Com o celular na mão, ela decidiu colocá-lo no modo silencioso. Não tinha ânimo nem energia para responder às mensagens que haviam chegado. Os olhos se fecharam lentamente, como cortinas que descem após o fim de um espetáculo, levando-a para um sono profundo.

De repente, Maria Isabel estava no quarto agora escuro, com os olhos abertos, uma tempestade furiosa rugindo sobre a chácara durante a noite. Mulheres vagavam pelo jardim e tinham um vazio sangrento no lugar dos olhos; uma delas pedia ajuda com a voz esganiçada. Bel desceu correndo a escada e se aproximou, desesperada, de uma com cabelos longos e negros, perguntando o que estava acontecendo. De repente, todas começaram a gritar em uníssono e se transformaram em névoa, desaparecendo gradualmente. O cenário ficou vazio, restando apenas uma luz fraca que iluminava uma árvore com maçãs. Os gritos das mulheres, agora ausentes, ainda ecoavam nos ouvidos de Bel, por mais que ela os tapasse com as mãos. Uma serpente surgiu e se transformou em Gustavo, seus passos barulhentos ecoando no vazio. Ele se aproximou e sussurrou no ouvido da namorada: "Abra os olhos".

Assustada, Maria Isabel despertou suando debaixo das cobertas. Eram seis da tarde. Ela correu até a janela e viu o céu agora cinzento começando a escurecer, com um vento gelado agitando as folhas. A chuva se anunciava. Gustavo estava concentrado em seu *notebook* perto da piscina quando uma picape vermelha apareceu no portão: era Joaquim.

Bel desceu a escada com pressa, os cadernos e os bilhetes que havia encontrado nas capas em suas mãos. Sabia que não tinha mais razão para guardar todas essas descobertas para si mesma. A avó estava morta; nada mais faria diferença. Queria apenas acabar com tudo aquilo e voltar para casa; estava cansada.

Bel apareceu na cozinha um pouco antes do pai. A mãe dela tomava café com o padrasto, ambos sérios, conversando em sussurros novamente. Joaquim entrou acompanhado de Gustavo. Pedro dividiu o olhar entre Joaquim e Maria Isabel. O silêncio começou a tomar conta do ambiente, até que o delegado finalmente disse:

– O Augusto me deixou entrar...

– Gustavo, pai. O nome dele é Gustavo – Maria Isabel corrigiu, sem saber se o pai insistia em errar de propósito ou se de fato não se habituara ao nome do namorado.

– Certo. Obrigado, Gustavo – Joaquim assentiu para o jovem, e Bel notou marcas de cansaço espalhadas pelo semblante do pai. Ele parecia ter até mesmo envelhecido nos últimos dias.

– Boa tarde, Joaquim. Aceita um café? – Pedro ofereceu, indo cumprimentar o ex-marido da sua atual esposa com uma cordialidade excessiva, mostrando, mais uma vez, que não se sentia confortável com a presença do delegado.

– Obrigado pela gentileza, Pedro. Desta vez vou aceitar. Não tenho dormido direito com tudo o que está acontecendo – Joaquim respondeu com certa rispidez, deixando claro que o desconforto era recíproco.

– Por que não nos sentamos para conversar enquanto tomamos um café? Como estão as coisas, Joaquim? – Maria Regina puxou o assunto, ansiosa por novidades e pelo fim do pesadelo que viviam. Ela pegou uma garrafa de café e tirou um bolo de banana do forno, enquanto Pedro, ainda olhando de soslaio para Joaquim, colocava mais xícaras na mesa.

– Bem, não consegui estar na delegacia quando vocês foram lá mais cedo, mas eu soube da péssima recepção que tiveram por parte dos civis, que houve uma invasão... – olhando para Regina, e lendo os olhos da mulher que conhecia tão bem, Joaquim entendeu a vontade dela de não entrar em detalhes sobre o ocorrido mais cedo, então prosseguiu, após tomar um gole de café. – Eu soube que os meus homens os escoltaram até o carro e disseram que seria melhor o interrogatório ficar para outro dia, diante do alvoroço. Bem, amanhã virei com outros policiais para prosseguir aqui mesmo, na chácara; será melhor. Claro, não há provas de que alguém esteja envolvido nos crimes atuais, afinal, não está. Mas a cidade está em fúria; já desapareceram três garotas, ao todo, e encontramos mais duas bonecas com olhos humanos, exatamente como no passado. Estão caçando culpados para jogar nas fogueiras, e a polícia precisa trabalhar para encontrar respostas. Eliminar suspeitos também faz parte da investigação – Joaquim discursou enquanto cortava um pedaço de bolo.

Maria Regina abriu a boca para dizer algo, mas Bel foi mais rápida, limpando a garganta e atraindo a atenção da mesa para si.

– Tem algumas coisas que eu venho escondendo. Primeiro, porque não achei importante; depois, porque achei que poderiam ser provas de algo em que eu ainda não consigo acreditar – disse, colocando os cadernos, a foto, os bilhetes e algumas anotações na mesa.

Gustavo olhou para a namorada, mas ela não soube interpretar o que ele sentia. Imaginou que ele ficaria aliviado por ela seguir seu conselho, porém não era bem isso que o jovem parecia sentir agora, com Bel trazendo tudo à tona. Ela se perguntou se algo poderia ter mudado esta tarde ou se estava apenas imaginando coisas.

Por um instante, todos encararam o que estava na mesa. Joaquim foi o primeiro a pegar os bilhetes, enquanto Maria Regina pegou um caderno, de onde caiu uma foto de Maria Antônia com Otávio, ambos sérios, com a primeira filha no colo. A mulher segurou a foto com dedos rígidos.

– Os cadernos não dizem muito. Têm receitas e passagens da Bíblia, algumas focadas em Adão e Eva, mas os bilhetes provam que a vovó e o Alberto Lima possivelmente eram amantes ou, sei lá, tinham um passado juntos. Confesso que não consigo aceitar que ela estivesse diretamente envolvida com a morte das mulheres – Bel admitiu. Ela decidiu esconder a foto da avó nua. Não passava em sua mente que poderia ser relevante, e estava relutante em expor Maria Antônia ainda mais. Fitando os próprios pés, tinha ciência de que todos os olhares estavam concentrados nela, o que a deixava desconfortável.

– Eu pesquisei sobre os antigos crimes, e aparentemente havia maçãs bordadas nos vestidos das bonecas... Muitas pessoas dizem que, embora o Alberto nunca tenha revelado suas razões, parecia ser algo religioso. Algumas bonecas tinham passagens da Bíblia, mas não todas. A Maria Antônia parecia ser religiosa, e talvez o Alberto também fosse. De repente, ele surtou em algum momento, e ela só encobriu tudo por causa do que sentia – Gustavo revelou, ajeitando os óculos de leitura e balançando a perna esquerda em movimentos repetitivos, um hábito de quando estava nervoso.

– Parece que você pesquisou bastante e está muito interessado no assunto, Gustavo – Pedro observou, pensativo.

– Só... com... comecei a pesquisar melhor depois que... vi quanto tudo isso está mexendo com a Bel. Quero ajudar – ele respondeu com dificuldade, balançando as pernas com ainda mais agitação.

– De fato, algumas pessoas acreditavam que os crimes haviam sido motivados por questões religiosas. Outros falavam de bruxaria, seitas, macu... – Joaquim, ao encontrar o olhar de reprovação da filha, não terminou a última parte. – O Assassino das Bonecas nunca revelou nada sobre suas motivações na carta de despedida.

Regina, ainda incrédula, voltou a si.

– De qualquer forma, tudo isso é passado. Eu não consigo entender por que a minha mãe faria uma coisa dessas, mas é passado...

– Regina... Eu não deveria contar isso, mas, de fato, o seu pai e a sua irmã também estavam enterrados naquele quintal. Era algo de que a perícia tinha uma desconfiança inicial... E foi comprovado – Joaquim interrompeu.

Regina se levantou em um rompante, os passos agitados riscando o chão, como se o movimento ajudasse a organizar a confusão dentro da cabeça dela. Ela caminhava de um lado para o outro, visivelmente tomada pela irritação, mas, por baixo da raiva, havia algo mais – uma inquietação que começava a tomar forma.

Na mente dela, cenas antigas voltavam como *flashes* mal editados: a mãe, Maria Antônia, escondendo a fotografia da filha desaparecida, como se aquele pedaço de papel fosse um segredo vergonhoso. Por anos, Regina achou que aquilo fosse só tristeza – uma dor contida, discreta, como era o jeito da mãe. Mas, agora, algo lhe parecia diferente. Aquela expressão que tantas vezes vira no rosto de Maria Antônia... não era apenas luto. Era culpa. Disfarçada, silenciosa, mas real. Mas Maria Regina não podia acreditar na dúvida que se formava em sua mente; simplesmente não conseguia.

– Não! Ela não mataria a própria filha! NÃO FAZ SENTIDO! Eu vi a minha mãe chorar por anos por causa da Roberta, olhando para as fotos dela e chorando de uma maneira que só uma mãe choraria por uma filha.

Pedro tentou acalmar a esposa. Os olhos de Joaquim transpareciam pesar.

– Pode ter sido um acidente... Desculpe-me, mas... – Joaquim parecia procurar a melhor maneira de continuar. – A sua mãe nunca agiu como se tivesse a esperança de um dia reencontrar a filha. Algo pode ter acontecido e... Bem, talvez o Alberto tenha usado isso contra ela, para que o ajudasse a esconder o corpo das vítimas dele.

– Eu não sei, Joaquim... – Regina respondeu por fim, desanimada. Até poderia haver um sentido, mas os olhos dela não queriam ver. – De qualquer forma, não sei o quanto achar respostas sobre o passado vai ajudar agora. Você acha que isso pode trazer pistas sobre os crimes atuais?

– Talvez – Joaquim e Bel disseram juntos.

– É um pesadelo – Pedro afirmou, descansando a cabeça sobre as mãos.

– De fato – Gustavo concordou, olhando fixamente para a porta ainda aberta.

Por um momento, o silêncio caiu sobre todos como um manto pesado. Cada um preso aos próprios pensamentos, a tensão no ar, o som seco das bebidas sendo engolidas. Joaquim, após um último gole de café que pareceu arranhar sua garganta, quebrou o silêncio com uma voz rouca e firme. Ele respirou fundo, como se tentasse expulsar a própria dúvida, e recomeçou a conversa:

– Sobre os crimes recentes, sei que ninguém aqui está seguindo os passos do Alberto Lima, mas entendam uma coisa... – ele lançou um olhar afiado. – Não vai pegar bem essa história de a Bel ter escondido informações. Amanhã, o ideal é ter um advogado ao lado.

Bel abaixou a cabeça e levou a xícara aos lábios. O café desceu ainda mais amargo, como o peso das palavras do pai. Pedro abriu a boca, prestes a interromper, mas Joaquim, com um tom que demonstrava já antecipar a reação, continuou sem pausas:

– Sei que o Pedro e a Maria Regina são advogados, mas, em situações como esta, é melhor trazer alguém de fora para o interrogatório. Vou levar essa questão para a delegacia, conversar com o meu pessoal, e volto de manhã. Porém, peço que se preparem – a voz dele endureceu. – Os outros não serão tão compreensivos quanto eu. Estarei aqui, mas apenas como observador. Vocês são da minha família, e isso é um conflito de interesses. Ainda assim, pedi para estar presente. Algumas pessoas me devem favores na delegacia, mas não posso me envolver mais do que já estou envolvido.

– Obrigado pelo aviso, Joaquim – Pedro respondeu, com um sorriso tenso. – Já havia pensado nisso e contatei alguns amigos. Eles não vão se importar de dirigir duas horas para ajudar um velho companheiro, ainda mais aqueles que me devem favores – a voz dele mantinha um tom cordial, mas forçadamente controlado. Joaquim assentiu, sem perder tempo.

– Ótimo, Pedro. Gustavo, pode me acompanhar até o portão? – ele se levantou, virando-se para a mesa uma última vez. – Obrigado pelo café, Maria Regina. E cuide-se, filha.

Com um aceno breve, Joaquim saiu, com Gustavo logo atrás, deixando Bel, Pedro e Maria Regina em um breve silêncio incômodo.

– Essa história só piora, Regina. Agora estamos todos encurralados nesta cidade – Pedro largou a xícara com força na pia, o barulho ecoando pela cozinha. Sem olhar para trás, ele subiu para o quarto; os passos firmes, carregados de frustração.

– Ele age como se eu soubesse de tudo, ou como se a culpa fosse minha do fato de a minha mãe nunca ter me contado que havia pessoas enterradas no jardim da nossa casa – Maria Regina desabafou, tirando as outras xícaras da mesa e colocando-as na pia.

– Nunca vi o Pedro tão agitado. Mas, pensando bem, a gente devia ter desconfiado… Aquele jardim sempre teve algo de estranho – comentou Bel, enquanto ajudava a mãe. Ela logo respondeu:

– Ah, Bel… sinceramente… – Maria Regina fez uma pausa, tentando organizar os pensamentos enquanto colocava as xícaras na pia com cuidado, uma a uma, como se até o som da louça pudesse quebrar mais coisas dentro dela. A filha a olhava atenta, e, ao notar os olhos curiosos de Bel, ela continuou: – Olha… eu encontrei umas fotos do meu pai no jardim, quando eu era mais nova. Achei que a dona Antônia tinha parado de cuidar do gramado e das plantas depois que ele sumiu porque era algo dele. E, sei lá… imaginei que devia doer continuar cuidando do jardim sem ele – enquanto falava, a mulher passou as mãos pela mesa, juntando os farelos de bolo antes de levá-los até o lixo. Quando continuou, sua voz já estava um tanto baixa, carregada de um peso antigo.

— Mas eu nunca toquei no assunto com a minha mãe, na verdade. Os crimes começaram quando? Em 83? 85? A Roberta e o Otávio desapareceram em 89. Eu só tinha um ano. E você... você nem existia ainda — Regina fez mais uma pausa longa, olhando em direção à janela, sem realmente ver o que havia do outro lado.

— Eu cresci naquela casa com a minha mãe, ouvindo falar de um pai e de uma irmã que nunca conheci. E com ela sempre se recusando a falar sobre tudo isso... Parecia que aquela história não era minha. Que eu só estava ali, no meio de algo que nunca me pertenceu de verdade — a mulher estreitou os olhos perdidos, como se buscasse as palavras certas em meio à bagunça dos próprios pensamentos. — Se bem que, apesar do padrão do assassino de ir atrás de mulheres adultas que eram alvo de fofoca na cidade, algo dentro de mim sempre questionou se a Roberta teria sido uma vítima. Nem sei explicar por que cheguei a pensar nisso... Talvez por ela ter sumido nessa época, sei lá. Ainda assim, nunca passou pela minha cabeça que a minha mãe pudesse estar envolvida... E ainda acho que não estava. Tem que haver outra explicação. Mas, de qualquer forma, ela nunca mencionou nada sobre conhecer o Alberto... — Maria Regina olhava fixamente para a pia agora, uma palidez anormal surgindo em seu rosto.

— Bom, sempre que eu tentava falar sobre as coisas bizarras que aconteceram na cidade, vocês me cortavam, então acabei desistindo de tentar conversar com vocês e fui buscar respostas em *podcasts* sobre o Assassino das Bonecas. Por isso eu te entendo. Para mim também parece que é a história de outra pessoa — Bel fitava Regina, que parecia estar prestes a vomitar. — Está tudo bem, mãe?

— Teve um dia... depois de uma briga feia com o seu pai, por causa da bebida, quando ainda éramos casados... Eu estava na sala, tomada pela raiva, e confesso que mal prestei atenção no que a minha mãe dizia. Ela vivia criticando o Joaquim, então achei que fosse só mais um sermão... mais uma lista de razões para eu nunca ter me casado aos 17 anos apenas porque tinha engravidado – a mulher suspirou enquanto massageava as têmporas, escorada na pia. – Mas naquele dia foi diferente. Acho que ela tentou me contar algo sobre o Alberto... sem dizer o nome dele, claro. Falou sobre a dor do amor, sobre ter amado alguém antes do meu pai. Um homem que esteve na vida dela por anos, mas com quem nunca conseguiu ficar; não por falta de amor, mas porque a vida sempre colocava barreiras entre eles.

Intrigada, Maria Isabel estendeu um copo de água para a mãe. Regina o segurou com força, como se precisasse dele para continuar, e bebeu tudo de uma vez antes de retomar a lembrança:

– Ela disse que, às vezes, preferiria que o meu vínculo com o Joaquim fosse por medo, como foi com ela ou com a mãe dela... que dependia até financeiramente do marido. Pelo menos, assim, eu teria o que ela nunca teve: alguém para dizer que os tempos mudaram, que a gente pode ter o nosso próprio dinheiro, liberdade... que eu não precisava ficar presa ao pai da minha filha.

Um sorriso triste surgiu no rosto de Regina, carregado de uma ternura antiga, e ela prosseguiu:

– A sua avó nunca teve muito tato. Mas, naquele dia, ela disse que lamentava o fato de a minha prisão ser amor. E que só podia torcer para um dia eu encontrar alguém que me amasse de verdade... como eu merecia – Regina soltou uma risadinha amarga, repetindo as palavras da mãe: – "Enquanto esse traste te der corda, você vai caçar motivo pra se enforcar. Não tem nada que eu possa fazer, por mais que tente". Era isso o que ela sempre me dizia!

Bel olhava atônita para a mãe, que nunca tinha se aberto com ela daquela forma. O que estava acontecendo?

– Eu fiquei tão irritada com ela naquele dia, Bel... Joguei fora o girassol que ela tinha me dado no início da conversa e me tranquei no quarto com você. E, bem, o ponto é que eu acho que aquele amor impossível da dona Maria Antônia era o Alberto. Então, não é verdade que ela nunca falou sobre isso... Eu só não prestei atenção.

Era como se o cérebro de Bel não conseguisse acompanhar tudo o que ela acabara de saber. Ela se lembrava de algumas coisas que ouvira na adolescência. Sabia que o pai tinha problemas com bebida e que havia sido ele quem terminara a relação com a desculpa de que não estava pronto para aquilo tudo, o que levou a mãe a uma depressão. Mas aconteceu quando ela era muito nova para entender ou lembrar claramente. Maria Regina sempre fora tão reservada sobre o passado, e Bel desconfiava de que a mãe evitava tocar no assunto para não influenciar sua visão sobre o pai. Talvez devesse estar chocada com a revelação sobre a avó e Alberto, mas o que realmente a abalava era ver a mãe se despir daquela forma diante dela!

– Você acha que o Pedro é esse amor, mãe? Esse que finalmente consegue te entregar o que você merece? – a pergunta saiu quase em um sussurro.

Maria Regina arregalou ligeiramente os olhos, a surpresa estampada no rosto. Não esperava aquela pergunta. Por um instante, ficou em silêncio – o olhar vago, como quem revira memórias antigas em busca de como responder à Bel.

– Eu amo o Pedro, e ele me ama. Estamos juntos há dois anos e nos casamos depois de apenas seis meses de namoro. Foi meio imprudente, eu sei, mas, durante todo esse tempo, ele sempre esteve ao meu lado. Mudou a vida dele várias vezes para se adaptar às minhas necessidades, sempre me trouxe flores em momentos inesperados, e todo dia 8, não importa o que aconteça, mesmo que esteja irritado comigo, ele me escreve cartas de amor, só para comemorar o dia em que nos conhecemos. Claro, nós brigamos como qualquer casal, mas muitas das nossas brigas são porque ele se preocupa comigo mais do que com ele mesmo. E acho que isso é importante. Quando eu subir para o quarto agora, ele provavelmente vai estar emburrado, mas vai ter acendido o incenso de lavanda que eu gosto, deixado tudo arrumado para o meu banho e, antes de dormir, vai fazer carinho nas minhas costas, porque sabe que eu descanso melhor assim. Então sim, Bel, o Pedro é um amor que vale a pena porque ele investe tanto em mim quanto eu invisto nele.

Bel sorriu para a mãe, pegou o celular e, com um toque rápido, colocou *Wannabe*, das Spice Girls, para tocar. Era uma tradição delas, desde que a filha tinha uns nove anos. A música ecoou pela cozinha, proporcionando um clima mais leve.

– Bora arrumar essa cozinha juntas, assim a gente termina logo e vai descansar – disse Bel, agora com um brilho de diversão no rosto. – Aposto que você não vê a hora de tomar o seu banho com cheiro de lavanda e se jogar na cama para ganhar carinho nas costas.

Ela piscou para a mãe, que sorriu e revirou os olhos, brincando com a provocação. Apesar do cansaço, as duas sabiam que aquela pausa era necessária. O desgaste emocional e físico estava no limite, e no dia seguinte teriam mais desafios. Mas, por hora, mereciam um descanso, nem que fosse por uma noite.

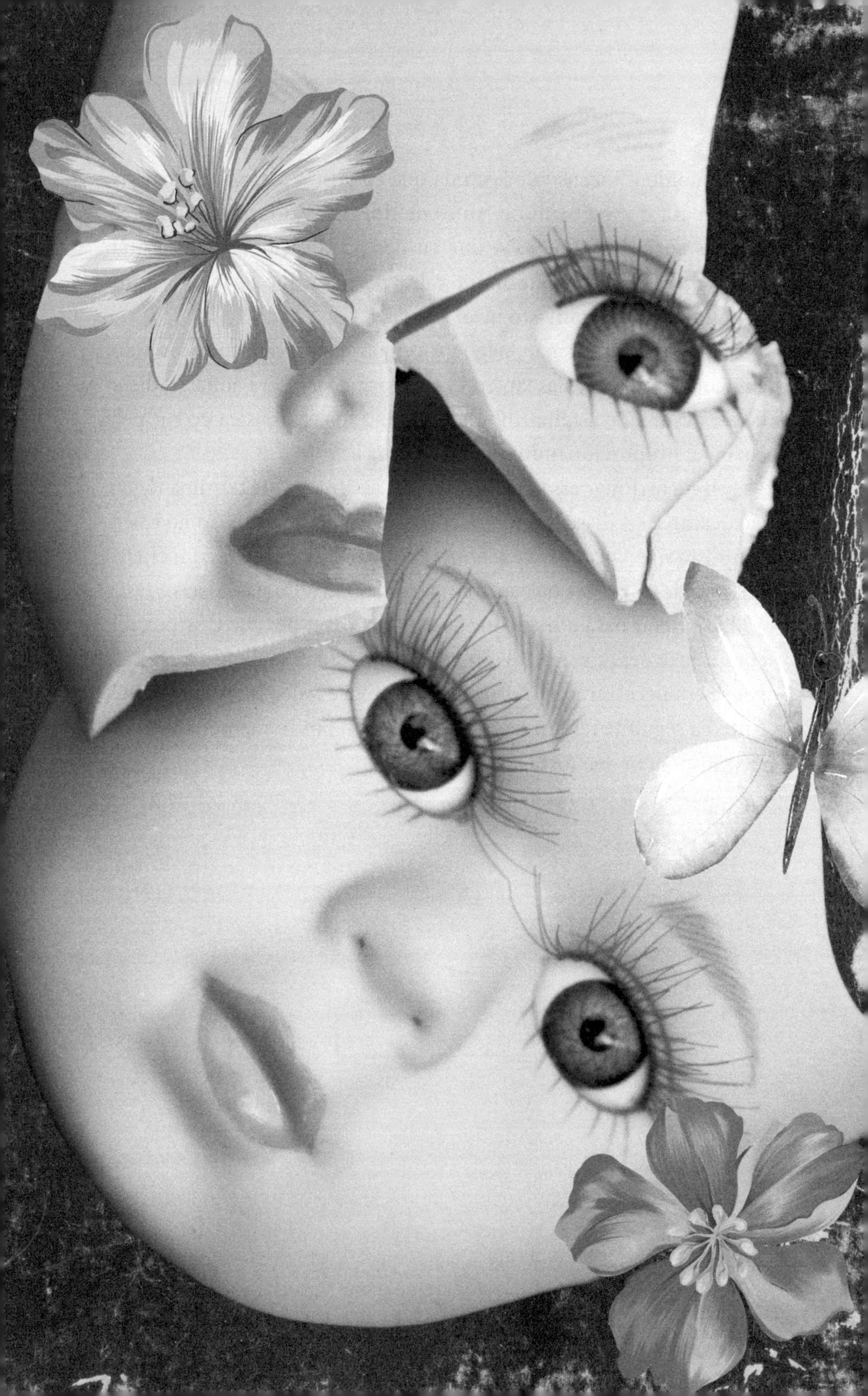

RAÍZES NÃO EXPOSTAS

NA MANHÃ SEGUINTE, o interrogatório foi um verdadeiro pesadelo para Maria Regina, para Maria Isabel e até mesmo para Pedro e Gustavo. Um dos advogados do escritório em que Pedro trabalhava os acompanhou, representando a família. Joaquim, com os punhos cerrados e a mandíbula rígida, observava de longe, lutando contra o impulso de intervir sempre que via os colegas ultrapassando os limites com sua filha ou com a ex-esposa. Os ombros dele ficavam tensos a cada pergunta feita, enquanto os dedos coçavam para agir.

– Como vocês não sabiam o que estava enterrado no quintal da casa de Maria Antônia, se moraram lá por anos?

– Estão ou já estiveram envolvidas em alguma seita?

– Saíram da chácara recentemente?

– Acredita que Maria Antônia fosse cúmplice de Alberto Lima?

– Quem, além de vocês, poderia estar envolvido?

– Maria Antônia tinha algum motivo para querer matar o marido e a primeira filha?

– Onde conheceu Pedro, Maria Regina?

– Onde conheceu Gustavo, Maria Isabel?

– Pedro, você já conhecia algo sobre o Assassino das Bonecas antes de vir para Itapetininga?

– E você, Gustavo?

Era um bombardeio de perguntas, questões que pareciam afirmações, e os policiais nem pareciam estar de fato interessados nas respostas, uma vez que mal ouviam e constantemente interrompiam antes que qualquer um dos quatro interrogados pudesse finalizar o que tinha a dizer. Na última inquisição, Joaquim chegou a alegar falta de profissionalismo, antes de voltar ao seu silêncio observador.

Uma das oficiais, que observava Bel com inquietação, aproximou-se enquanto os colegas ainda faziam anotações. Embora a mulher dificilmente fosse muito mais velha do que a moça, sua postura rígida sugeria uma experiência além da idade. Com um gesto rápido, ela jogou algumas fotos de uma pasta bege sobre a pequena mesa redonda no centro da sala. Os olhos de Bel, Gustavo, Maria Regina, Pedro e até mesmo do advogado se fixaram nas imagens: quatro garotas, provavelmente entre 17 e 20 anos, com características surpreendentemente semelhantes às de Maria Isabel – rosto oval, lábios finos e bem desenhados, nariz delicado e olhos castanho-escuros em formato amendoado; os cabelos eram pretos, espessos e ondulados, e a pele, pálida. Embora não fossem idênticas, a semelhança era inegável. Todas tinham tatuagens e usavam *piercings*, mas em locais diferentes do corpo.

– Algum de vocês conhece ou já viu essas mulheres? Gabriela Fernandes Siqueira, Marina Abreu, Denise da Silva Lima e Franciele Sousa... O nome de algumas delas deve ser familiar.

Gustavo, Pedro e Maria Regina balançaram a cabeça fazendo um "não" e engolindo em seco, ainda fixos nas imagens das garotas. A policial então guardou as fotos, estreitando os olhos para Maria Isabel – a testa levemente franzida, como se estivesse avaliando cada reação da jovem com cautela e desconfiança.

– A Marina e a Denise estudaram comigo no ensino médio. Elas eram de outra sala. A Marina estava no terceiro ano quando nós estávamos no segundo. Nunca tivemos nenhuma proximidade, mas eu me lembro delas na escola. Elas jogavam futebol com uma amiga minha.

Todos os olhares estavam focados em Bel agora; até mesmo Joaquim se aproximou.

– Você tem tido contato com alguma delas, Maria Isabel?

– Nenhum... – a voz de Bel saiu embargada. – Não as vejo desde que me mudei para São Paulo.

Joaquim, ao notar a filha ficando cada vez mais pálida, interrompeu:

– Acho que vocês já têm tudo de que precisam, não?

Bel parecia prestes a vomitar, os movimentos das mãos dela denunciavam o pânico e ela não conseguia desviar os olhos das fotos.

– Claro, vamos coletar o DNA e talvez seja preciso falar com cada um de vocês individualmente na delegacia nos próximos dias – respondeu a policial, lançando um olhar firme ao delegado antes de fechar a pasta.

Aquele tormento finalmente chegou ao fim depois da coleta de DNA, mas em nenhum momento os olhares acusatórios deixaram o rosto dos policiais. Maria Isabel podia jurar que ouviu alguém murmurar que "se não fossem da família do delegado, já estariam atrás das grades, essas macumbeiras". Isso a fez revirar os olhos e respirar fundo, tentando se acalmar para não agredir ninguém ali e acabar piorando ainda mais a situação.

Quando os investigadores finalmente saíram, Bel soltou um suspiro profundo, como se estivesse tentando afastar o peso das imagens que vira.

– As vítimas... Elas se parecem comigo. Quero dizer, têm traços familiares – murmurou, olhando para o pai com uma expressão vazia, quase perdida.

Joaquim se aproximou, pousando as mãos nos ombros da filha, o toque leve, mas preocupado. Os olhos dele mostravam que já sabia o que ela estava prestes a dizer.

– Eu percebi, mas ignorei até a quarta garota desaparecer – ele admitiu, a voz pesada, enquanto passava a mão pelo cabelo. – Algo está diferente dos primeiros crimes. As mulheres mortas naquela época eram prostitutas, divorciadas ou alvos de fofocas sobre infidelidade. Algumas eram jovens, sim, mas não havia uma faixa etária clara. As vítimas agora são da mesma idade, têm traços físicos semelhantes e, pelo que sabemos, nenhuma delas trabalha com prostituição ou tem rumores de infidelidade. Duas, inclusive, são solteiras e estão na faculdade. Vocês entendem aonde quero chegar?

Gustavo, com o rosto sombrio, olhou para a mesa onde as fotos estiveram, refletindo.

– O assassino está imitando o Alberto em parte, mas as vítimas escolhidas são diferentes, e talvez os motivos também sejam... – ele falou devagar, como se tentasse juntar as peças em voz alta.

– Isso é... – Regina começou, sua voz hesitante.

– ... bizarro – Pedro completou, o tom firme, mas com uma expressão de desconforto.

Miguel, o advogado, pigarreou, como se quisesse voltar ao assunto com um tom mais formal, mas a curiosidade brilhava nos olhos dele.

– Pedro, podemos discutir algumas questões? Eu, você e a Maria Regina precisamos falar sobre os próximos passos.

O casal pareceu despertar de um transe e, sem falar muito, seguiu o advogado para a cozinha. A sala ficou em um silêncio estranho, apenas interrompido pela vibração do celular de Joaquim na mesa.

– Eu preciso ir – disse o delegado, a voz agora mais suave, quase uma súplica. – Mas se cuide, Bel. Acho melhor você ficar na chácara e evitar sair tanto por aí, está bem?

Bel apenas acenou com a cabeça, ainda atordoada, e Joaquim olhou para Gustavo, que prontamente respondeu:

– Eu te acompanho e fecho o portão.

Com um último olhar preocupado para a filha, Joaquim saiu, e Gustavo seguiu atrás, deixando Bel sozinha na sala, ainda tentando processar tudo o que acabara de acontecer.

Depois de uns minutos, ela foi para o quarto com passos pesados, o som abafado pelo chão de madeira. Ao fechar a porta, ela se jogou na cama, agarrando o celular com um aperto inseguro. Seus dedos deslizavam freneticamente pela tela enquanto buscava o perfil, no Instagram, das garotas desaparecidas.

O perfil de Marina Abreu estava fechado. Ela sabia que Marina havia namorado Heloísa, mas notou que as duas não se seguiam mais. Bel respirou fundo e foi para o perfil de Heloísa, no qual várias fotos mostravam a moça em competições e em outros momentos no *campus* da faculdade na Flórida. Nada demais.

Bel continuou a busca, vasculhando os amigos de Heloísa até encontrar o perfil de Denise – aberto, mas quase vazio, com apenas quatro fotos. Na mais antiga, no Maracanã, a jovem estava com um homem que, pela legenda – Eu e o velho vendo nosso Mengão – Bel presumiu ser o pai dela. Em outra, Denise estava ao lado do mesmo homem e de uma mulher em uma foto de Natal, sorrindo e segurando um pinscher com um gorro de Papai Noel. Em uma das mais recentes, a desaparecida sorria diante de um bolo de aniversário com as velas 2 e 0. Bel sentiu um arrepio misturado com uma crescente angústia. Denise tinha acabado de completar 20 anos. A legenda a congelou por um momento:

Denise da Silva Lima – Desaparecida

Vista pela última vez no dia 12 de julho, às 23 horas, saindo da Fatec Itapetininga. Se a virem, por favor, entrem em contato com a polícia ou com @Marcinha_S_Lima.

Maria Isabel apertou os lábios, sentindo o peso das palavras. Então, ela entrou no perfil da mãe de Denise, mas era fechado. Voltou para a página de Denise. A última foto, agora em preto e branco, trazia uma dor insuportável nas entrelinhas: "Que Deus nos ajude a seguir caminhando neste mundo sem você, filha querida".

Bel começou a ler os comentários. Alguns eram de condolências, outros pediam que a polícia encontrasse o assassino. Mas então ela se deparou com os comentários de ódio, do tipo: "As bruxas da rua Serafino: foram elas", "Aquelas satanistas malditas", "A polícia está protegendo as Marias estranhas, aquelas safadas... *São parentes do delegado: ele deve estar envolvido também*".

A respiração de Bel falhou. Ela sentiu o chão escapar sob os pés. Largou o celular com um baque seco no chão e, sem forças, abraçou as pernas, encolhendo-se em posição fetal. Lágrimas brotaram dos olhos dela, escorrendo livremente pelo rosto, rápidas e intensas, como uma tempestade inesperada. O soluço quebrou o silêncio do quarto, e os ombros da jovem se contraíam enquanto ela se afogava em algo que não sabia se era medo ou tristeza.

A porta se abriu com suavidade. Gustavo entrou e, ao ver a namorada naquele estado, o coração dele se apertou. Seus olhos foram para o celular caído, ainda com a tela ligada, exibindo os comentários cruéis. Ele pegou o aparelho, viu as fotos e, leu os comentários por cima. Com um suspiro pesado, aproximou-se de Bel, sentando-se ao lado dela, e acariciou suavemente os cabelos escuros da namorada, sentindo-a se sobressaltar com o toque dele.

– Este pesadelo vai acabar, Bebel... – sussurrou, a voz dele um eco suave em meio ao choro dela.

Bel virou o rosto para ele, os olhos inchados e vermelhos encontrando os dele. Naquele olhar, ela viu a preocupação que ele tentava, inutilmente, esconder. Gustavo a puxou levemente para mais perto, seus braços oferecendo o conforto que as palavras não conseguiam.

– Desculpa, Gu… Eu preciso ficar um pouco sozinha – Bel murmurou, a voz embargada.

Gustavo hesitou, respirando fundo, como que insistindo em ficar. O olhar dele fixou-se nela por um momento, preocupado, mas, por fim, cedeu. Com um suspiro pesado, ele se inclinou, deu um beijo suave na testa dela e levantou, todos os movimentos lentos.

– Qualquer coisa, é só me chamar, amor – disse ele, pegando o *notebook* e a carteira, antes de sair do quarto e fechar a porta com cuidado.

Gustavo desceu a escada lentamente, sentindo o peso de cada passo. Quando chegou ao final, viu uma cena que o fez parar por alguns instantes. Sua sogra, com os olhos vermelhos de tanto chorar, estava deitada no colo de Pedro. O homem a acariciava, com os dedos passando pelos cabelos dela de maneira quase automática. O olhar de Pedro estava perdido na parede, distante, como se ele estivesse mentalmente em outro lugar.

Gustavo percebeu que até Pedro estava no limite – com os olhos inchados e a pele mais pálida, o padrasto de Bel parecia ter perdido peso também, a estrutura óssea do rosto mais visível agora. O jovem sentiu um nó na garganta, prendeu a respiração e, sem que ninguém notasse sua presença, passou por eles, desviando o olhar. Ele saiu pela porta da cozinha e foi diretamente para a varanda, nos fundos da casa, onde o cheiro de terra úmida e folhas secas invadiu seus pulmões, mas não aliviou o turbilhão que borbulhava dentro dele.

Gustavo sentou-se na rede, com o *notebook* nas mãos. Tentou acalmar a respiração, buscando algum tipo de foco.

Ele pegou o celular e não se surpreendeu ao ver mais ligações perdidas dos pais dele, além de inúmeras mensagens. Todas pedindo explicações, atualizações, uma simples palavra. Mas Gustavo sabia que, se tivesse dado o endereço da chácara onde estava, seus pais já estariam ali para levá-lo de volta a São Paulo. E acreditava, no entanto, que tinha muitas coisas para resolver por ali!

Gustavo precisava tentar novamente falar com a avó. Ela tinha respostas, e ele estava determinado a obtê-las. O jovem não se importava mais com as enfermeiras, com os protocolos ou com o que quer que fosse. Ele voltaria ao asilo, e dessa vez não sairia de lá sem ter o que queria.

Quando o aparelho voltou a vibrar, Gustavo pressionou o dedo contra a tela para afastar de uma vez por todas as ligações incessantes. Em seguida, ele desligou o celular com um movimento brusco. Depois jogou o telefone na rede e, com as mãos geladas, pegou sua carteira, mexendo nos papéis dentro dela até encontrar o *pen drive* que já estava ali havia algum tempo. Um item esquecido. Ele nunca tinha tido tempo para verificar o que havia no dispositivo, e agora precisava saber. Com um toque hesitante, espetou o dispositivo no *notebook*. A tela brilhou e, assim que os arquivos se abriram, Gustavo viu as fotos de Marina Abreu, o que o assustou. Porém, o que o deixou completamente paralisado foi o vídeo que se seguiu: Marina, em um momento íntimo com uma moça. Sem pensar, ele deletou tudo com pressa, e então pisou no dispositivo com força, esmagando-o antes de jogá-lo no lixo.

Ao se virar, Gustavo avistou Pedro à distância, atravessando o terreno da chácara com passos largos e firmes. O homem vestia *jeans* escuros e uma camisa de algodão azul-clara com as mangas dobradas quase até os cotovelos. Sob o braço, ele levava uma pasta de couro preta. Gustavo imediatamente reconheceu o sinal: Pedro estava indo ao centro da cidade. E, com um impulso quase automático, sentiu o estalo de uma oportunidade.

Ele precisava resolver algumas pendências – coisas que estava adiando havia dias – e, naquele instante, pensou que talvez pudesse pegar uma carona. Não era incomum Pedro emprestar-lhe o carro, mas isso sempre vinha acompanhado de um desconforto incômodo. Gustavo odiava dirigir. Ainda mais quando estava sozinho. Havia conseguido a carteira de motorista, claro – um pedaço de papel dizendo que ele era legalmente capaz. Mas, dentro de si, isso nunca pareceu verdade. O volante nas mãos pesava como chumbo. E, com o carro dos outros, o receio se intensificava: E se o batesse? E se o arranhasse? E se não conseguisse nem arcar com o conserto?

Gustavo começou a correr na direção de Pedro. Chamou seu nome alto o bastante para ser ouvido.

– Vai para algum lugar? Quer carona? – Pedro perguntou, como se já esperasse por aquilo.

Gustavo, ofegante, respondeu apenas com um aceno e o polegar para cima, tentando recuperar o fôlego.

– Preciso passar na copiadora e resolver umas coisas no centro. Você está indo para lá mesmo?

Pedro assentiu, abrindo a pasta com um movimento ágil e revelando uma pilha de papéis desorganizados.

– Justamente. Tenho uns documentos de um inquérito que preciso escanear e mandar por *e-mail*... Aliás, dá para você fazer isso para mim? – o homem lhe estendeu a pasta, com o olhar direto e confiante.

Gustavo hesitou por um segundo, mas pegou o objeto.

– Você vai me salvar com isso. Tenho uma reunião com o Miguel e já estava prevendo que me atrasaria só por causa dessa papelada.

– Tudo bem. A gente se encontra no hotel depois? Não vou demorar – garantiu Gustavo.

– Pode ser, sim. Qualquer coisa, eu espero você. Preciso passar no mercado também... Acho que vou naquele em frente ao hotel – respondeu, por fim, já abrindo a porta do motorista com naturalidade.

Gustavo contornou o carro, abriu a porta do passageiro e ambos seguiram para o centro.

🥀

Bel acordou zonza, a cabeça pesada e a mente ainda confusa com tudo o que acontecera. Ela pegou o celular na cômoda, mas viu que estava descarregado. Suspirou, sentindo um alívio inesperado. Talvez fosse melhor assim, sem mais notícias, sem mais mensagens. Plugou o aparelho na tomada e, ao olhar pela janela, notou que o céu estava escuro. Já era noite. O estômago dela roncou, mas a fome parecia mais um reflexo físico. Na verdade, não tinha nenhuma vontade de comer.

Descendo a escada como se seus pés fossem de chumbo, Bel avistou a mãe largada no sofá. Regina estava estirada, com o *notebook* precariamente equilibrado no colo, os olhos semicerrados piscando devagar, quase pegando no sono. O rosto cansado e o corpo afundado nas almofadas revelavam um desânimo profundo, como se ela estivesse se deixando levar pela inércia do dia, perdida em uma série na qual mal prestava atenção.

– Onde estão o Gustavo e o Pedro? – perguntou Bel, tentando manter a voz firme, mas soando distante.

– Eles saíram faz um tempo. O Pedro disse que passaram no mercado para comprar umas coisas que estavam faltando. Tem bife, arroz e batata no fogão – respondeu Regina, sem desviar os olhos da tela do *notebook*, na qual provavelmente rodava mais um de seus doramas dramáticos.

A mãe sempre se refugiava em enredos fictícios quando precisava escapar do peso dos problemas reais. Bel sentiu um alívio imediato por não precisar manter uma conversa; não tinha energia para tal. Em vez disso, arrastou-se até a cozinha, colocou um pouco de comida em um prato de vidro e pegou os talheres.

Saindo pela porta dupla, foi recebida por um vento gelado que fez sua pele arrepiar. A noite estava fria, mas o céu, completamente estrelado, parecia uma pintura. Bel sentou-se do lado de fora e deu três colheradas na comida, sem realmente sentir o sabor. O prato parecia pesado nas mãos dela. Largou-o de lado e olhou para cima, perdida em pensamentos.

– Dá uma luz para a gente sair deste pesadelo, vovó – sussurrou, sentindo as palavras se perdendo no vento. Ela não tinha certeza se acreditava em céu ou inferno, mas algo dentro dela dizia que a morte não era o fim.

De repente, o barulho de uma moto rompeu o silêncio e chamou a sua atenção. Bel virou-se e viu o veículo parar em frente ao portão de ferro. O motociclista jogou algo no quintal e saiu em disparada. O peito da jovem se apertou de súbito. Ela correu até o portão, tentando ver a placa da moto, mas era tarde demais, o borrão cinza já estava longe. Respirando fundo, Bel se abaixou e pegou a embalagem de plástico preto. Com as mãos apreensivas e tensas, rasgou o pacote e encontrou recortes de jornal, algumas fotos e um documento.

A luz fraca do quintal não ajudava seu olhar cansado, então ela correu de volta para a frente da casa, acendeu as luzes da fachada e começou a analisar o que tinha nas mãos. Os olhos dela se arregalaram ao reconhecer o nome na certidão de nascimento: Gustavo Peres Alves. O documento trazia o nome dos pais e dos avós dele. Bel sentiu um calafrio. Conhecia bem a família do namorado – ou pelo menos achava que conhecia. Ela pegou um dos recortes de jornal:

Loucura ou trauma?

Irmã do Assassino das Bonecas se recusa a acreditar que Alberto Lima teria coragem de matar a própria sobrinha

Bel congelou por um instante, a mente dela voltando aos *podcasts* que ouvira sobre o caso. Lembrava-se de terem mencionado a irmã de Alberto e que uma sobrinha dele também desaparecera. Mas o nome da irmã não lhe vinha à mente. Os olhos da jovem continuaram a correr pela matéria, até que ela finalmente viu: "Alberto Lima e Berenice Lima Alves". Ela piscou, incrédula, e voltou a pegar a certidão de nascimento de Gustavo. Lá estava o nome da avó paterna dele: Berenice Lima Alves.

Com as mãos vacilantes, Maria Isabel pegou as fotos. As três imagens mostravam Gustavo em um lugar que parecia ser um asilo. Ele conversava com uma senhora idosa, minúscula, de cabelos crespos, curtos e grisalhos, apoiada em uma bengala. "Possivelmente era ali que ele havia estado no dia da tempestade", a jovem presumiu e então foi sentar-se no banco de madeira, sentindo o sangue fugir do rosto. A cabeça girava, o ar parecia mais rarefeito. De repente, o barulho de um carro se aproximando chamou a atenção dela. Era o carro de Pedro. Bel entrou em pânico. Correu para o quarto, enfiou os documentos embaixo da cama e tentou controlar a respiração. Era como se algo pulsasse dentro dela, fora de ritmo, prestes a romper.

Ela ouviu as vozes conversando na sala e os passos de Gustavo se aproximando pela escada. A porta se abriu e ele entrou no quarto. Os olhares se encontraram, e ele a encarou confuso, mas com um sorriso no rosto.

– Foi você quem deixou comida na varanda, princesa porquinha? – Gustavo brincou, mas a voz dela o cortou:

– Gustavo... Tem algo que você queira me contar? – Bel o interrompeu, fria, a voz pesada, carregada de um nervosismo contido, como se estivesse segurando o ar nos pulmões.

O jovem franziu o cenho, claramente sem entender nada. Ele se aproximou, os olhos piscando como se tentasse se lembrar de alguma coisa.

– Eu? Não... Bel, está tudo bem? O que aconteceu?

– Você tem certeza? – ela insistiu, a respiração mais rápida, o olhar ainda fixo nele.

– O que está acontecendo, Maria Isabel? – os olhos estreitos dele pareciam ainda mais confusos.

– Sai do quarto! Eu quero dormir sozinha! – Bel disparou, com raiva contida, jogando um travesseiro e um cobertor para ele.

O rosto de Gustavo se contorceu por um segundo, como se um lampejo de compreensão tivesse aparecido, e então ele não insistiu em ficar. Pegou o travesseiro, o cobertor, a mochila, que estava jogada perto da porta, e saiu, descendo a escada. Bel ouviu-o murmurar algo para a mãe dela, na sala. Regina então subiu rapidamente a escada. A jovem, mais rápida, trancou a porta.

– Bel? Filha? – Regina chamou com suavidade.

– Eu só preciso ficar sozinha, mãe – respondeu, a voz abafada. E então ouviu o suspiro da mãe e os passos dela se afastando.

Bel deixou o corpo cair na cama e enterrou o rosto nas mãos. Ela não conseguia acreditar que Gustavo fosse um assassino, mas ele havia mentido para ela, escondido algo muito importante. O que mais ele podia estar escondendo? A moça se perguntava se podia mesmo confiar em um jovem que conhecia havia apenas um ano e meio. O quarto parecia encolher a cada segundo, enquanto o peso da desconfiança a apertava como uma mão invisível. Bel fixou o olhar no teto manchado de mofo, mas a mente dela começou a se distanciar, vagando sem controle para o passado.

Um ano e meio atrás

Bel estava se acostumando com o centro de São Paulo ao entrar na faculdade de cinema, enquanto Gustavo já estava no quinto semestre de letras. Na terceira semana de aula, suas amigas Giovana e Marília a convidaram para uma mostra de curtas de terror, organizada por alunos dos cursos de comunicação, letras e audiovisual, no teatro da praça Roosevelt.

Entre os seis curtas exibidos, alguns eram clichês demais para o gosto da jovem, abordando temas como zumbis, espíritos, vampiros e vingança. Porém, um chamou a atenção de Bel. A história de um escritor apaixonado por uma mulher, mas incapaz de oferecer o melhor de si, que escreve um livro em códigos ensinando-a a matá-lo sem ser descoberta. O livro se torna um sucesso, mas o escritor morre em um acidente e o filme deixa no ar a dúvida sobre o envolvimento da mulher na morte dele, pois outra pessoa próxima a eles, com muitos motivos para se vingar do autor, também havia desvendado os códigos.

Bel ficou obcecada com o curta, até que Giovana revelou saber quem era o roteirista, mostrando fotos dele no Instagram e oferecendo-se para apresentálos. No entanto, isso acabou caindo no esquecimento, e Bel odiava cobrar as pessoas.

Naquela semana, porém, no bar, Bel encontrou Gustavo, que apareceu de repente. Ele parecia deslumbrante, e, ao conversar com os outros, olhou para a jovem com intensidade. Quando Bel foi pegar uma cerveja, Gustavo se aproximou sorrateiramente e, ao se virar, ela acidentalmente derramou metade da bebida na camiseta dele.

– Desculpa! Eu não te vi! – Bel disse, enrubescendo de nervosismo.

– Não tem problema... Posso comprar outra para você? – Gustavo respondeu, os olhos fitando-a com uma intensidade calma, como se cada movimento dela, para ele, fosse digno de ser desvendado.

– Eu que tropecei em você e você quer me pagar uma cerveja? – ela questionou, quase gaguejando, enquanto encarava os lábios volumosos e convidativos dele, esboçando um sorriso com duas covinhas.

– Confesso que eu estava procurando uma desculpa para puxar assunto com você, mas não sou muito bom nisso...

– Algo me diz que você sabe muito bem como puxar assunto com as meninas – Bel retrucou, deixando o olhar deslizar de cima a baixo.

Gustavo arqueou uma sobrancelha, divertindo-se com a provocação e fazendo com que um leve rubor tomasse conta do rosto de Bel. Antes que ela pudesse se desvencilhar para pedir outra cerveja, ele entregou a comanda ao *bartender*, mantendo os olhos fixos nos dela. Sem pressa, ele se aproximou, a voz baixa e próxima o suficiente para ela sentir o calor das palavras:

– Eu admito: é raro alguém me deixar nervoso assim, como você está fazendo agora.

Bel não conseguiu se segurar e soltou uma gargalhada, tão repentina que quase deixou a garrafa cair no chão, seus dedos mal conseguindo segurar o vidro.

– Aposto que você já disse isso para pelo menos três hoje.

Gustavo riu, uma risada contagiante, e depois segurou a mão dela, levando-a para a porta do bar. Com uma *long neck* na mão, ele propôs um brinde.

– Ao que exatamente estamos brindando?

– Às possibilidades, aos encontros da vida e, talvez, a tudo que esta noite pode nos proporcionar – ele respondeu.

Bel abriu um sorriso travesso, o tipo que deixava claro que também queria aquilo. Ela tomou a iniciativa, puxando Gustavo para um beijo que o pegou de surpresa. Com os lábios agora próximos do ouvido dele, sussurrou:

– Mostre os caminhos que você tem em mente para esta noite.

Gustavo reagiu sem hesitar, encostando-a contra a parede, o beijo tornando-se mais urgente, como se ambos quisessem prolongar e acelerar o momento ao mesmo tempo. Quando finalmente pararam para recuperar o fôlego, o ar entre eles estava denso. Até que, de repente, Bel sentiu um calafrio. Os olhos dela desviaram para o outro lado da rua e, por um segundo, ela jurou ter visto alguém observando-a, uma sombra que desapareceu entre as árvores. Gustavo percebeu a mudança no clima, e, com um sorriso leve e divertido, arqueou a sobrancelha.

– Tudo bem, princesa?

– Achei que tivesse visto alguém – respondeu Bel, franzindo a testa. Mas logo balançou a cabeça, tentando afastar a sensação. – Onde paramos?

Ele sorriu de canto, os olhos brilhando com uma promessa silenciosa.

– Quer continuar em outro lugar? Eu moro aqui perto.

Bel hesitou por um breve instante, a adrenalina correndo em suas veias. Ela estava decidida a viver algo inesperado. Mandou a localização – para as amigas e, com um olhar cúmplice, concordou.

No minúsculo estúdio de dois cômodos, o moço ofereceu vinho. Entre um beijo e outro, Bel disse:

– Eu estou na sua casa e percebi que não sei nem o seu nome, mas quero que você saiba que as minhas amigas têm a minha localização – ela sabia o nome dele, porém não queria admitir que já o conhecia. – Sou imprudente, mas nem tanto assim.

Ele riu de novo, mas desta vez os olhos permaneceram fixos nela por um instante a mais, como se ele estivesse tentando desvendar algo. Depois, com um sorriso curioso nos lábios, estendeu a mão e se apresentou:

– Gustavo, estudante de letras e aspirante a escritor.

Bel percebeu que havia algo no olhar dele: uma centelha de dúvida, como se não acreditasse que ela realmente não soubesse quem ele era. Esse detalhe a fez corar ainda mais e, sem jeito, ela segurou a mão dele com um toque caloroso, tentando esconder o rubor que tomava conta do rosto.

– Prazer, Gustavo. Eu sou Maria Isabel, estudante de cinema.

– Eu sei – ele disse com um sorriso malicioso, as covinhas voltando a aparecer.

Bel arqueou uma sobrancelha, intrigada. Ela soltou a mão dele, mas os dedos dos dois demoraram a se afastar.

– Como você me conhece, se eu não te conheço? – perguntou, tentando parecer casual, mas curiosa.

– A Giovana me falou de você... – Gustavo respondeu, observando atentamente enquanto o rubor subia pelas bochechas de Bel. Ele pareceu se divertir com a reação da moça e continuou, inclinando-se um pouco mais para perto, como se estivesse compartilhando um segredo. – Ela disse que você gostou do curta do qual escrevi o roteiro. Ela é prima de um dos meus melhores amigos e me mostrou uma foto sua. Eu achei você bonita e queria te conhecer, mas percebi que ela mudou de ideia sobre nos apresentar. Provavelmente porque é amiga de uma menina com quem eu fiquei há um tempo, mas não deu certo. Bom, seria mais romântico se eu dissesse que foi tudo obra do destino, mas, pelo Instagram, vi que vocês têm andado juntas. Soube que ela viria para o bar hoje e pensei em aparecer... Eu esperava a oportunidade de te encontrar.

Bel sorriu de lado, mas não deixou de provocar:

– Então, ela é amiga da sua ex? Isso explica por que a Gi disse que, se eu quisesse uma noite divertida, poderia ir em frente, mas que seria só isso. Ei, espera aí: você quis me conhecer porque eu gostei de algo que você escreveu... Será que isso tem um toque narcisista?

Gustavo deu uma risada nervosa, a confiança dele vacilando um pouco. O sorriso se desfez brevemente, revelando algo mais suave.

– Na verdade, eu fiquei impressionado que alguém tivesse gostado. Sempre acho que vão achar o meu trabalho uma porcaria, algo superficial, sem profundidade – ele hesitou por um segundo e desviou o olhar, antes de continuar, um pouco mais baixinho. – E sobre esta noite... a gente nunca sabe onde as coisas podem dar...

Bel o silenciou, pousando os dedos nos lábios dele em um gesto delicado. Ela começava a ver além da fachada confiante. Por trás do charme descontraído, havia alguém vulnerável, inseguro sobre o próprio trabalho e talvez até sobre si mesmo. Havia algo nele que a pegara de surpresa, algo que criava uma conexão inesperada. Ela sabia como era difícil aceitar elogios quando você mesmo duvidava do próprio valor.

– Talvez a gente tenha mais em comum do que eu pensava... – murmurou Bel, com um sorriso que misturava provocação e cumplicidade. – Mas não precisa me convencer de nada sobre o futuro. Eu estou mais interessada no hoje, e agora tudo que eu quero é uma noite divertida.

Gustavo, um pouco surpreso com a ousadia dela, mas claramente encantado, reagiu sem perder tempo. Em um movimento firme, pegou-a no colo, deitando-a suavemente na cama do quarto. Os lábios dele encontraram os de Bel com desejo crescente, enquanto suas mãos exploravam com destreza, deslizando por baixo da saia *jeans* e provocando um arrepio que a fez arfar de prazer. O calor entre os dois aumentava, e a tensão que os envolvia tornava cada toque mais intenso. Foi um primeiro encontro que Bel jamais esqueceria. Ela havia esperado que fosse o único, mas, para sua surpresa, Gustavo ligou no dia seguinte. O relacionamento deles evoluiu, e logo passaram a se ver com frequência. Em um belo dia, ele a apresentou como namorada em uma festa. Sem questionar muito, Bel aceitou o título, deixando-se levar pelo momento.

Dias atuais

Agora sozinha no quarto da chácara, deitada no lado da cama em que Gustavo dormia, o perfume amadeirado dele ainda impregnado nos lençóis e as lembranças dos primeiros encontros a envolviam como um peso sufocante. Ela apertava o próprio corpo, enquanto queria o toque do jovem, mas tudo que restava era o vazio. O silêncio do quarto parecia ecoar a ausência dele, e a dor de não saber se Gustavo já conhecia seus segredos naquela noite no bar apertava seu peito. Será que ele sempre soube mais do que deixava transparecer sobre as histórias de Itapetininga? Ele se aproximou de mim por causa disso? A dúvida a corroía pouco a pouco, transformando cada memória em um fardo insuportável.

Ela pegou o celular, agora carregado, e o ligou. Notou algumas chamadas perdidas de Henrique e de Heloísa, e uma mensagem dele que chamou a sua atenção.

> **Henrique:** Desculpe, mas estamos preocupados com você. Você sumiu. Manda pelo menos um sinal de vida, nem que seja de fumaça.

Bel suspirou e decidiu ligar para Henrique, que atendeu no primeiro toque, como se estivesse com o telefone na mão, esperando ansiosamente pela ligação.

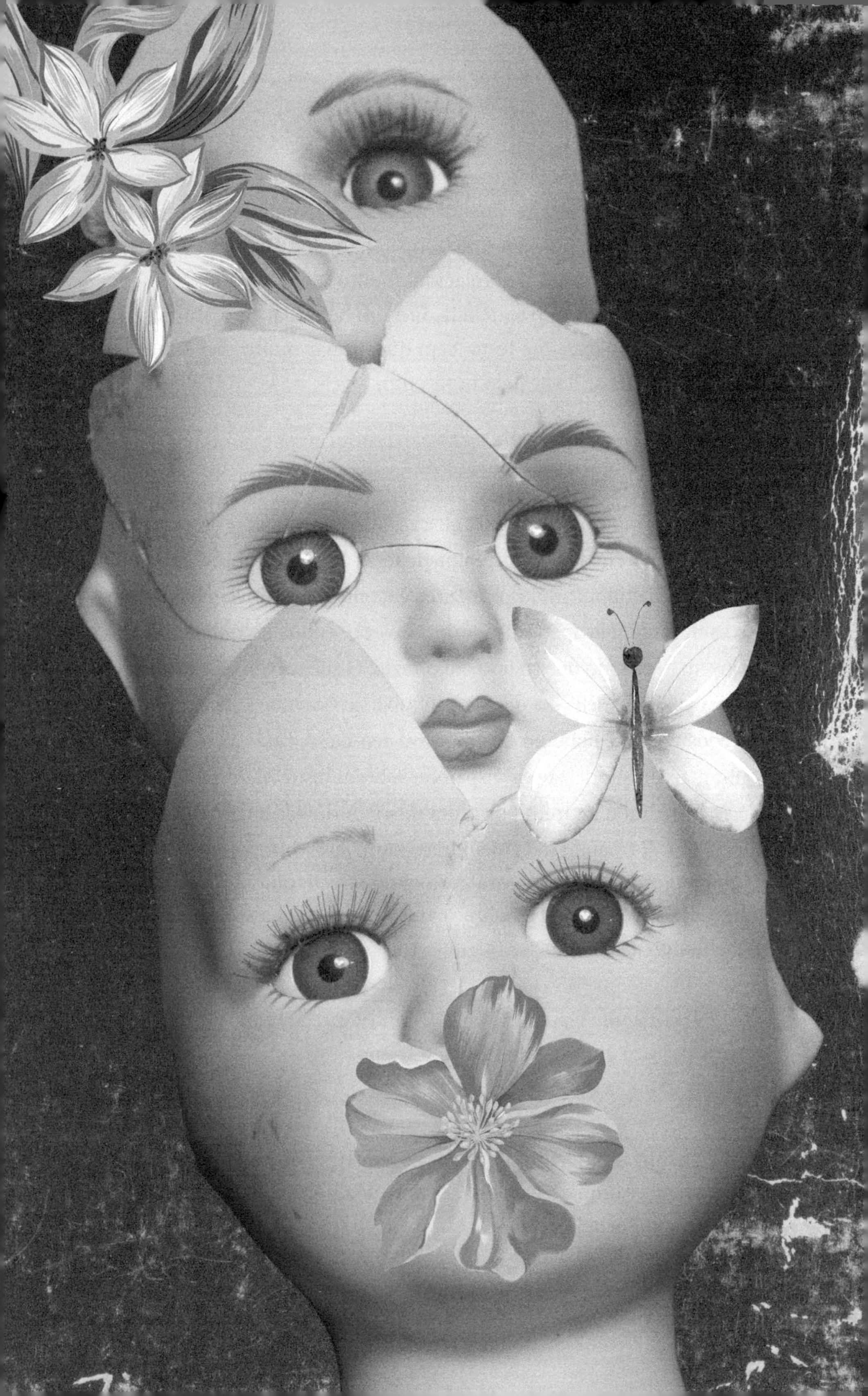

ERVAS DANINHAS

ERAM NOVE DA MANHÃ quando Maria Isabel acordou com o cheiro fresco de chuva. A casa parecia mergulhada em um silêncio denso, quase palpável. Ainda sonolenta, desceu a escada, os degraus rangendo sob os pés descalços. Na sala, o sofá estava perfeitamente arrumado. Os cobertores, dobrados com precisão, destacavam o livro do autor de suspense Raphael Montes sobre o braço do móvel. Ao lado, chinelos pretos alinhados de forma meticulosa e uma mochila cinza fechada sobre o assento completavam a cena do lugar onde Gustavo tinha dormido. Bel sentiu uma inquietação crescente ao pensar nele.

O aroma de café fresco vinha da cozinha, misturando-se ao cheiro que entrava pela janela. Lá fora, o barulho de uma fina garoa se fazia ouvir, molhando levemente as plantas do quintal. Foi então que Bel ouviu o som de louças sendo colocadas na pia.

– Mãe? – Bel chamou, aproximando-se do cômodo.

Maria Regina estava parada de costas, segurando uma xícara de café, o olhar fixo na porta entreaberta, como se a chuva lá fora a levasse para devaneios de dias passados. Quando se virou para a filha, Bel notou imediatamente a fadiga no rosto dela. Era mais do que cansaço físico; era um abatimento de quem já não tinha mais forças para lutar e apenas seguia em frente, aceitando os golpes da vida em silêncio. Ao estudar o rosto da mãe, Bel viu marcas que ambas pareciam carregar.

– Oi, Bel. Bom dia – respondeu Regina com um suspiro, a voz arrastada, como se cada palavra exigisse um enorme esforço.

– Alguma novidade? Cadê o Pedro e o... Gustavo? – havia certa amargura na voz da jovem ao pronunciar o nome do namorado.

– Nenhuma – Regina respondeu, a voz ainda baixa, mas agora com uma nota de desconfiança. – Falei com o seu pai ontem à noite. Ele não pode dar muitos detalhes sobre as investigações... – a mão dela apertava a xícara. – Mas me fez prometer uma coisa: que não vou deixar você ficar andando sozinha por aí.

Os olhos de Regina encontraram os da filha com uma intensidade nova, como se quisessem transmitir algo não dito. Bel desviou o olhar por um segundo, sentindo-se desconfortável sob aquela análise silenciosa, mas logo voltou a encará-la.

– O Pedro e o Gustavo foram ao centro. O Pedro tinha que resolver umas coisas com o Miguel, e o Gustavo aproveitou a carona – Regina hesitou, e então acrescentou, com uma tensão que fez Bel ficar alerta: – O que aconteceu ontem entre vocês?

A pergunta rompeu o ar como uma lâmina. Um arrepio percorreu o corpo de Bel, e, por um breve momento, as imagens da noite anterior lhe vieram à mente. O que deveria dizer? Tentou disfarçar o desconforto, mas sabia que a mãe não deixaria o assunto morrer facilmente. Regina, agora totalmente virada para a filha, esperava uma resposta. O som suave da chuva era o único ruído entre elas, e a tensão parecia crescer, como se as próprias paredes da cozinha estivessem absorvendo o mistério da situação.

Bel ponderou por um instante. Ela ainda estava muito irritada com Gustavo, mas não queria compartilhar o que sabia com a mãe porque, com certeza, ela contaria tudo para Joaquim, o que provavelmente tornaria Gustavo um suspeito. Ele podia ser um mentiroso, mas não havia motivos que a fizessem crer que fosse um assassino.

– Ah, mãe, briga de casal... Mas acho que acabei descontando nele frustrações minhas e, de qualquer forma, eu precisava de um tempo sozinha.

Regina não pareceu acreditar muito que a filha estivesse lhe contando toda a verdade; o rosto dela, ainda fitando a menina, aparentava certa desconfiança.

– Mãe, eu não aguento mais ficar nesta casa sem fazer nada...

– Você não tem que fazer nada, porque não é da polícia e sabe tão bem quanto eu que tem que ficar nesta casa para o seu próprio bem...

– Eu estou sufocada aqui! E não vou sair sozinha: a Heloísa quer almoçar em um restaurante japonês. Ela não está muito bem também, porque a ex dela morreu. Deve ser estranho. É tipo meia hora daqui, e ela vem me buscar com o Henrique de carro. Não vou me meter em nenhuma confusão, prometo!

– Ai, Bel, você tem 19 anos, e eu não vou ser a pessoa que vai te prender em casa. Acho que você deveria ficar, mas, enfim, vá e volte cedo; daqui para o restaurante, do restaurante para casa. Fique com o celular por perto e vá me dando sinais de vida. Ok?

– Sim, senhora – Bel respondeu, tentando esboçar um sorriso. Comeu algumas torradas, pegou uma xícara de café com leite, deu um beijo na mãe e foi se trocar.

Ela tinha falado de Heloísa porque sabia que a mãe ficaria mais tranquila de ela estar com a amiga, mas a verdade era que apenas Henrique a buscaria ali para almoçarem juntos. Além disso, escondeu mais uma coisa da mãe: que, no final da tarde, eles iriam para a casa abandonada de Alberto. Ela se recusava a continuar de braços cruzados, esperando uma solução para tudo aquilo cair do céu. Henrique havia dito que tinha visto movimentações por lá: ele havia passado algumas vezes pela rua e visto a porta da casa do assassino falecido aberta. Claro que poderiam ser só adolescentes achando engraçado invadir o local para beber, como ela mesma tinha feito com os amigos tempos antes, mas Bel precisava de um ponto de partida, e o jovem estava oferecendo um.

🌹

Quando Maria Isabel avistou o Opala vermelho de Henrique na entrada, uma onda de incertezas percorreu o corpo dela. Desceu a escada em passos leves, cuidadosos, como se cada ruído pudesse denunciar sua intenção. Com uma inquietação vibrando sob a pele, viu a mãe ocupada em uma discussão fervorosa ao telefone. Era a distração perfeita! Não queria que ela soubesse que estava saindo apenas com Henrique, sem Heloísa.

Do lado de fora da casa, uma leve garoa caía, e o som abafado de uma música alta chegava até os ouvidos dela. Henrique estava dentro do carro, cantarolando *In the end,* do Linkin Park, distraído. Bel hesitou por um momento antes de se aproximar da janela e bater de leve no vidro. Ele levou um susto, os olhos arregalados por um segundo, até que um sorriso largo surgiu em seu rosto. Abriu a porta para ela, e, assim que Bel entrou, o ambiente pareceu se fechar em um silêncio carregado, enquanto ele diminuía o volume do som.

Ela chegou mais perto para lhe dar um beijo na bochecha, um movimento automático, mas Henrique virou o rosto no mesmo instante e os lábios dos dois se tocaram. Foi um choque. Bel congelou, o corpo rígido, e, sem coragem de encará-lo, focou o olhar para a frente, sentindo o calor subir pelas bochechas. O carro parecia apertado demais; o ar, mais denso. Henrique também se retraiu, tropeçando nas palavras:

– Desculpe... Eu que virei... Não achei que... Foi sem querer...

– Está tudo bem – respondeu ela, a voz baixa, como se quisesse evitar que o constrangimento se espalhasse ainda mais.

Eles seguiram pela estrada, envoltos em um silêncio tenso. O dia estava nublado; as nuvens escondiam o pouco de luz que restava, tornando o caminho quase claustrofóbico. A mente de Bel fervilhava. Ela não podia deixar de se perguntar por que tinha aceitado aquele convite. Sentia que estava fazendo algo errado. Como se, de maneira inconsciente, estivesse ali para ferir Gustavo, mesmo que ele nunca viesse a saber.

Quando chegaram ao restaurante, o lugar parecia desolado, quase como se a cena tivesse sido montada somente para eles dois. As luzes amareladas do interior destoavam da escuridão do exterior. O ambiente era rústico, com o som suave de uma fonte no jardim japonês ao fundo. Entraram, e Bel escolheu uma mesa afastada.

O garçom se aproximou e quebrou o silêncio quase palpável na pequena mesa. Henrique se ajeitou, colocou a mochila que carregava em uma das cadeiras vazias e então pediu dois *temakis* grelhados, franzindo o nariz com visível desgosto quando Bel pediuo seu com salmão cru.

Quando o homem se afastou, o desconforto cresceu, e ela não sabia se conseguiria quebrá-lo. As mãos de Bel não paravam quietas, brincando ansiosas com o saquinho de sal na mesa até que ele estourou, espalhando os grãos pela superfície. Ela a limpou com pressa, sentindo o olhar de Henrique observá-la intensamente. O jovem limpou a garganta, quebrando o silêncio pesado.

– Então... Agora você come peixe cru? Sempre achei que não gostasse.

Bel deu de ombros, tentando parecer casual, mas cada palavra soava forçada.

– São Paulo muda a gente, sabe? O paladar vai mudando também...

Ele prestava muita atenção, como se tentasse ler algo mais profundo nas palavras de Bel, e ela sentia o peso daquele olhar.

– Acho que é mais fácil ignorar o fato de que é estranho sair com o ex quando tem uma terceira pessoa presente... – disse ele, com uma risada nervosa. – Mas a Heloísa... está ocupada, sabe, ajudando a nossa avó.

Henrique inclinou-se para a frente, os olhos nunca deixando os de Bel, enquanto tentava preencher o vazio com palavras.

— Eu sei que dos 14 aos 17 anos ficamos naquela troca de salivas — começou ele, hesitando ao escolher as palavras. — E que quando você terminou comigo mandei umas coisas horríveis, infantis até... Sei que parte desse distanciamento é culpa minha, mas... — ele soltou um suspiro, desviando o olhar. — Nós somos amigos desde crianças, Bebel. Foi você quem me fez prometer que isso não destruiria a nossa amizade, lembra? Naquele dia, quando eu te beijei pela primeira vez.

Bel, que até então olhava distraída para a rua silenciosa, voltou-se para Henrique. O olhar dele estava firme sobre ela, cheio de expectativa. A lembrança daquele momento na praia anos antes a invadiu.

Cinco anos antes

Estavam viajando com Heloísa e os pais de Henrique em um fim de semana de verão. Naquela tarde, de mãos dadas, eles encaravam o horizonte enquanto o sol tingia o céu com tons alaranjados. O som das ondas e a respiração acelerada deles pareciam se misturar. Ela já gostava dele havia tempos, desde os 12 anos. Tentava, com pequenos gestos, mostrar seus sentimentos, na esperança de que ele notasse. E, dois anos depois, ele notou. Quando Henrique a beijou pela primeira vez, pegando-a de surpresa, sussurrou entre os lábios, com uma voz hesitante, parecendo ter medo de admitir o que sentia:

— Acho que estou apaixonado por você.

O coração da Bel de 14 anos acelerou ainda mais, e ela o beijou de volta, com mais vontade. A mão dela, cheia de areia, deslizou pelas costas dele, e ele a pediu em namoro. Por um instante, o desejo tão presente de que aquele momento acontecesse pareceu assustador. Com os olhos semicerrados, ela olhou para ele profundamente, afastando-se um pouco.

– Você me promete que, se a gente não der certo, nada vai estragar a nossa amizade?

Henrique, ainda em êxtase pelo momento, parecia pensativo, mas sorriu.

– Claro que prometo.

Foi então que ela se permitiu ceder ao que tanto desejava.

– Então, eu quero ser sua namorada – disse, com um sorriso que tentava esconder o nervosismo.

Henrique a envolveu nos braços com força, enchendo o cabelo dela de areia, e a beijou de novo, agora com mais paixão.

Dias atuais

– Bel? – a voz de Henrique a trouxe de volta ao presente. Ele repetia o nome dela em um tom de súplica, e ela se deu conta de que o jovem já a chamava havia algum tempo.

– Eu! – ela sorriu de leve, buscando amenizar o clima. – Está tudo bem; sério. Se não estivesse, eu não estaria aqui.

Henrique pareceu aliviado com as palavras dela, e um pequeno sorriso relaxou a tensão no rosto dele. Os *temakis* chegaram, e Bel agarrou o de salmão cru com *cream cheese*, dando uma mordida sem hesitar.

– Você deveria dar mais uma chance para o peixe cru; sério.

– Ah, credo! Além de horrível, quando eu o experimentei, passei tão mal que achei que fosse morrer – ele fez uma careta exagerada. – Estou bem assim, obrigado.

Bel riu, revirando os olhos e dando outra mordida. Havia algo na maneira como Henrique a olhava, misturado à brincadeira descontraída, que a fazia sentir o antigo carinho entre eles voltar, suave, como uma onda chegando à praia. Mas o tom mais leve logo mudou quando ele tocou em um ponto sensível.

– E o seu namorado, você não quis convidar?

Ela parou de mastigar por um segundo. O silêncio preencheu o ar entre eles, denso.

– Ele está ocupado com o Pedro e o advogado no centro – respondeu finalmente, com um tom ligeiramente apressado. – E você, não quis chamar a sua namorada?

Henrique deu de ombros, mudando a postura na cadeira.

– A Mel? Ela está trabalhando. A gente está se conhecendo... nada muito sério, mas, se eu não postasse fotos com ela, ela ia surtar... – ele riu, embora com ar resignado. – Mas, enfim, ela é legal; vocês vão se dar bem.

Bel notou um leve desconforto no rosto dele ao falar sobre o relacionamento, algo que reconhecia em si mesma quando falava de Gustavo com Henrique.

– E a sua mãe te deu uma folga?

Henrique sorriu mais abertamente agora, agradecendo a mudança de assunto.

– O lado bom de trabalhar na clínica veterinária dos meus pais é esse.

– Aliás, você está estudando para ser veterinário, né? – Bel perguntou, curiosa. – Como o cara que odiava animais acabou escolhendo esse curso?

Henrique riu de verdade agora, aquele riso que fazia com que os olhos dourados dele brilhassem.

– Eu nunca odiei animais, Bel. Só não entendia a sua mania de abraçar qualquer bicho de rua. Nunca vi alguém tão Maria Sarnenta quanto você.

Bel riu alto, jogando a cabeça para trás.

– Você ainda fala igual à minha mãe! Até hoje, ela não me deixa adotar nenhum cachorro, gato ou hamster. Mas um dia, quando eu tiver a minha casa, vou ter uns três gatos e quatro cachorros.

– Deus me livre! – Henrique fingiu um arrepio dramático, o que fez Bel rir ainda mais.

– Mas, sério, eu jurava que você ia para a área de tecnologia – Bel retomou o assunto, cruzando os braços e inclinando-se na mesa, curiosa. O tom era leve, mas o olhar, atento. Henrique soltou uma risada baixa, fazendo não com a cabeça.

– Ah, mudei de ideia – ele fez uma pausa, o olhar perdido por um instante, como se buscasse as palavras certas. – Tem uns parentes do meu pai que trabalham em fazendas, com animais de grande porte. Dá uma grana boa, sabe? Pensei em me especializar nisso. E assim, se não der certo, já tenho a clínica dos meus pais no futuro. Isso me pareceu... um bom plano, sem grandes riscos.

Bel sorriu de leve, compreendendo perfeitamente. Era típico de Henrique. Sempre cuidadoso, calculista, escolhendo os caminhos que ofereciam a segurança que ele tanto prezava. Enquanto ela... Bem, ela sempre foi o oposto. No passado, Bel acreditava que os signos explicavam tudo: ele, um típico capricorniano, centrado e realista; ela, uma sagitariana inquieta, sempre à procura de aventura, com o olhar voltado para o horizonte.

– E você? – Henrique retribuiu a pergunta, ainda olhando para ela com um sorriso que escondia certa nostalgia. – Quais são os planos na área do cinema, dona sonhadora? Ainda pensando em ganhar um Oscar?

Bel riu aquele riso que misturava leveza e um toque de melancolia. Quando era adolescente, sempre dizia que um dia dirigiria um filme de suspense ou terror que levaria o Oscar.

– Agora que eu tenho uma noção mais real do mercado, estou mais no ritmo de um dia de cada vez. Estou estagiando em um estúdio pequeno que faz comerciais e vídeos para a internet. Se um dia eu conseguir chegar aos filmes, já vou ficar bem feliz.

O sorriso dela tinha um tom de resignação que Henrique percebeu de imediato. Havia certo desvio entre o que eles sonharam na adolescência e o que a vida real tinha proporcionado. Henrique inclinou-se um pouco mais na mesa, diminuindo a distância entre eles.

– Você pegou licença ou férias? – ele perguntou com cuidado, o tom de voz mais suave agora. – Por causa da sua avó...

A mudança no rosto de Bel foi sutil, mas não passou despercebida por Henrique. A leveza anterior desapareceu, substituída por uma sombra de tristeza. Ela respirou fundo, hesitando por um segundo.

– Eu já estava com as férias programadas... Passagens compradas para o Nordeste, para fugir do frio – a voz dela enfraqueceu um pouco. – Eu ia visitá-la na última semana também, sabe? Não a via desde o Natal. Mas... – ela parou de falar, engolindo em seco, e, quando retomou a conversa, o tom era mais melancólico. – A gente sempre acha que vai ter mais tempo com as pessoas que ama.

Henrique não disse nada, mas estendeu a mão sobre a mesa, segurando a de Bel com delicadeza. O polegar dele acariciou a pele dela em um gesto familiar, algo que ele fazia desde que eram crianças, quando ela se magoava com as brigas em casa ou com as crianças da escola importunando-a. Aquele toque, suave e cheio de carinho, trouxe um pequeno sorriso aos lábios de Bel, mesmo que os olhos ainda estivessem carregados de angústia.

O tempo pareceu passar mais rápido depois disso. Eles pediram sobremesas e conversaram sobre outros assuntos até que o céu, antes cinzento, começou a escurecer, por volta das cinco da tarde. Bel, sabendo que a mãe já devia estar surtando, mandou uma mensagem rápida para Maria Regina, avisando que chegaria tarde. Como esperado, a resposta foi apenas um "Ok" seco, aquele tom que Bel conhecia tão bem – a forma da mãe de dizer "faça o que quiser" quando, na verdade, queria que a filha fizesse o contrário. A menina suspirou. Geralmente, mudaria de ideia com a atitude da mãe, porém aquilo era importante demais para recuar.

Henrique pagou a conta, ignorando os protestos insistentes de Bel.

– Sério, Rique? Eu tenho dinheiro, sabia?! – ela estava claramente irritada, cruzando os braços enquanto o observava sorrir com aquele ar de quem já tinha vencido a discussão.

– Bora descobrir se tem alguma pista dessa loucura toda na casa do Alberto? – ele perguntou de repente, mudando de assunto com um brilho diferente no olhar.

Bel, que estava pronta para argumentar mais, já com o celular em mãos para dizer que faria um pix para a conta dele, calou-se imediatamente. Uma descarga de tensão percorreu o corpo dela, com uma mistura de medo, ansiedade e curiosidade, e qualquer outro pensamento se dissipou.

Bel e Henrique estacionaram o Opala em frente à antiga casa de Alberto. O motor já estava desligado, mas o som dele ainda reverberava no silêncio da rua vazia. Uma pressão invisível parecia comprimir o peito de Bel a cada segundo, não apenas pelo medo de entrar naquele lugar sombrio, mas pela possibilidade de ser vista por alguém da cidade. A fachada imponente de outros tempos agora estava em ruínas: a pintura, desbotada; rachaduras rasgavam as paredes como cicatrizes; o jardim – outrora cuidado – agora se perdia em ervas daninhas que sufocavam tudo ao redor. Ao empurrar o portão de ferro, o ranger sinistro ressoou no ar, como se a casa estivesse sussurrando um aviso.

– Você se lembra da primeira vez em que viemos aqui? – a voz de Henrique era carregada de uma nostalgia que não combinava com a atmosfera sombria. Os olhos dele estavam fixos na porta de madeira gasta pelo tempo, cheia de furos e com o mato se infiltrando por todas as frestas.

Bel não respondeu de imediato. Ela fitava o caminho do jovem até a velha árvore no quintal. Mesmo à distância, ela sabia o que provavelmente ainda estaria esculpido na madeira: "Os três encrenqueiros", com um "X" riscando o "três", feito por Heloísa anos antes.

Três anos antes

Era Halloween. Enquanto todos na escola falavam das festas à fantasia, os três, que nunca eram convidados, decidiram criar a própria diversão. A ideia, claro, veio de Henrique, que sempre queria parecer o mais ousado e destemido do grupo.

Chegando ao local, ele empurrou a irmã para dentro do quintal naquela noite, sabendo que ela estava apavorada. Heloísa, pálida, seguia com um andar quase sem equilíbrio.

– Você sabe que eu vou ter pesadelos para o resto da vida, né, seu idiota? – Heloísa murmurou para o irmão, tropeçando nas pedras do jardim.

Bel seguiu os irmãos, revirando os olhos.

– Ai, gente, é só uma casa – disse, enquanto chutava uma pedra no caminho. – O cara morreu há anos. Não passa de um amontoado de tijolos velhos. O meu medo de entrar aqui é a gente acabar virando o novo motivo de assombração de Itapetininga se o teto cair na nossa cabeça.

Maria Isabel falava como se tentasse convencer a si mesma daquilo, mas o tom casual era quebrado pelo silêncio ao redor. O ar parecia pesado, impregnado com o cheiro de terra molhada e madeira apodrecida. As sombras do jardim dançavam sob a fraca luz da lua, tornando cada canto ainda mais misterioso. Heloísa tentava a todo custo recuar, abraçando a si mesma.

– Eu me recuso a entrar, Rique. Se você me obrigar, vou contar para a mamãe que anda roubando as bebidas dela – ameaçou Heloísa, tentando manter o tom firme, mas a instabilidade na voz a traiu.

– E vai contar para ela que você também bebe? – Henrique retrucou, cruzando os braços com um sorriso provocador.

– Bom, eu posso falar que só você bebe. Aposto que ela acreditaria na filha que tem as melhores notas e raramente é chamada à direção por mau comportamento. Muito mais do que no filho, que vive saindo no soco com os caras da escola e está quase repetindo de ano.

– Ah, claro, a cartada da filha perfeita! – ele disse com ironia, mas pareceu mais ferido do que a expressão deixou transparecer.

Os dois se encararam por um momento, e Bel, sentindo o desconforto no ar, pegou uma garrafa de vinho da bolsa do menino. Ao abri-la, o cheiro do álcool se misturou ao da terra e da vegetação decadente, e ela tomou um grande gole antes de estender a garrafa para Heloísa, que a recusou.

– Acho que agora você deve estar pensando que aceitar vir com o irmão e a sua amiga para a casa que todos acham ser assombrada é um pesadelo pior do que ter ido ao cinema ver *Invocação do mal* com a Marina e se mijar na frente da sua namorada – disse Bel, tentando aliviar a tensão enquanto dava mais um gole no líquido vermelho.

Heloísa deu de ombros, retirando um canivete do bolso da calça *jeans*. Traçando linhas instáveis na madeira, começou a riscar a árvore ao lado da porta, como se precisasse deixar sua marca ali, enquanto a conversa fluía ao redor.

– Sério, de todos os filmes que estão passando, ela tinha que insistir em um de terror, sabendo que eu odeio esse tipo de coisa – resmungou, focada na madeira, o som do canivete esculpindo a superfície áspera.

– Vai ver, se você abrisse a carteira de novo e a levasse para jantar pagando tudo, ela até toparia assistir a uma comédia romântica idiota com você. Mas, desde que começou com esses cortes financeiros, a sua namoradinha nem anda te dando tanta bola, né? – zombou Henrique, com um sorriso provocador.

– Ah, vai se foder, Henrique! Já falei mil vezes que o meu namoro não é da sua conta! – Heloísa rebateu, sem pensar duas vezes, levantando o dedo do meio para o irmão.

– Bom, minhas caras, vamos ver se o espírito do Alberto ainda está preso na casa? – Henrique propôs com a voz grave e fantasmagórica, esticando as palavras de forma teatral.

– De jeito nenhum! Se vocês dois quiserem ir se pegar lá dentro, fiquem à vontade. Eu não entro! – Heloísa declarou, largando o canivete ao ser agarrada por Henrique.

Ela gritou e esperneou, com lágrimas nos olhos enquanto ele a carregava em direção à casa. O cheiro de vinho e a adrenalina eram quase palpáveis no ar.

– Larga ela, Rique! – Bel interveio, dando um empurrão no namorado. – A gente pode ficar no quintal, beber em paz e ouvir música.

Henrique riu alto, largando a irmã, que o estapeava furiosamente nos braços e enxugava os olhos com a manga da camiseta. E, justo quando ele se aproximava de Bel para continuar a provocação, um vento frio, inusitado para uma noite quente de outubro, soprou do nada, fazendo a porta da casa bater com força.

O impacto reverberou pelos três, que congelaram no lugar. Mesmo Henrique, que tentava manter a fachada corajosa, não conseguia esconder a tensão.

– Está bom, suas cagonas. É melhor a gente ficar no quintal, terminar esses vinhos e ir embora – disse Henrique, tentando parecer indiferente, mas sem disfarçar o arrepio que o vento causara.

Bel sacou o celular e colocou sua *playlist* favorita, enchendo o ar com os acordes de *Smells Like Teen Spirit*, do Nirvana. Os três se sentaram no jardim, bebendo e cantando até que o álcool fizesse efeito. Henrique, sob o efeito das duas garrafas já consumidas, aproximou-se de Bel e a beijou com intensidade, deixando Heloísa constrangida.

– Odeio essa dinâmica do grupo, quando eu eventualmente fico de vela – Heloísa murmurou, pegando de volta o canivete para terminar o que começara a escrever na árvore, seus movimentos mais bruscos do que o necessário.

O riso de Henrique, já alto e sem filtro, ecoava pela noite. Bel sabia o que viria a seguir, ao ver o brilho maldoso nos olhos do namorado. Não queria acreditar que ele tocaria naquele assunto, mas não conseguiu impedir a desgraça.

– Você ainda quer beijar a minha namorada, Heloísa? É por isso que vive atrás da gente? – o tom de provocação era claro, mas Bel ainda não podia acreditar que ele havia tido coragem de dizer aquilo em voz alta.

– Caralho, Henrique! – ela exclamou, tentando interromper o namorado embriagado.

Mas já era tarde demais. Heloísa congelou, o canivete parado contra a casca da árvore. Os olhos dela foram de Bel para Henrique, enquanto o rosto se enchia de uma raiva contida. Meses antes, em um momento de confidência no Parque Ecológico, Heloísa havia confessado a Bel que tinha sentimentos por ela, mas que sabia que nunca seria correspondida. Bel, com gentileza, explicou que de fato só tinha olhos para Henrique e que não sentia atração por mulheres. Heloísa entendeu, mas implorou para que isso nunca chegasse ao irmão. E agora, ali, a traição estava escancarada.

– Você... você contou para ele? – a menina questionou, com a voz carregada, a pergunta saía da boca dela quase como um grito de uma raiva guardada há muito tempo, que achava um motivo real para existir.

Bel tentou se aproximar, mas Heloísa deu um passo para trás, o canivete ainda preso à árvore.

– Helô, eu... – começou a dizer, mas a amiga já estava indo embora, os passos pesados ecoando no silêncio do quintal.

Desde então, nada fora o mesmo entre elas. Heloísa eventualmente a desculpou, mas a amizade nunca voltou ao que era antes.

Dias atuais

Agora, de volta àquela casa, Bel encarava a árvore. Henrique já estava na porta, a voz provocativa rompendo a quietude da noite:

– Ainda tem medo, Bebel?

Ela respirou fundo, revirando os olhos na tentativa de mostrar indiferença. Não cederia. Mantendo uma postura firme, fingiu não se importar, embora cada célula de seu corpo gritasse o contrário.

Com um sorriso desafiador, Henrique abriu a porta, e os dois entraram na escuridão.

Por dentro, a casa estava envolta em uma penumbra inquietante; os móveis, cobertos por lençóis brancos como fantasmas; e o cheiro de mofo, cada vez mais forte, conforme avançavam. Usando a lanterna do celular, os dois começaram a revirar os cômodos. Bel sentiu um calafrio ao passar por um grande espelho rachado no corredor. Quantas memórias e segredos esta casa esconde?, pensou, enquanto seus olhos percorriam os detalhes do lugar.

Perto da porta do que parecia ter sido um escritório um dia, repleto de papéis amarelados e livros empoeirados, Bel avistou, jogada no chão, uma pulseira de ouro delicada, que não parecia ter sido abandonada ali muito tempo atrás. Afinal, não tinha uma aparência antiga como o cenário, fazendo com que se destacasse. E mais: ela tinha a impressão de já ter visto aquela joia antes.

– Henrique, olha isto! – disse, segurando a pulseira.

Ele se aproximou, examinando o objeto com atenção, e concluiu:

– Isso não parece ter estado aqui desde que a casa foi abandonada... Alguém deve de fato ter vindo recentemente.

O corpo de Bel enrijeceu de imediato, como se algo a tivesse travado por dentro.

– O assassino...? – sussurrou ela.

– Talvez... Quer ir embora? – murmurou o jovem, parecendo perceber, de repente, que sua ideia talvez não tivesse sido das melhores.

– Já estamos aqui, então vamos pelo menos dar uma olhada – ela sussurrou.

Ambos seguiam vasculhando o escritório em silêncio, quando Bel deu um leve sobressalto: seus olhos haviam captado algo em um canto empoeirado, quase escondido atrás de uma pilha de papéis. Era um caderno antigo, com a capa de couro desgastada, semelhante aos que pertenciam à avó. As mãos dela perderam a firmeza assim que o pegou. Ao abrir as páginas amareladas com cuidado, várias fotos caíram no chão. Bel se encolheu ao reconhecê-las: imagens da avó, quando era jovem, nua, em poses íntimas de novo.

Henrique, distraído com o barulho de uma janela quebrada batendo ao vento, não percebeu nada. Rápida, Bel recolheu as fotos e as escondeu, com os sentidos em alerta. Tentando retomar o controle, voltou ao caderno. As páginas estavam preenchidas com anotações soltas, escritas em uma caligrafia firme, elegante, familiar. Mas foi uma página em particular que a fez parar, como se o tempo tivesse congelado por um instante.

O Criador nomeou a primeira pecadora, Eva, aquela que foi moldada para servir e obedecer ao homem. Mas, em nome de uma curiosidade profana, ela ousou comer do fruto proibido, manchando sua alma com o pecado. Como uma erva daninha enraizada no jardim sagrado, Eva envenenou Adão, sugando dele tudo que havia de puro e bom e arrastando-o para longe da luz divina. O Senhor, em Sua infinita misericórdia, teve compaixão de ambos, mas o mal já estava semeado.

Desde então, incontáveis Evas têm surgido, espalhando tentação e guiando os homens para longe do caminho da retidão, desviando-os do Paraíso prometido.

Agora, ouço o chamado dos anjos que sussurram em meus ouvidos. Sei o que é certo: eles me revelam o nome de cada nova Eva, que, corrompida, infesta o mundo com sua escuridão. Mas ainda há tempo de resgatar as almas e livrar o mundo desse mal.

Fui escolhido pelos Céus para ser o jardineiro do Divino. Minha missão é eliminar as ervas daninhas que contaminam este mundo, limpando o caminho para que, um dia, o homem possa retornar ao Éden, restaurado e redimido.

Bel sentiu uma pontada no estômago ao ler aquelas palavras. Era como se a loucura de Alberto estivesse impregnada em cada linha.

– Isso é... perturbador – comentou Henrique, fazendo Bel se encolher ligeiramente, quando notou que ele estava ali, lendo por cima do ombro dela. – Mas o que significa?

– Não sei – respondeu Bel, sentindo-se cada vez mais envolvida no enigma. – Mas parece que alguém quer que eu descubra. A polícia já deve ter vindo a este local inúmeras vezes, então teria achado isso. Você falou para alguém que vínhamos aqui?

– Não, Bel. É o que te falei: tenho visto uma movimentação estranha... Achei até que pudessem ser adolescentes invadindo, mas sei lá. É melhor a gente ir, não? – ele sugeriu pensativo, esperando uma resposta dela.

Bel virou a página, e por algum motivo aquilo a fez pensar na moto que havia lhe lançado o dossiê sobre Gustavo, mas não quis comentar sobre isso com Henrique. Os olhos dela se fixaram em pedaços de cartas cuidadosamente colados no caderno. Eram partes de correspondências que a avó, Antônia, havia enviado a Alberto. A caligrafia familiar fez seu coração apertar.

– Essas cartas... Elas não pertencem a este caderno. Alguém as colocou aqui de propósito – murmurou Bel, mais para si mesma, enquanto examinava os fragmentos meticulosamente colados.

Alberto, o pecado tem ocupado meus pensamentos, assim como todas as conversas que tivemos. Pergunto-me constantemente se estamos no caminho certo. Ao me lembrar da noite passada, meu peito aperta e me pego refletindo sobre minhas filhas e o mundo que desejo para elas. Você me prometeu proteção, prometeu que nos guiaria para o que é justo nesta vida. Mas, a cada dia, sinto-me mais perdida. Não encontro felicidade, nem ao seu lado, nem ao lado dele. Se alcanço o que desejo, a culpa me consome; quando não alcanço, o amor me parece distante e vazio.

Toninha, no fundo, por mais que doa e seja difícil, você sabe o que é necessário. Entende o melhor para Roberta, para você e também para a menina que está por vir. Infelizmente, sei que pecamos, mas para tudo há uma solução; seremos perdoados se fizermos tudo da forma que te expliquei...

O vento na parte de fora ficou mais forte, fazendo as janelas vibrarem. A tensão no ar era uma espectadora presente. Bel sentiu o corpo congelar por um instante quando Henrique tocou seu ombro.

– Bel, acho que não dá para negar que eles estavam juntos... E sei lá, ela parecia saber o que ele estava fazendo. Sei que é difícil de acreditar... – ele disse rapidamente, com a respiração entrecortada enquanto tentava se explicar.

– Não faz sentido, Rique. Nada aqui faz. Ele parece um maluco! Eu não consigo imaginar a minha avó se envolvendo com um cara assim – ela respondeu, ríspida e impaciente.

– Talvez ele a manipulasse... Às vezes, a gente enxerga o mundo pelos olhos dos outros, e algumas coisas parecem certas até cairmos na real – completou Henrique, com um pouco de ansiedade na voz.

Bel, ainda encarando o caderno nas mãos, percebeu algo estranho: a caligrafia dos bilhetes colados era nitidamente diferente das anotações do caderno, como se tivessem sido escritos por três pessoas distintas. *Será que eles tentaram disfarçar a escrita para que ninguém percebesse? Ou é a minha imaginação, tentando me proteger da verdade?*, pensou, sentindo as batidas rápidas no peito.

– Acho que quero ir para casa – ela disse, com a voz embargada e sentindo a mente rodopiar enquanto guardava o caderno na bolsa.

Henrique a observou em silêncio por alguns segundos. Ele sempre sabia quando Bel estava à beira do choro – era algo no jeito como ela apertava os lábios ou evitava encará-lo. Sem dizer nada, puxou a para um abraço apertado. Bel não resistiu. Encostou a cabeça no ombro dele e deixou que o consolo a envolvesse. Ficaram assim por um tempo, em um silêncio carregado, até que ela, um pouco mais calma, afastou-o com delicadeza. Foi quando um estrondo ecoou vindo dos fundos da casa. Ambos se sobressaltaram. Em um reflexo rápido, Henrique segurou a mão de Bel e a guiou às pressas para fora dali, ambos com o coração disparado.

– Está bem, chega de aventuras e investigações por conta própria por hoje! Eu te levo para casa – Henrique disse quando já estavam seguros, dentro do carro.

Maria Isabel finalmente conseguiu dormir após uma longa noite de discussões e desentendimentos. As brigas com a mãe sobre seu desaparecimento, somadas às tensões com o namorado, que a cobrava por sair com o ex – logo Gustavo, que mentia tanto para ela –, haviam esgotado sua paciência. Mas o descanso durou pouco. Às cinco da manhã, a chácara foi invadida pelo som de sirenes.

Ainda com os olhos pesados de sono, Bel se levantou, o corpo agindo por instinto, sem compreender o que estava acontecendo. Ao abrir a janela, ela congelou. Lá embaixo, o pai saía de uma viatura policial com o semblante endurecido enquanto Maria Regina abria o portão da propriedade, visivelmente confusa.

O coração da jovem deu um salto no peito. Ela correu escada abaixo, e, ao emergir no quintal, encontrou aquela cena que parecia mais um capítulo do pesadelo que estava vivendo: a mãe discutia com Joaquim, exaltada. Pedro, pálido, encarava alguns documentos com um olhar atônito.

Gustavo, ainda de pijama, estava ao lado do padrasto de Bel, mas, assim que notou a presença da namorada, aproximou-se dela com passos hesitantes.

– O que está acontecendo? – Bel perguntou, a voz embargada.

– Eles... eles têm um mandado de busca – disse Gustavo, em um sussurro tenso. – Disseram que o celular do Pedro foi encontrado em uma cena de crime. Além disso, parece que uma testemunha anotou a placa do carro... ou algo assim.

Enquanto Gustavo falava, a cor desaparecia do rosto dele. De repente, os policiais avançaram para dentro da casa. Pedro e Regina ainda gritavam com Joaquim, que gesticulava nervosamente para um aparelho celular lacrado em um saco plástico.

Bel passou por Gustavo na direção dos pais enquanto o jovem foi para o banco de madeira, ao lado da porta da casa, onde se deixou cair, enterrando o rosto nas mãos.

– Vocês vão pagar caro por isso! Vamos processar cada maldito fio de cabelo de quem trabalha nessa delegacia miserável! – bradou Pedro, a voz retumbando enquanto marchava na direção da casa.

– Gente, que loucura é essa? – foi tudo o que Bel conseguiu dizer, tentando controlar a respiração acelerada.

– Filha! – Regina e Joaquim disseram ao mesmo tempo, olhando-se com surpresa.

– A sua mãe te explica! – rosnou Joaquim sem esperar resposta, com o rosto vermelho e as veias pulsando nas têmporas, antes de sair andando.

– Deve ser algum engano... é tudo muito vago – Regina tentou explicar, em um tom que oscilava entre incerteza e medo. – O Pedro perdeu o celular depois de ir ao centro com o Gustavo, e agora...

Uma rajada gélida atravessou o terreno, fazendo tanto a mãe quanto a filha cerrarem os braços contra o corpo. Nenhuma das duas estava vestida para o frio daquela manhã estranha.

– Vamos entrar, mãe... Isso tudo só pode ser um grande erro – Bel disse, pousando as mãos nas costas de Regina e tentando lhe passar uma calma que nem ela mesma sentia.

As duas caminharam em silêncio para dentro, e, no trajeto, Bel cruzou o olhar com Gustavo. Ele sentiu o corpo se contrair por causa da fúria que a namorada tinha nas íris dos olhos, e não pelo vento.

Horas se arrastaram com a lentidão de um tormento sem fim. A casa foi revirada peça por peça. Pedro falava ao telefone com o advogado enquanto Regina andava de um lado para o outro como um fantasma. Bel e Gustavo sentaram-se em sofás opostos. Não trocaram nenhuma palavra, enquanto a jovem encarava o namorado com olhos afiados e acusatórios.

Quando o céu começou a clarear, uma das policiais desceu a escada, seguida por Joaquim. Ela cochichava, visivelmente irritada, gesticulando para uma pasta de couro com zíper. Bel reconheceu o objeto: Pedro costumava sair com ela com frequência.

A mulher parou diante de todos, o maxilar tenso e o olhar firme como pedra.

– O corpo foi encontrado aqui em Alambari. A investigação está sob minha jurisdição, delegado Nunes – disse ela com frieza, fazendo com que até os membros da própria equipe se calassem.

Bel, que normalmente admiraria uma mulher mostrando autoridade em um ambiente dominado por homens, naquele caso sentiu apenas uma coisa: medo. Porque, desta vez, o alvo era sua família, e, pelo visto, o pai dela não poderia mais proteger todos naquela casa.

– Doutor Pedro Dias Fernandes? – a delegada chamou, em voz alta e clara, como se cada palavra tivesse o peso de uma sentença. – Esta pasta pertence ao senhor?

Pedro piscou algumas vezes, desligou o telefone e caminhou até a mulher. Ela abriu a pasta, espalhando sobre uma mesa documentos com o nome dele misturados com o RG e a carteira de motorista das vítimas mais recentes do Assassino das Bonecas.

A delegada acenou para um dos agentes, que recolheu o material com luvas e guardou tudo em sacos plásticos.

– Preciso que o senhor me acompanhe imediatamente à delegacia, doutor Fernandes.

– Regina, avisa o Miguel... Diga para me encontrar na delegacia de Alambari – disse Pedro, mantendo o olhar fixo e desafiador para a delegada.

– O senhor está no seu direito. Pode me acompanhar – respondeu a policial sem desviar os olhos.

– Isso deve ser um engano! Joaquim?! – Regina perguntou, já procurando o número de Miguel no celular.

Bel e Gustavo permaneciam de pé, paralisados, como se o ar tivesse sido sugado da sala no instante em que Pedro foi levado. A mãe apenas murmurou que os acompanharia, e desapareceu com eles pela porta da frente. A última coisa que Bel ouviu, antes do silêncio engolir tudo de vez, foi a voz firme do pai, já do lado de fora, dando ordens para que dois policiais permanecessem de guarda no portão do terreno.

🌹

Assim que Maria Isabel percebeu que ela e Gustavo estavam a sós naquele cômodo, o silêncio pareceu quase sólido, como se algo pairasse no ar além da tensão. Ela ainda sentia os músculos se contraindo involuntariamente, mas decidiu que era hora. Não podia mais adiar; precisava enfrentá-lo:

– Você e o Pedro vivem trocando os celulares, não é? Além de terem saído muitas vezes juntos por aí... – a voz de Bel soou mais firme do que ela esperava, mas havia um veneno sutil em cada palavra. Uma acusação disfarçada de pergunta.

Gustavo congelou. Por um segundo, seus olhos perderam o foco, e as mãos mergulharam nos bolsos como se buscassem refúgio. Ou uma arma invisível. Bel o observava atentamente. Cada gesto dele parecia mais revelador do que qualquer frase – principalmente depois do dia da tempestade, e da forma como ele chegou destruído e sujo naquela casa.

– Você está me acusando de que, Maria Isabel? – a voz dele soou diferente agora. Mais áspera. Um tom defensivo que não pedia explicação, mas se armava para o ataque.

– Eu sei quem você é – ela disse com uma calma calculada, mas seus olhos a denunciavam. Estavam marejados, e cada palavra era um golpe frio e preciso. – Eu sei que você é neto da Berenice Lima, a irmã do Assassino das Bonecas.

O rosto dele não registrou surpresa. Nenhuma reação teatral. Nada de negação. Apenas um silêncio culpado.

– Como você...? – ele começou, mas parou. Já imaginava que ela havia descoberto o segredo dele desde a última briga dos dois, por mais que quisesse que as desconfianças da namorada não fossem reais.

– Eu recebi fotos suas visitando o asilo onde a Berenice está, aqui mesmo, em Alambari, certo? E, com elas, a cópia da sua certidão de nascimento – disse Bel, dando um passo instintivo para trás, como se só agora compreendesse quanto estava vulnerável ali, mesmo tendo uma viatura no portão.

A expressão de Gustavo desmoronou, e não era raiva, mas sim dor – uma decepção profunda, que se entrelaçava com mágoa e frustração, como se o medo dela tivesse, de algum modo, atravessado a pele dele feito uma lâmina. O peito de Gustavo arfava, descompassado, e as mãos, antes escondidas, agora estavam à mostra: abertas e vazias.

– O que mais você está escondendo? – a voz de Bel falhou por um instante, quebrada entre o desespero e a urgência. – Você já sabia de tudo, não sabia? Antes de se aproximar de mim... você já sabia sobre a minha família?

Havia uma súplica escondida nas frases ditas, como se ela implorasse por uma explicação que fizesse sentido, algo que apagasse aquela desconfiança. Gustavo balançou a cabeça negativamente, como se recusasse não apenas as palavras, mas o que elas representavam.

– Não, Bel... Eu juro: eu não sabia. Eu só soube que você era de Itapetininga quando você mesma me contou.

– E acha mesmo que eu vou acreditar nisso? – ela quase cuspiu as palavras, falhando em controlar o ressentimento que transbordava. Ele não era só uma mentira; era uma decepção inteira, condensada em carne, osso e memória.

– Bel, por favor, escuta...

– Não! Eu não quero ouvir mais nada. Vá embora daqui. Agora! E saiba que eu vou contar tudo para o meu pai. Absolutamente tudo!

As mãos de Gustavo se fecharam com força ao lado do corpo. O maxilar travado. Por um segundo, os olhos dele escureceram com uma fúria contida.

– A minha mãe bem que me disse que era melhor eu me afastar dessa merda toda. Quando você carrega um assassino na família, vira o primeiro suspeito... sempre – Bel ia retrucar, mas ele a cortou: – Fala o que quiser para o seu pai. Se ele quiser me encontrar, estarei no hotel do centro. O mesmo onde o Miguel está.

Gustavo se virou, recolhendo os próprios pertences, sem olhar para trás. Bel se encostou na parede, tentando engolir o choro, mas era inútil; o coração parecia gritar pelos olhos.

Ele então parou na porta, sem cruzá-la de imediato.

– Quando você quiser conversar. De verdade. E me ouvir! Sabe onde me encontrar.

Maria Isabel ficou imóvel, paralisada, sem saber o que dizer. Gustavo a olhou, como se esperasse que ela o impedisse, que dissesse algo, qualquer coisa. Mas, quando o silêncio dela se prolongou, ele apenas suspirou, derrotado. Chamou um carro de aplicativo e, sem olhar para trás, foi embora.

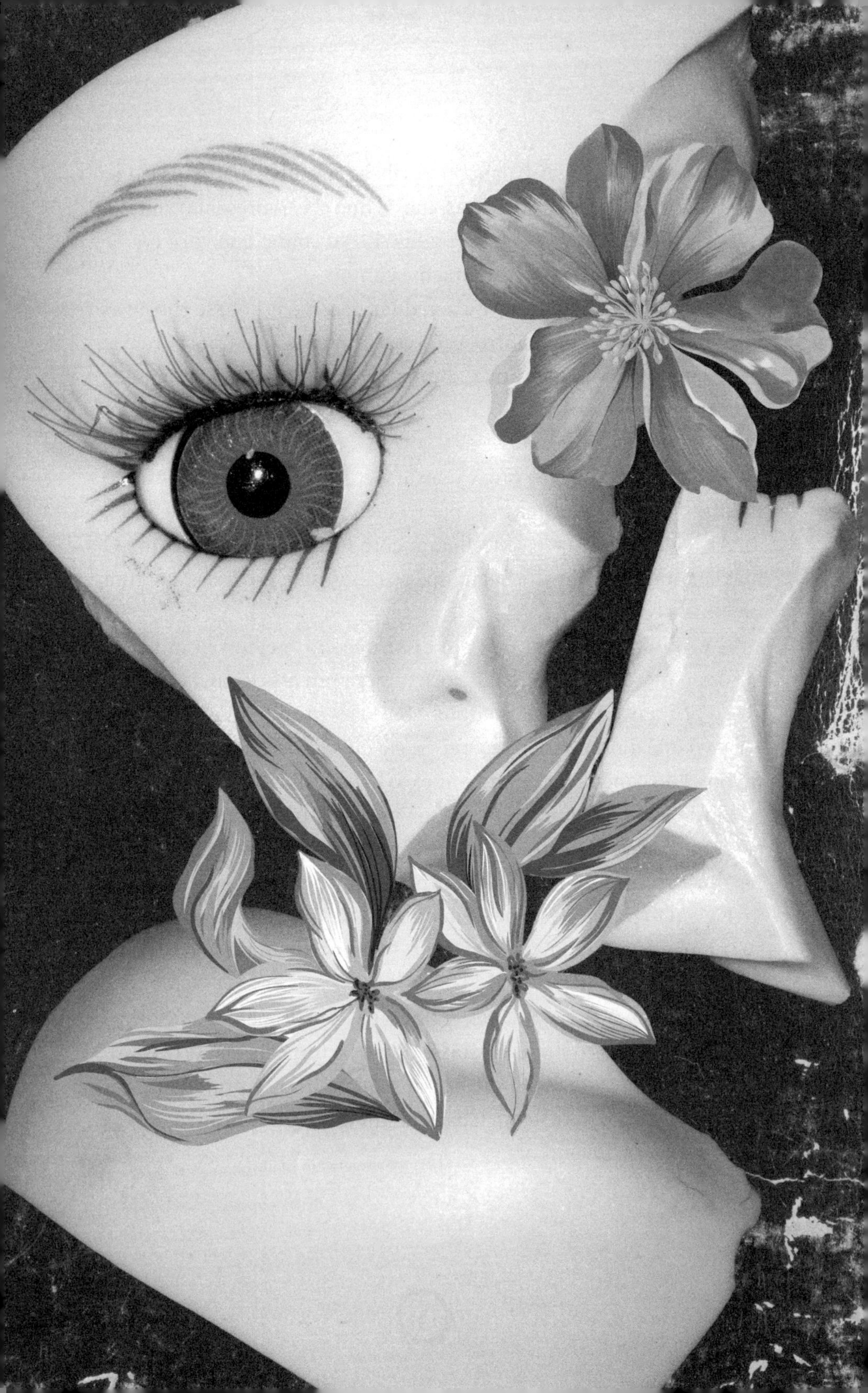

A FLOR FORA DOS PADRÕES DO JARDIM

MARIA REGINA ESTACIONOU o carro na chácara, o motor ainda quente da viagem. No painel, o relógio marcava dez horas da manhã. Enquanto desligava o veículo, o cansaço a envolvia como um manto pesado, mas uma inquietação a mantinha desperta. Ao entrar, o silêncio da casa foi interrompido apenas pelo tique-taque do relógio da sala. Ela hesitou antes de subir a escada, quando foi surpreendida por Maria Isabel, que havia acordado com o barulho da porta. A jovem, com um misto de ansiedade e angústia, correu para os braços da mãe, desmanchando-se em lágrimas no abraço hesitante que, aos poucos, tornou-se apertado.

– Mãe... – começou Bel, com um fio de voz quase quebrado.

Maria Regina suspirou, sentindo o peso dos últimos dias se abater sobre ela. Sentou-se ao lado da filha no degrau, segurando as mãos frias dela. Com a voz suave, perguntou:

– O que foi, querida?

Bel então começou a contar tudo o que havia acontecido nos últimos dias. Falou sobre Gustavo ser neto de Berenice Lima, a visita à casa de Alberto com Henrique e todos os detalhes que encontrara, sem pausa, como se temesse não conseguir terminar. A fala dela era apressada, carregada de medo.

Depois de um longo silêncio, com Maria Regina passando a mão nas costas da filha para confortá-la enquanto absorvia a história com olhos arregalados, Bel suspirou e completou:

– Sobre o Gustavo... Eu liguei para o meu pai. Ele disse que vão chamá-lo para depor também. Eu confesso que me sinto culpada!

Maria Regina tomou ar antes de responder, como para reunir compreensão e firmeza. Ela estava prestes a desmoronar, mas, quando via a necessidade de ser a fortaleza da filha, dava um jeito de se reconstruir e se colocar em pé, sempre deixando o próprio medo e as angústias de lado.

– Vai ficar tudo bem, querida. Vamos resolver isso.

Bel assentiu devagar, encostando a cabeça no ombro da mãe, que fitava o vazio, imersa em pensamentos.

– Eu encontrei a mãe da última vítima na delegacia... – revelou Maria Regina, ainda com o olhar perdido em algum ponto da parede. – Ela estava desesperada, gritava sem parar, dizendo que queria a filha de volta. Qualquer mãe é capaz de sentir a dor dela como se fosse sua... Mas, Bel, eu tenho certeza de que o Pedro não faria uma coisa dessas. Porém... também jamais imaginei que a sua avó poderia estar envolvida com um assassino, muito menos ter tido um caso com um *serial killer*. A verdade é que nunca conhecemos as pessoas por completo, não é? – completou com um tom de amargura que não pôde disfarçar.

Bel apertou a mão de Regina, em um gesto que tentava oferecer conforto.

– Eu não acho que o Pedro tenha feito isso. E sobre a vovó... – a voz de Bel saiu quase em um sussurro, fragilizada, como se cada palavra lutasse para escapar da garganta. Ela enfiou a mão no bolso do casaco com dedos hesitantes e puxou as fotografias dobradas que vinha escondendo desde que as encontrara. As bordas estavam gastas de tanto ela as manusear em segredo.

Quando Maria Regina viu do que se tratava, sua expressão congelou. Os olhos dela se arregalaram e a mão subiu até a boca, como se quisesse conter um grito que não veio.

– Sei que todas as evidências apontam para uma coisa terrível, mas encontrei estas fotos e não as mostrei antes porque... – Bel parou, engolindo em seco. A confissão pesava como pedra.

– ... porque você queria proteger a imagem da sua avó – Maria Regina completou com a voz embargada, e uma onda de inquietação sutil percorreu seus ombros. Ela assentiu devagar, como se compreendesse mais do que gostaria. – Eu provavelmente faria o mesmo, Bel.

As lágrimas escaparam dos olhos de Maria Regina sem pedir permissão, deslizando pelas bochechas como se corressem contra o tempo. Ela levou as mãos vacilantes ao rosto, tentando secá-las, mas era inútil; a dor já transbordava.

– Eu fico pensando nisso, mãe... nessas fotos. Talvez a minha avó tenha sido manipulada... Ela até pode ter acobertado algo por medo, ou para proteger alguém... Não dá para ter certeza de quanto ela sabia sobre o Alberto, mas... – Bel apertou os olhos por um instante, como se quisesse afastar a dor que crescia no peito. – ... ela nunca faria mal a ninguém. Dona Antônia jamais mataria uma pessoa. Eu sei disso!

Maria Regina inspirou fundo, lutando para manter o controle. Seus olhos, vermelhos, fixaram-se nas fotos, e então ela as guardou no bolso da própria calça.

– Eu sei, Bel. Ela jamais faria isso. Muito menos com a Roberta... – sua voz vacilou, quase quebrando no final. – Essas fotos... elas podem ser uma peça desse quebra-cabeça maldito que a gente ainda não consegue montar. Você pode ter razão: talvez a dona Antônia tenha sido usada.

O silêncio caiu entre elas. O tipo de silêncio que não é vazio, mas repleto de lembranças. As duas ficaram ali, lado a lado, encarando os cantos da casa como se pudessem encontrar as respostas nas rachaduras das paredes, nas sombras do teto. Nenhuma ousou se mover até que Maria Regina, em um gesto quase mecânico, puxou a blusa e enxugou as lágrimas do rosto. Ela inspirou fundo, inflando os pulmões como quem se prepara para enfrentar uma batalha, e ergueu a cabeça.

– Eu vou guardar essas fotos. E só se for extremamente necessário... só se não houver outra saída, a gente entrega tudo para a polícia. Combinado?

Bel assentiu, e Maria Regina se levantou devagar, ajeitando o cabelo com gestos contidos, como quem tenta recuperar a compostura diante do caos. Mas, antes que deixasse a sala, a filha a deteve. A jovem foi arrastada de volta pelas urgências dos problemas mais atuais ao pensar na situação do padrasto:

– E o Pedro?

Maria Regina parou, de costas, e deu mais um suspiro longo e carregado antes de se virar.

– Eles o estão segurando lá na delegacia, mas tudo ainda é circunstancial... – a voz dela se encheu de uma esperança frágil. – O Miguel já está cuidando disso; deve conseguir tirá-lo de lá em breve.

Ela fez uma pausa e, já de frente para a filha, deixou que a seriedade tomasse por completo seu semblante.

– Bem, eu vou tomar um banho, arrumar algumas coisas por aqui e depois volto para lá. Ah! Os policiais que estavam no portão já foram embora. Então, quando eu sair... você vai comigo. Sem discussão – avisou.

– Tudo bem – Bel respondeu sem contestar ao notar no olhar da mãe que não haveria espaço para argumentos desta vez.

Já quase no fim do dia, o quarto de Maria Isabel estava repleto de sinais de sua exaustão: pacotes de bolacha vazios, uma garrafa de café pela metade e um prato abandonado sobre a cômoda, com restos de arroz e feijão. Ela encarava o teto, que parecia cada vez mais mofado, depois de horas vasculhando mentalmente tudo o que já sabia. Comparou os assassinatos antigos com os novos, tentando achar padrões. Havia lido os bilhetes mais recentes mil vezes e todas as notícias atuais, mas a única coisa que conseguira era se sentir ainda mais perturbada com a realidade cruel e machista que transparecia nas palavras do assassino original.

Estava cansada, presa em um ciclo de pensamentos que sempre a levava às mesmas incertezas. Sabia que Maria Antônia tivera um caso com Alberto, mas os bilhetes não indicavam o perfil de um assassino cruel e misógino. Será que ele a enganara? A usara? E por que teria enterrado os corpos no quintal, depois de se livrar do marido e da filha dela? Por que matar uma criança inocente? Ele matava mulheres que julgava impuras, mas e a menina? Teria sido um acidente? Ou uma forma de deixar a avó de Bel ainda mais vulnerável, a fim de manipulá-la?

Maria Isabel sabia que, depois da tragédia, a avó tinha ficado sozinha com um bebê naquela casa. Mas, então, por que Alberto havia se matado? Culpa? Um assassino pode sentir culpa? As perguntas não paravam de surgir. Até que ponto o passado estava influenciando o presente? Por que as vítimas mais recentes se pareciam tanto com ela? Seria alguém com raiva de sua família? Uma vingança? Se Gustavo fosse o culpado, poderia ter sido motivado pela história de Berenice? Ele seria capaz de algo assim?

A cabeça de Bel girava, cheia de dúvidas e conexões que não se encaixavam.

Maria Regina dormiu com o celular ainda nas mãos, que seguravam o aparelho como se, de alguma forma, aquilo a conectasse à esperança de uma notícia. Estava exausta; mais do que isso: quebrada por dentro. Passara noites seguidas dormindo pouco, ou nada, sustentada apenas por doses medidas de calmantes e uma fé vacilante.

O som da vibração abrupta a despertou com um sobressalto, e o aparelho escorregou de seus dedos, quase caindo no chão. O quarto estava mergulhado na escuridão, e a única luz vinha da tela brilhante do telefone, que feriu seus olhos, fazendo-a piscar repetidamente até que, por fim, conseguisse distinguir o que via. Ela tentou ligar para Miguel, mas a ligação caiu direto na caixa postal. Ainda zonza, Maria Regina se sentou na beira da cama. Pensou em Pedro e nos malditos documentos que apareceram do nada entre os pertences do marido. Não fazia sentido: ela conhecia Pedro. Conhecia-o bem demais – o suficiente para saber que ele não seria capaz daquela monstruosidade, por isso mentira para a polícia dizendo que ele havia estado a noite toda dormindo com ela. Maria Regina sabia também das caminhadas noturnas que o marido fazia quando a ansiedade não o deixava dormir. Madrugadas inteiras vagando, o som baixo da porta se fechando atrás dele. E, naquela noite, ele não estava ao lado dela... no horário do crime. Ainda assim, acreditava na inocência dele.

O celular vibrou outra vez: era Joaquim, avisando que estava chegando. Maria Regina despertou, lavou o rosto e se arrumou. A casa estava mergulhada no silêncio, então ela presumiu que a filha ainda estivesse dormindo. Ao descer, pegou os cadernos que Bel encontrara com Henrique. Aquilo a incomodava – mais do que queria admitir. A ideia de a filha estar se aproximando novamente daquele rapaz lhe causava um nó no estômago. Nunca tinha gostado dele, nem quando namoravam. Mas agora? Ela não tinha energia para mais uma discussão, essa era a verdade, por isso tinha parado de confrontar as escolhas da filha.

Maria Regina preparava um café fresco, e não demorou para o ronco do carro de Joaquim romper o silêncio lá fora. A mulher então ajeitou mais uma vez a roupa com pressa, colocou um bolo simples de laranja na mesa, comprado dias antes no mercado, e arrumou duas xícaras.

– Finalmente achou a sua cópia da chave, hein? – comentou com um toque seco na voz quando ele entrou pela cozinha.

Joaquim não sorriu. Nem fingiu bom humor. Apenas revirou os olhos e se sentou como quem carrega um peso invisível.

– Esses são os tais cadernos? – perguntou, pegando um deles, a capa preta refletindo a luz da cozinha de forma sinistra.

– Sim. Quer um café?

– Eu aceito. Por favor.

Ela serviu as xícaras. O gesto era automático, mas a tensão entre eles preenchia o ambiente como uma tempestade prestes a romper. Bastava uma palavra errada para tudo desabar. Os dois estavam novamente naquele velho território: o espaço instável entre lembranças e mágoas, onde os fantasmas de um casamento que chegou ao fim ainda viviam.

– Não gosto que a sua filha ande com esse Henrique – disse Joaquim, a voz carregada de uma rispidez que ele raramente usava perto de Bel, mas que Maria Regina conhecia bem.

– Então fale com ela. A Bel é sua filha também – ela respondeu, sem esconder o cansaço.

Ele revirou os olhos de novo – aquele gesto irritante, automático, que sempre fazia Regina arder por dentro. Ela mordeu um pedaço de bolo, tentando ignorar o gosto amargo que não vinha do café.

– Você estava na delegacia? Como está o Pedro?

– Já te falei mil vezes. Ele está em Alambari. Fora da minha jurisdição. Não tenho como saber.

– Sei – ela disparou irritada, mas, lá no fundo, sabia que ele estava dizendo a verdade. Se Joaquim soubesse de algo, teria dito. Ele podia ter muitos defeitos, mas nunca mentiria sobre isso. Tinha feito o possível para mantê-las a salvo. E isso ela reconhecia. Mesmo que nunca o dissesse em voz alta.

– A sua mãe... era uma psicopata. Eu não tenho dúvida. Você não tem nenhum primo esquecido, um parente distante envolvido nessa merda de copiar o Alberto?

– Joaquim, ela não era uma psicopata. E não foi ela quem matou aquelas mulheres, pelo amor de Deus...

– Ela me ameaçava o tempo inteiro. Eu lembro bem. Aquela mulher era capaz de muita coisa – ele bateu com os dedos no caderno aberto.

– Promessas vazias! Tudo o que ela queria era proteger a filha e a neta de um bêbado, que quase matou a própria filha.

Joaquim travou, pois a memória lhe acertou como um soco, e ele carregaria aquilo consigo pela vida inteira: o dia em que derrubou Bel quando ela ainda era apenas um bebê. Foi então que o olhar de Joaquim mudou. Algo escureceu ali. Um rancor antigo subiu à superfície.

– Eu nunca te contei isso... mas sabe por que eu sumi por oito anos?

Maria Regina ergueu os olhos, surpresa; nunca havia pedido uma explicação – e não sabia bem se queria uma agora.

– Eu acordei daquele "acidente de carro"... – Joaquim fez aspas com os dedos, a voz carregada de sarcasmo enquanto continuava: – ... e a sua mãe estava lá. Ao lado da minha cama. Com um girassol na mão. Sabe o que ela me disse?

Maria Regina prendeu a respiração.

– Que, se eu não sumisse da vida de vocês duas, da próxima vez eu não sairia com vida.

Ela não respondeu. Não conseguia. Não conseguia imaginar a mãe fazendo algo assim – não pessoalmente. Mas manipular? Convencer alguém? Fazer Joaquim acreditar nisso? Isso sim soava como algo que Maria Antônia faria.

Mas de que adiantava agora?, pensou, sentindo a garganta fechar. Uma mulher morta não podia se defender. Nem dar satisfações.

– E o que você quer que eu faça com isso, Joaquim? Que eu vá até o cemitério confrontá-la?

Ele balbuciou alguma coisa, mas, antes que pudesse responder, ambos ouviram passos na escada.

A figura de Bel surgiu na porta da cozinha, ainda sonolenta, esfregando os olhos. E, por um momento, o silêncio gritou mais alto do que qualquer acusação.

– Oi – a jovem disse, a desconfiança evidente em sua voz. Ela olhava alternadamente para o pai e para a mãe enquanto, com um gesto cuidadoso, deixava sobre a mesa, ao lado dos cadernos, uma pulseira de ouro que havia encontrado na casa abandonada de Alberto.

Joaquim descruzou lentamente os braços, como se a rigidez estivesse escorrendo para fora do corpo dele. Respirou fundo, passando a mão pela nuca, um gesto nervoso e automático. Os ombros, antes erguidos de frustração, caíram levemente, enquanto ele tentava suavizar o olhar.

Já Regina endireitou a postura, como se estivesse tentando se firmar após o impacto emocional da briga. Os olhos dela, que antes faiscavam de raiva, procuravam neutralidade. Ela forçou um meio-sorriso enquanto ajeitava o cabelo de forma distraída, tentando parecer tranquila.

– Oi, Bel – disse Maria Regina ao despejar mais café em sua xícara, o líquido quente fazendo um pequeno som ao entrar.

– Oi, filha – murmurou Joaquim, repetindo o gesto de Maria Regina. Ele se serviu de mais café, adicionou açúcar, e o tilintar da porcelana se fez ouvir enquanto o mexia com a colher.

– Está tudo bem aqui? – Bel quebrou o gelo.

Joaquim respirou fundo, os ombros pesados.

– Bel... – começou ele, hesitando por um instante antes de continuar. – Eu vim pegar os cadernos pessoalmente porque, na verdade, queria te ver. Eu estou preocupado. A filha do dono da padaria central... Ela desapareceu hoje, no meio do dia.

Bel e Regina sentiram uma onda de frio percorrer o corpo ao ouvir aquela notícia – era raro ouvir Joaquim tão perturbado.

– O que você quer dizer? – A voz da jovem soou mais fria do que ela imaginava, e Regina manteve o olhar fixo, atento, esperando que a notícia fosse finalmente revelada por completo.

Joaquim passou a mão pelo rosto, exausto.

– Nós fomos até a casa dela... O carro ainda estava lá, parado na frente. Mas tinha sangue, Bel... sangue no banco. O assassino... Ele ainda está solto – a voz dele vacilou, e ele levou as mãos à cabeça, como se tentasse segurar a enxurrada de pensamentos que o dominava. – Ela... Ela estudou com você, não?

– Misericórdia! – Maria Regina gritou.

Bel ficou imóvel. Não conseguia processar tudo de uma vez. Ela fitava o pai, os pensamentos longe, perdidos nas lembranças de Mayara, que tanto havia infernizado sua infância e boa parte do ensino médio. O rosto de Mayara surgiu em sua mente: cabelo loiro como o sol, liso e sedoso, olhos de um azul tão claro que pareciam quase translúcidos, como se refletissem toda a serenidade do céu – um contraste gritante diante dos cabelos negros e ondulados de Bel, assim como de seus olhos, escuros como a noite. As diferenças entre as duas eram visíveis até nos detalhes mais sutis.

A dúvida pairava no ar: Como o novo assassino poderia ter escolhido Mayara como vítima? Até aquele momento, as garotas desaparecidas tinham semelhanças perturbadoras com Bel, mas Mayara quebrava completamente esse padrão.

– Ele está mudando o *modus operandi*. Deve ser uma pessoa instável – disse Maria Regina enquanto mexia o açúcar no café. Os movimentos repetidos revelavam ansiedade; ela parecia assustada.

– Pode ser – Joaquim respondeu, soltando um suspiro pesado. – Mas, ainda assim, é alguém que estudou com você, Bel. Infelizmente, todos os caminhos, de algum jeito, acabam nos levando a você – ele fez uma pausa, olhando a filha com preocupação. – E você precisa tomar mais cuidado, em vez de bancar a detetive por aí. Invadir a casa do Alberto? E o Henrique te levando lá para encontrar coisas que definitivamente não estavam na cena antes? Os meus homens já revistaram aquele lugar mil vezes!

– Concordo – Maria Regina interveio. A voz dela era firme, mas o olhar demonstrava pura preocupação.

Bel cruzou os braços, respirando fundo antes de falar.

– Vocês dois nunca gostaram do Henrique. Ele me levou lá porque percebeu movimentações estranhas. Talvez o assassino tenha achado que poderia usar o lugar depois que já tivesse sido revistado, sei lá. E, se ele fosse o culpado, já teria me matado, não acham? Afinal, estivemos sozinhos naquela casa.

O celular de Maria Regina vibrou sobre a mesa, e ela o agarrou rapidamente ao reconhecer o número de Miguel. Do outro lado da linha, por meio do advogado, veio a voz de Pedro – trêmula, carregada de raiva –, informando que havia, enfim, sido liberado.

– Vou me encontrar com o Pedro no centro. Ele foi liberado – disse Maria Regina, com um traço de alívio escapando na voz.

– Bem, eu também preciso ir – disse Joaquim, levantando-se de forma abrupta enquanto recolhia rapidamente os papéis e objetos que levaria consigo. Antes de sair, virou-se para a filha com um olhar carregado de preocupação. – Bel, por favor, cuide-se.

Em seguida, ele se voltou para Maria Regina, seus olhos sustentando um pedido silencioso.

– Você me acompanha? – disse, em um tom que deixava claro que precisava falar com ela a sós.

Sem dizer mais nada, os dois saíram pela porta, deixando Bel sozinha na cozinha, soterrada em pensamentos.

Quando Maria Regina voltou, encontrou os olhos da filha cravados nela. Bel estava sentada à mesa, com uma xícara de café entre as mãos, os dedos apertando a porcelana de forma quase distraída, mas os olhos dela... Aqueles olhos eram um aviso claro. Maria Regina reconheceu de imediato aquele jeito de Bel: silencioso e implacável. Um anúncio não dito de que um interrogatório estava por vir – e ela sabia que não haveria escapatória.

A mãe acabou se abrindo com a filha, revelando a discussão recente que tivera com Joaquim e desabafando, com uma sinceridade cansada, sobre o relacionamento turbulento e cheio de cicatrizes que os dois haviam vivido.

O calor do café já não aquecia mais as mãos de Bel; apenas mantinha a mente dela ancorada enquanto as palavras se acumulavam em sua garganta como cacos de vidro.

– Ainda acho que ele só está procurando uma desculpa – a filha disse, por fim. A voz saiu baixa, mas firme, carregada de uma amargura que parecia ter sido engarrafada por anos. – Uma desculpa por ter fugido das responsabilidades naquela época. Eu reconheço o que ele fez depois, quando voltou, mas... desenterrar isso agora? Parece mais uma tentativa desesperada de justificar o que ele não tem orgulho de ter feito antes de decidir voltar a ser pai. E, sinceramente, é a última coisa de que a gente precisa no meio desse caos.

Maria Regina abaixou os olhos para as unhas, agora paradas. Ela suspirou fundo, recolhendo as xícaras e indo até a pia, sem olhar para Bel. O som da água preencheu o ambiente.

– Ele está nervoso com tudo o que está acontecendo... – disse Regina, ainda de costas. – Está sendo irracional. Não sei por que decidiu trazer isso de volta agora, mas... Você sabe que eu nunca quis colocá-la contra ele.

O silêncio de Bel era quase palpável, até que ela finalmente o quebrou:

– Você sentiu raiva da vovó?

Regina parou no meio do gesto de enxugar as mãos, surpresa com a pergunta. Ela virou-se devagar, com um olhar de saudade e confusão.

– Na época, acho que eu teria sentido. Mas, hoje em dia, eu a entendo – Regina se aproximou da filha, com uma expressão que oscilava entre vulnerabilidade e força. – O Joaquim tinha acabado de perder a mãe, virou pai e se casou... Então, começou a afogar tudo na bebida. Se a minha mãe não o tivesse assustado, talvez eu nunca houvesse tido a coragem de sair daquela relação – a voz enfraqueceu, mas Regina logo recuperou o controle.

Ela olhou profundamente nos olhos de Bel, com uma intensidade que fez a moça desviar o rosto por um segundo.

– Eu só quero que você saiba que nunca me arrependi de ter tido você, Bebel. Eu te amo de uma forma que nem sabia ser possível. Mas o que me revolta... Eu também não estava pronta. Não estava preparada para ser mãe, tanto quanto ele não estava pronto para ser pai. Só que, enquanto eu tive que ser uma fortaleza, ele teve uma desculpa para fugir. E a sociedade aceitou isso – a voz dela ficou mais amarga, como uma ferida antiga. – Homens podem ser "meninos" por mais tempo do que mulheres podem ser "meninas". E agora ele vem com essa história, tantos anos depois, jogando a culpa na minha mãe? Algo irrelevante, ainda mais com tudo que está acontecendo? Para quê? Para me fazer aceitar que ela era a louca que ele dizia que era?

Bel, que até então ouvia em silêncio, levantou-se devagar, como se o peso daquela conversa tivesse sido demais.

– Eu entendo, mãe. Não o odeio por isso... Mas também não posso simplesmente ignorar os fatos, né? – Bel lançou um último olhar para a parede, como se buscasse as palavras certas. – O que me revolta mesmo é a forma como as coisas são e estão... E agora o meu pai surge com algo que não faz diferença alguma, só para justificar o que ele provavelmente acredita: que, no fim das contas, a Maria Antônia perdeu a cabeça e estava por trás desses assassinatos nos anos 1980. E que agora, de alguma forma, é culpa dela que exista um doido matando mulheres de novo. Ele bebia demais. Porque não estava pronto para ser pai aos dezessete? Bom, você também não estava pronta para ser mãe. Mas teve que ser. Porque o mundo cobra isso de nós, mulheres, enquanto permite que os homens sejam meninos por mais tempo.

Maria Regina não respondeu de imediato. Apenas baixou os olhos para as próprias unhas, que agora repousavam imóveis sobre a mesa, como se temessem qualquer movimento. O silêncio entre as duas parecia latejar. Finalmente, ela soltou um suspiro abafado e começou a recolher as xícaras com a ajuda da filha.

– E essa história de medo da vovó? – Bel continuou, o tom agora beirando a incredulidade. – Tudo bem usar isso como desculpa para sumir por alguns meses. Mas oito anos? Oito anos sem conseguir encarar uma senhora? No fim, ele se agarrou ao que o mundo permitiu: o luxo de não precisar estar pronto.

– Enfim, chega dessa história – disse, forçando uma leveza que não existia. – Vá se trocar, querida. Não vou deixar você sozinha aqui.

Bel pensou em insistir para ficar em casa; não tinha vontade de sair, mas sabia que seria inútil. Alguma coisa, talvez um instinto, dizia que a mãe tinha razão. Ficar sozinha ali, no fim das contas, não era seguro. Subiu a escada com passos lentos, o peso dos pensamentos arrastando cada movimento. Já começava a se preparar mentalmente para trocar de roupa, quando uma vibração repentina em sua mão a fez parar no meio do caminho. O visor do celular se acendeu com o nome de Heloísa. A mensagem era direta: a amiga a chamava para uma festa de despedida.

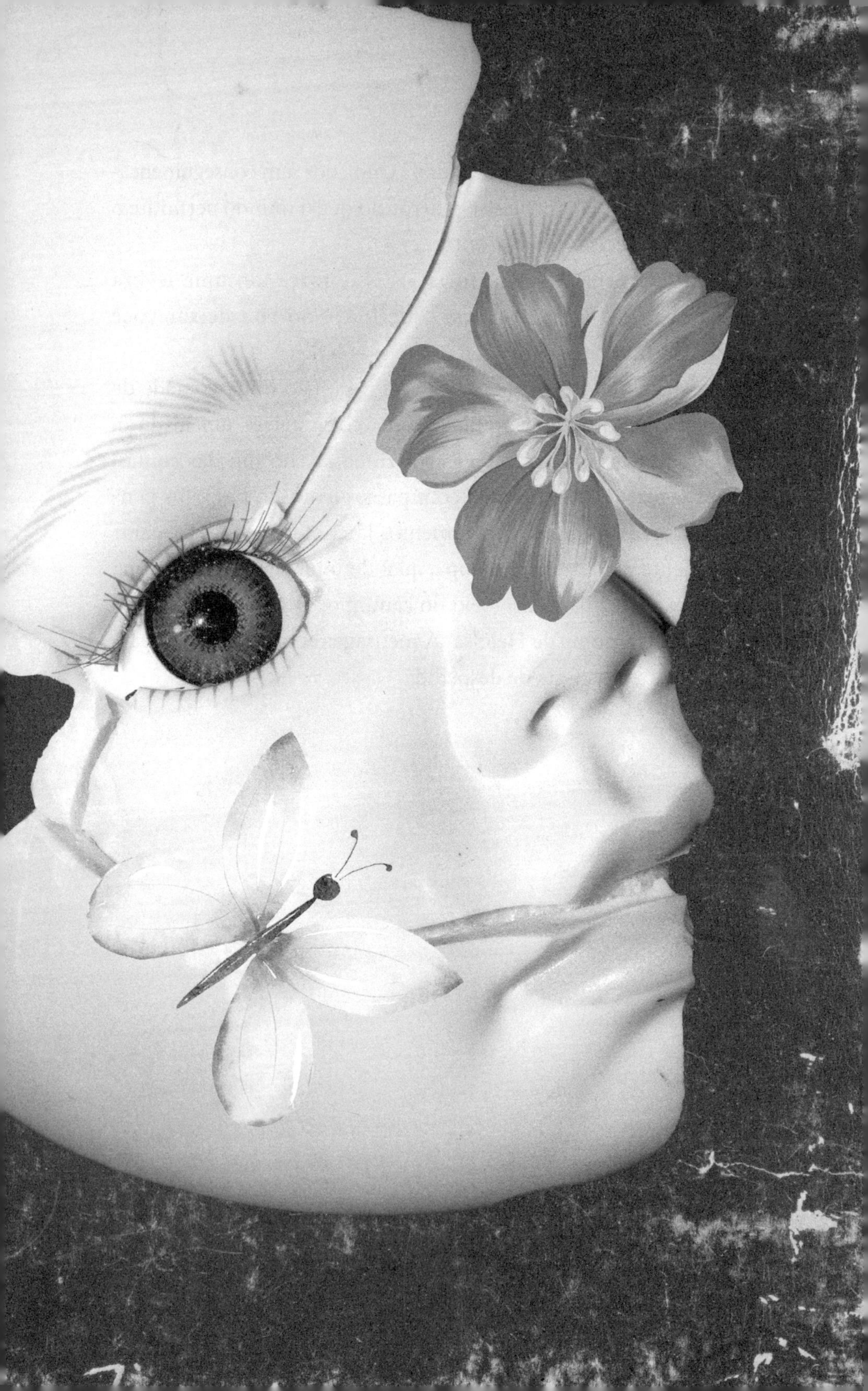

SEMENTES DO ENGANO

AS MALAS ESTAVAM ALINHADAS como soldados em retirada, encostadas na parede do quarto de Heloísa. Cada zíper fechado era uma tentativa de silenciar os gritos abafados da memória. No dia seguinte, ela deixaria o país – e, com ele, as piores férias da sua vida.

No fundo de uma gaveta esquecida da cômoda, encontrou algo que a fez engasgar: fotografias. Ela e Marina, juntas, depois de uma partida de futebol quando ainda eram adolescentes. Rindo. Vivas. Ingênuas. Heloísa passou os dedos pelas bordas amassadas de uma das imagens, como se pudesse desfazer o tempo com um toque. E sentiu um gosto amargo subir pela garganta. Não entendia como podia ter sido tão estúpida de novo!

Ela sempre soube que o mundo era desigual demais – e amar alguém que nasceu do outro lado da linha foi, durante boa parte da vida, um grande lembrete daquilo. Marina não teve pai presente nem mãe atenta; trabalhavam tanto que nem sequer era culpa deles. Todos na casa da ex-namorada, inclusive a própria Marina, tinham contas, responsabilidades e um salário mínimo que não dava nem para o básico. Heloísa sabia disso. Compreendia que a outra começara a trabalhar aos 14 anos de idade e lutava para manter a cabeça acima da água enquanto a família se afundava muitas vezes. E, ainda assim, mesmo entendendo todas as ausências e urgências que moldaram Marina, Heloísa não conseguia mais justificar o que havia acontecido.

Marina era um misto de força, raiva e, coragem desesperada de quem nunca teve escolha. Ela era uma sobrevivente. E isso a tornava linda. Inquietante. Perigosa. Com Marina, o coração de Heloísa nunca teve escolha – apaixonar-se foi inevitável. Mas o que começou como admiração virou submissão silenciosa. Quando percebeu, Heloísa já estava sendo tratada como uma extensão da conta bancária dos pais dela. Era ela quem bancava os jantares, as roupas novas, os pequenos luxos que Marina nunca tivera. Brigas surgiam como trovões de verão – repentinas, barulhentas, inevitáveis. E então veio a bolsa de estudos no exterior: o pretexto perfeito para encerrar de vez aquele relacionamento sufocante. Heloísa não pensou duas vezes e partiu como quem foge de um incêndio. Ela fugiu. Não da cidade, mas de Marina. Porque ficar seria sinônimo de ceder – e ela sempre cedia.

Mas bastou um encontro casual no centro da cidade para tudo ruir. "Vamos sair, como amigas", Marina tinha dito. Só que os sorrisos evoluíram para beijos e toques, então, antes que pudesse se proteger, Heloísa já estava presa de novo naquele ciclo – desta vez, ainda mais sombrio. As ameaças começaram baixas, veladas. Depois vieram diretas: Marina gravou um vídeo íntimo das duas. E agora usava aquilo como moeda de troca, exigindo dinheiro. Segundo Marina, tratava-se de dívidas com agiotas – contraídas, é claro, com a justificativa de ajudar a família. Heloísa não era feita de pedra. Se tivesse o dinheiro, teria dado. De fato, deu parte do que guardava. Mas nunca era suficiente. E o que doía mais era que Marina nem sequer acreditou em seu "não posso agora"; partiu direto para a chantagem.

Com a foto ainda nas mãos, Heloísa sentiu um nó apertar no peito: o time delas havia acabado de vencer um campeonato na escola, na época. Marina, ela lembrava bem, era melhor que Heloísa em quadra, uma atacante certeira. Se tivesse as mesmas oportunidades, talvez estivesse a caminho dos Estados Unidos também. Mas o "se" não mudava o passado e toda a base familiar que a outra não tivera o privilégio de possuir.

As palavras da terapeuta de Heloísa ecoaram na cabeça da jovem assim que ela começou a se culpar. Sempre a mesma metáfora do avião: "Se houver um acidente durante o voo, você precisa colocar a sua própria máscara de oxigênio antes de ajudar os outros". Heloísa odiava admitir, mas fazia sentido. Ela já tinha gastos demais; não queria pedir mais dinheiro aos pais – que, agora, vendiam bens para ajudá-la. Ela fez o que pôde pela ex-namorada e Marina... ultrapassou o limite. Mesmo assim, Heloísa não queria que tivesse terminado daquele jeito. Então, chorou. Não de raiva. Pela primeira vez, chorou de verdade pela morte de Marina. Antes, só tinha conseguido sentir um alívio envergonhado. Mas agora era luto, saudade, e tristeza. Por alguns instantes, Heloísa permitiu que o céu nublado dentro dela transbordasse, de um jeito feio e real. Guardou as fotos de volta na gaveta. Por mais que quisesse, não tinha coragem de rasgar as imagens impressas. Mas levá-las consigo? Jamais. Elas pertenciam àquele quarto, àquela cidade, ao passado que ela estava deixando para trás junto com Marina.

Ao se levantar e olhar no espelho do armário, Heloísa viu uma menina despedaçada. Olhos vermelhos, cabelos desgrenhados. Um espectro. Então, ela respirou fundo, tomou banho e se arrumou. Queria parecer inteira, nem que fosse por algumas horas.

Os pais estavam fora, e ela aproveitaria para organizar uma despedida com as antigas amigas do futebol… e Bel. Talvez fosse a última chance de conversar com sua amiga de infância. Já não eram próximas havia muito tempo, mas Heloísa sabia que precisava encerrar algo que ainda a corroía por dentro. Não queria carregar mais uma culpa na bagagem; contaria o que sabia para a amiga naquela noite.

Maria Isabel tremia enquanto esperava diante do portão de ferro preto com linhas retas e geométricas. Era pequeno e estava localizado no canto do muro, próximo ao automático, da garagem. O sobrado branco, recém-pintado, brilhava sob a luz fraca dos postes. Ela sentiu um arrepio, e não só por causa do frio que penetrava da pele até os ossos. A mãe de Bel estava certa: devia ter trazido um casaco mais grosso. Mesmo assim, estava aliviada pelo fato de a noite fria manter as pessoas dentro de casa e, consequentemente, ela própria longe de encontros indesejados – e de olhares de quem poderia odiar a família dela.

Com um movimento rápido, apertou o botão da campainha. O som ecoou baixo e abafado. Poucos minutos depois, Henrique apareceu. Ele sorriu aquele sorriso habitual que sempre tentava trazer leveza, mas algo nos olhos dele parecia inquieto.

– Que bom que você veio, Bebel!

– Eu deveria agradecer à sua irmã pela festa de despedida. Do contrário, teria passado a noite em um jantar insuportável com três advogados. Uma tortura – Bel forçou uma risada, tentando aliviar a tensão.

Henrique riu de volta, mas os olhos dele escaneavam a moça de cima a baixo, como se tentasse ler mais do que ela estava disposta a mostrar. Nesse momento, a porta da casa se abriu, e a música que escapou da sala preencheu a garagem com uma vibração eletrizante. Heloísa apareceu na entrada, com os dois pugs que Bel conhecia bem. Os cães, Sirius e Rony, agora mais velhos, hesitaram no início, mas logo cercaram a menina, abanando o rabo freneticamente ao sentir o cheiro dela.

– Soltou os vira-latas, Helô?

– Eles iam destruir o cercadinho se eu não soltasse. Ouviram a campainha, então estavam descontrolados – respondeu ela com um meio-sorriso, que logo desapareceu.

Heloísa fitou Henrique rapidamente, como se algo não estivesse certo, e os olhos dela se estreitaram com cautela, um brilho de preocupação escondido.

Quando a porta da casa se fechou, Maria Isabel soltou um suspiro involuntário. O calor dos aquecedores era um alívio momentâneo, e o ambiente lhe era familiar, embora houvesse algo diferente no ar. Talvez fosse sua própria ansiedade, mas tudo ali parecia congelado no tempo. Ela conhecia bem aquelas paredes brancas e os móveis escuros, familiares de outros dias, mas agora a discrepância entre eles parecia mais nítida, quase opressora.

Bel olhou em volta e viu rostos vagamente conhecidos. As meninas dançavam despreocupadas, embaladas pela música alta. O cheiro de vinho e fritura impregnava o ar. Reconheceu algumas delas da época da escola, mas não sabia os nomes. Os olhares logo recaíram sobre Maria Isabel. Ela se sentiu como uma intrusa. Os ouvidos de Bel captaram um sussurro, ou talvez fosse apenas a imaginação dela. "Ela veio mesmo, hein?" – uma frase curta, porém pesada. O sorriso de Heloísa era forçado, uma máscara mal colocada, e, quando abraçou Bel, sussurrou no ouvido da amiga:

– A gente precisa conversar – a urgência tomava conta de cada palavra.

Os pugs começaram a correr e a latir de novo, interrompendo o momento. Uma das meninas gritou, tentando afastar Sirius, que corria direto para a bandeja de salgados e rosnava para uma moça alta de *dreads*, que pulava assustada. Heloísa suspirou, recolhendo Rony, enquanto uma amiga ajudava a conter Sirius. As duas os prenderam no cercadinho improvisado no canto da sala, mas mesmo ali os cães ainda pareciam agitados.

As convidadas de Helô tentaram ser simpáticas com Bel. Algumas a cumprimentaram brevemente, mas ela sentia a tensão pairando no ar. Sentou-se ao lado de Henrique no sofá, pegando alguns salgadinhos, embora estivesse sem apetite. O clima pareceu ficar mais leve quando as meninas, aos poucos, começaram a esquecer a presença de Bel, a menina com um cemitério no quintal da casa da avó. Logo, voltaram a conversar entre si sobre futebol e outros assuntos que pouco faziam parte do mundo de Maria Isabel. Sentada no canto, ela se encolhia, mexendo nervosamente nas pernas, como se quisesse desaparecer. Henrique, percebendo o desconforto da jovem, estendeu-lhe uma taça de vinho.

– A minha irmã abriu os melhores vinhos da minha mãe. A ideia era uma tábua de frios para acompanhar, mas ia ficar caro, então virou uma festa com vinhos caros e salgadinhos fritos.

– Uma combinação interessante – Bel sorriu, levando a taça aos lábios. O gosto amargo do vinho, seco e envelhecido, parecia se misturar com o sabor agridoce de suas lembranças daquela casa.

O olhar de Henrique se fixou nela por um longo instante, como se ele quisesse dizer algo que não conseguia. Então, com um tom mais baixo, sugeriu:

– Acho que elas vão passar a noite toda falando de coisas de que você não gosta muito. Que tal um filme lá em cima? Eu comprei um projetor novo, dá uma sensação de cinema. Ficou bem legal.

Bel hesitou. A ideia de ficar no quarto de Henrique, sozinha com ele, incomodava-a, mas o ambiente ali embaixo não era exatamente acolhedor. Os olhares que vira e mexe ainda se voltavam para ela, além da inquietação que Heloísa começou a demonstrar, concentrando-se toda hora na amiga, pressionavam a jovem.

– Pode ser – respondeu resignada, e então subiram juntos a escada de granito, o toque gelado dos corrimões de vidro opondo-se à mão quente e suada de Bel.

De relance, ela percebeu Heloísa observando, os olhos estreitos de desconfiança acompanhando cada passo dos dois, até eles sumirem no segundo andar da casa.

Henrique abriu a porta do quarto, e, assim que Bel cruzou o limiar, foi como se o tempo desmoronasse ao redor, trazendo de volta memórias da última vez em que estivera ali. Aquela noite, no final do terceiro ano do ensino médio, quando decidiram viver sua primeira experiência sexual juntos, momentos antes de Bel partir para São Paulo. Tudo ainda estava no lugar: as paredes brancas, os pôsteres envelhecidos de bandas que eles amavam – Nirvana, Linkin Park, Legião Urbana – pendurados ao lado de uma estante repleta de HQs e mangás. As miniaturas de Freddy Krueger, Ghostface e Jason decoravam as prateleiras, símbolos de uma paixão mútua por filmes de terror. Mas o que antes era confortável agora parecia estranho.

Henrique atirou-se na cama com um movimento preguiçoso, os travesseiros afundando sob o peso do corpo do jovem. Ele pegou o controle do projetor com a naturalidade de quem já repetira aquele gesto muitas vezes, e logo o brilho da luz preencheu a parede branca diante deles, transformando o quarto em um cinema improvisado. O som baixo da ventoinha do projetor preencheu o silêncio enquanto a imagem ganhava forma.

Bel tentou focar na tela, mas um arrepio gelado deslizou pelas costas e pelos braços dela. O cômodo estava gelado, e a camiseta de manga longa que vestia não era suficiente para bloquear o frio que se espalhava pela pele, fazendo-a se encolher em um movimento involuntário.

– Quer um moletom? O meu aquecedor quebrou – a voz de Henrique a fez saltar dos pensamentos.

Ela balançou a cabeça positivamente, aceitando em silêncio. Ele continuou observando a jovem enquanto tirava um moletom preto do armário, entregando-o a ela. Bel sentiu o toque suave do tecido contra a pele, mas também algo mais: uma pressão invisível que se insinuava entre eles. Enquanto vestia a peça, que ainda guardava o cheiro familiar do perfume cítrico de Henrique, o olhar de Bel vagou pelo quarto. Era o mesmo lugar de antes, mas ela não era mais a mesma pessoa. O peso das mudanças que vivera nos últimos meses parecia apertar o peito dela.

Bel se sentou na beira da cama, inquieta, enquanto Henrique passava pelas opções de filmes no *streaming*. Ele não perguntou o que ela queria assistir, e ela se lembrou de que sempre fora assim. Um pequeno detalhe que, naquele momento, parecia ganhar um significado desconcertante. Os dedos frenéticos de Henrique no controle remoto só aumentavam a ansiedade de Bel, até que ele finalmente parou.

– O que acha de *Pânico 1*? Um clássico do *slasher* – o comentário despertou um pequeno sorriso nos lábios de Bel, mesmo que os olhos ainda estivessem carregados de angústia.

– Está ótimo – respondeu ela em um tom distante, quase automático.

O filme começou, porém a mente de Maria Isabel vagava. A projeção na parede parecia turva, como se o terror fictício não pudesse competir com o que acontecia atualmente na vida dela.

– Gostei do projetor. Eu quase comprei um, mas desisti – ela comentou, tentando puxar algum assunto.

– Por quê? – perguntou ele, sem desviar os olhos da tela.

– Outras prioridades.

Henrique percebeu, naquele instante, o quanto Bel estava desanimada. O brilho que costumava habitar os olhos da jovem havia sumido, e a expressão que ela trazia – antes tão viva – parecia agora cansada, despida de qualquer esforço para fingir. Era como se, ali, sozinhos no quarto dele, a última máscara tivesse escorregado do rosto dela.

Ele pausou o filme, virando-se lentamente para Bel. Então reconheceu:

– Acho que nenhum filme de terror clássico consegue competir com o que está acontecendo, né? – a voz impregnada de uma compreensão silenciosa.

Bel suspirou, o peito apertado com tudo o que vinha guardando. O celular vibrou no bolso dela e, ao tirá-lo, viu o nome "Gu ❤" piscando na tela. A ligação de Gustavo a fez hesitar por um segundo, antes de deslizar o dedo para rejeitá-la. Em seguida, ativou o modo "não perturbe" e enfiou o aparelho de volta no bolso, como se isso pudesse bloquear a confusão que a consumia por dentro.

Henrique viu tudo. Os olhos âmbar a fitavam com uma curiosidade mista de inquietação e... algo mais. Ele perguntou suavemente, mas com um interesse renovado:

– Problemas no paraíso?

– Eu não acho que deva falar sobre o meu namorado com você, Rique – a tensão na voz dela era palpável. Cada palavra parecia afundá-la ainda mais naquele desconforto.

Henrique continuou a observá-la, e o silêncio que se seguiu foi longo e desconcertante. Ele deu de ombros, tentando parecer despreocupado, mas algo na postura dele parecia forçado.

– Sabe, se a gente nunca tivesse passado da amizade, se não tivéssemos cruzado aquela linha, provavelmente você estaria me contando sobre esses problemas agora. Faz parte da amizade, então, se quiser desabafar... – disse ele, tentando soar descontraído.

Algo dentro de Bel se partiu, e apesar de uma voz em sua cabeça a mandar parar e manter aquilo dentro de si, ela cedeu à necessidade desesperada de falar. Palavras saíram com velocidade, como uma enxurrada: os celulares sempre trocados entre Pedro e Gustavo, as mentiras que Gustavo havia contado sobre a família, as dúvidas que pairavam sobre ela. A voz de Bel oscilava entre a raiva e a angústia, como se a história, ao ser verbalizada, pudesse se tornar ainda mais confusa. Quando terminou, Bel respirou fundo, esforçando-se para acalmar a tempestade que rugia dentro dela. Henrique ficou em silêncio por um momento, apertando de leve a mão dela, os dedos desenhando círculos na pele da moça.

– A gente nunca conhece por completo as pessoas ao nosso redor – ele disse, finalmente. A voz dele soava distante, como se estivesse dizendo algo óbvio, mas a maneira como ele a olhava e o polegar acariciando os dedos dela indicavam que havia mais ali.

Bel percorreu o quarto com o olhar. Um dia, aquele espaço fora seu refúgio, assim como os beijos de Henrique, quando tudo era mais simples, na adolescência. Agora, o ambiente parecia apertado, sufocante, e a mente da jovem vagava desesperada, buscando uma maneira de fugir da realidade que a envolvia. Os olhos dela encontraram os de Henrique – âmbar, profundos – e, ao encarar os lábios dele, a pergunta escapou antes que pudesse se conter:

– Você já quis voltar no tempo?

Ele a fitou, os olhos brilhando de um jeito que ela não esperava. Antes que Bel pudesse processar o que estava acontecendo e se arrepender, Henrique a puxou para perto e a beijou. O sabor familiar de vinho e bala de menta preencheu os lábios de Bel, mas não trouxe o conforto de antes. O beijo parecia pesado, forçado, uma tentativa insana de recuperar algo que não existia mais. Bel tentou corresponder, como quem vasculha a memória do coração em busca de um sentimento que já não mora ali. Seria tão mais fácil para ela se o que sentia por Gustavo pudesse sumir naquele instante. Mas o toque de Henrique era estranho agora; distante, frio. O calor que deveria surgir foi substituído por um peso no peito, e ela se afastou. Ele demorou a soltá-la, os braços ainda ao redor dela, os olhos refletindo a confusão que ela também sentia.

– Rique, eu... – começou, sem saber o que dizer.

– Acho que entendi errado – ele respondeu, a voz baixa, quase um sussurro.

A porta se abriu de modo brusco, e Heloísa entrou. O olhar dela passou de Bel para Henrique, e o silêncio no quarto se tornou sufocante. Havia algo nos olhos de Heloísa; algo que parecia prender as palavras na garganta dela.

– Eu só vim chamar vocês para comer brigadeiro – disse com a voz carregada de uma tensão disfarçada.

– Você nunca bate antes de entrar, né? – respondeu o irmão, tentando forçar uma brincadeira.

Bel se levantou rapidamente, com os nervos em frangalhos e as mãos suadas. Ela não conseguia se livrar da sensação de que precisava sair dali. Ao passar por Heloísa pelo corredor, algo chamou a sua atenção: uma foto da amiga em uma moto cinza, usando uma pulseira de ouro que Bel reconheceu de imediato: aquilo estava na casa de Alberto. O estômago dela deu um nó, e ela sentiu as pernas cederem por um instante enquanto corria para o banheiro. Lá dentro, com as mãos nada firmes, ela pegou o celular e viu uma mensagem da mãe:

Mãe: Bebel, está tudo bem? Bebemos mais do que devíamos e vamos dormir aqui no hotel. Tudo bem para você?

Bel queria pedir para a mãe buscá-la, mas sabia que Regina precisava de descanso.

Bel: Tudo certo. Está rolando uma maratona de *Pânico* aqui com as meninas. Relaxa.

Ela saiu do banheiro com a mente rodopiando e, ao abrir a porta, deu de cara com Henrique à espera dela.
– Bel, desculpa. Eu entendi errado – disse ele, dando um passo na direção dela, o corpo tenso, como se estivesse prestes a encurralá-la contra a parede, para que ela o ouvisse.
Ela reagiu rápido, desviando-se antes que ele pudesse se aproximar mais. Não queria ouvir explicações, muito menos falar sobre o que tinha acontecido. Tudo o que desejava era fugir daquela casa, escapar das emoções que a sufocavam. Era como se algo dentro dela Bel martelasse sem trégua, e todo o seu corpo permanecesse em alerta, como se estivesse diante de um perigo iminente, mesmo sabendo que não era o caso. Mente e corpo em um descompasso caótico, deixando-a cada vez mais ansiosa. Ela desceu apressada a escada ao mesmo tempo que chamava um carro de aplicativo.

Ao chegar à sala, viu Heloísa se aproximar, os lábios entreabertos, como se estivesse prestes a dizer algo importante, mas Bel não tinha a intenção de escutar. Tudo o que queria era ir embora. Os olhos de Bel rapidamente perceberam uma oportunidade: a porta da frente estava entreaberta e, lá fora, uma das amigas de Heloísa recebia uma entrega de bebidas no portão. Sem pensar duas vezes, ela aproveitou a brecha. Sem se explicar, escapou pela porta, com a adrenalina queimando nas veias enquanto corria em direção ao HR-V vermelho que a aguardava.

Bel e Gustavo se encaravam na porta do pequeno quarto de hotel, o ambiente carregado de tensão. Ela não tinha planejado aquilo. Inicialmente, seu destino seria a casa do pai, mas algo a impulsionou a mudar de rumo no meio do caminho. Guiada por pensamentos conflitantes, correu para o hotel entre Itapetininga e Alambari, onde sabia que Gustavo estava. A recepcionista, surpresa pela presença inesperada no meio da madrugada, atendeu ao pedido desesperado de Bel e ligou para o quarto dele – já que as ligações da moça haviam sido ignoradas.

Agora, parada na frente dele, Bel não sabia o que dizer. Gustavo, de pé na porta, ainda se apoiava na moldura de madeira, o rosto em uma mistura de confusão e cansaço. Os olhos semicerrados tentavam compreendê-la.

– Bel, são quase duas horas da manhã. O que você está fazendo aqui? – a voz dele era rouca de sono, e as palavras saíam lentas, como se a mente ainda tentasse se ajustar à realidade.

A jovem o encarou por um momento, incapaz de responder de imediato. Ela mesma não sabia por que tinha corrido até ele após tudo o que havia acontecido.

– Eu só... precisava ver você – as palavras saíram incertas, frágeis.

Gustavo suspirou e, relutante, abriu espaço para ela entrar. Bel passou pela porta, observando o ambiente singelo: as paredes beges desbotadas, uma televisão antiga sobre uma pequena escrivaninha, um guarda-roupa embutido de aparência gasta, a cama com lençóis brancos e edredons vermelhos, todos desordenados. Ainda assim, o quarto parecia convidativo, mesmo com o ar carregado de emoções não ditas.

Gustavo se virou para encará-la, uma sombra de frustração tingindo o olhar dele.

– Então, você não acha mais que eu seja um assassino? – ele perguntou com amargura, os olhos cheios de dor. – Você não faz ideia do inferno que eu passei na delegacia...

Raiva e mágoa transbordavam da voz dele, e cada palavra parecia um soco. Mas, antes que ele pudesse continuar, Bel se aproximou, suas mãos geladas encontrando a pele nua da cintura dele, com aquele brilho profundo do ébano. Gustavo se encolheu ao toque frio, um arrepio percorrendo seu corpo. Vestido apenas com uma calça de moletom cinza, a vulnerabilidade estava visível naqueles ombros tensos. Por um momento, os olhos do jovem brilharam com algo que Bel conhecia bem: uma faísca de desejo que eles compartilhavam, aquela necessidade de apagar o que quer que fosse com o calor um do outro. Os olhos dele viajaram dos dela para os lábios, denunciando o que ele também queria, apesar da confusão. Eles ansiavam se perder de novo, fingir que tudo estava bem, que os problemas poderiam esperar.

– Eu só... Eu só preciso sentir algo bom. Só por alguns instantes – Bel sussurrou, a voz um apelo suave, quase um pedido de socorro.

Algo acendeu em Gustavo com aquelas palavras. Sem hesitar mais, ele a puxou para si, os corpos se encontrando como se tivessem sido moldados um para o outro. O beijo começou lento, como um reconhecimento, mas rapidamente ganhou intensidade e urgência. Havia uma necessidade desesperada nos movimentos deles, como se ambos quisessem esquecer tudo – os medos, as dúvidas, as mentiras – até que nada mais restasse.

Bel sentiu as mãos de Gustavo apertando a cintura dela com força, enquanto os lábios dele devoravam os seus, uma mistura de desespero e desejo. O mundo parecia parar ao redor deles. Então, de repente, ele se afastou, respirando pesadamente, tentando recobrar algum vestígio de controle. Puxou o ar com dificuldade, o peito subindo e descendo ofegante.

– Isso não está certo. A gente precisa conversar... – disse com a testa encostada na dela, ainda segurando o corpo de Bel contra o dele, a proximidade tornando difícil pensar com clareza.

Os olhos de Gustavo encontraram os dela, tentando, em vão, reunir a força necessária para ser racional. Mas Bel não queria falar; pelo menos não naquela hora. Ela precisava escapar do caos da mente, e a única coisa que a fazia sentir algo real naquele momento era o namorado. Ela cravou as unhas nas costas dele, puxando-o para mais perto, o corpo colado ao do belo moço.

– Amanhã. Hoje, não – Bel sussurrou, mas a intensidade nas palavras não deixava dúvidas.

Foi o suficiente para Gustavo ceder. Ele sentiu-se rompido por dentro quando a frágil barreira de racionalidade desmoronou. Em um único movimento, o jovem a ergueu, segurando-a com força enquanto a carregava até a cama desfeita.

O desejo entre eles era real, cada toque mais urgente que o anterior. Ali, naquele quarto apertado, eles se despiram com pressa, como se a ânsia de esquecer o que os atormentava fosse maior que tudo. Os lençóis se enrolavam nos corpos suados, e o som das respirações ofegantes preenchia o silêncio.

Bel acordou sem pressa, seus pensamentos voltando à realidade como quem emerge de um sonho denso e confuso. O quarto estava mergulhado em silêncio, exceto pelo som baixo do ronco de Gustavo, que ainda dormia profundamente ao lado. Ela olhou para ele por um momento, observando como o rosto do namorado parecia tranquilo, quase inocente.

Com cuidado, Bel começou a se desvencilhar dos braços dele, movendo-se com delicadeza para não o acordar. As roupas dela estavam espalhadas pelo chão, vestígios da urgência com que haviam se entregado na noite anterior. Ela recolheu cada peça, vestindo-se em silêncio. Quando se virou, algo na escrivaninha de Gustavo chamou a sua atenção. Havia uma pasta bege posicionada ao lado do *notebook*. Algo parecia fora de lugar. Isso estava aqui ontem?, pensou, a mente viajando. Ou será que ela simplesmente não havia notado na madrugada? A curiosidade a venceu. Ela deu alguns passos cautelosos, mantendo os olhos em Gustavo, que se mexeu ligeiramente na cama, mas não acordou.

Bel pegou a pasta, sentindo a espessura do material entre os dedos vacilantes. Uma voz interior lhe dizia para não abrir, que não deveria bisbilhotar. Mas algo maior a impulsionava. Ela desabotoou a pasta, revelando o conteúdo: recortes de jornais antigos, todos sobre crimes cometidos nos anos 1980. Sentiu o estômago se revirar. Entre os recortes, havia cartas amareladas pelo tempo. Ela pegou uma delas, o nome "Berenice" escrito no topo.

Os olhos de Maria Isabel percorriam as palavras freneticamente, enquanto o coração martelava no peito. As cartas eram endereçadas ao pai de Gustavo. Em uma caligrafia irregular, provavelmente fruto da mente que aos poucos adoecia, Berenice implorava para ser tirada do asilo. Dizia e repetia que não era louca, que estava sendo injustiçada.

Mas foi um trecho no final de uma das cartas que fez o mundo de Bel parar de girar por um instante.

Rogério, acredite em mim: sei que prometi que ficaria longe dessa história pelo bem da nossa família, mas, agora que seu pai se foi, tenho me sentido tão sozinha, e nada tem sido fácil com essa doença. Só penso em Alberto; não consigo esquecer o passado e não quero morrer sem limpar o nome do meu irmão. Eu lembro que o seu tio estava envolvido com uma mulher casada. Ele nunca me contou quem era, por mais que eu insistisse, mas ela deve saber de algo – isso se não estiver envolvida; e se ele fez tudo isso para encobrir coisas que ela fez? Aquela maldita amante acabou com tudo... Eu tenho certeza: o meu irmão não mataria uma mosca, muito menos a própria sobrinha! Pelo amor de Deus, você precisa acreditar em mim, filho.

Bel sentiu o sangue gelar nas veias. "Aquela maldita amante". Berenice estava falando de Maria Antônia? Ela releu a frase com a mente a mil. Se só faltava o motivo para Gustavo ser o assassino, aquela carta parecia fornecer uma peça para o quebra-cabeça: vingança. As palavras martelavam na cabeça de Bel. O ar no quarto agora pesava como chumbo. Um tambor invisível martelava seu peito, incansável e urgente, um pânico crescente dominando cada parte do corpo dela.

Ela colocou a carta de volta na pasta com as mãos inquietas, mas algo mais chamou a atenção da moça: um bloco grosso de folhas sulfite sobre a mesa. *O jardim dos segredos* – primeira versão, dizia a capa. Bel passou os dedos pelas páginas, até que um *post-it* verde a fez congelar. A letra de Gustavo era inconfundível.

Final: Acusar o ex-namorado ou o padrasto? O que convence mais?

A respiração de Bel ficou presa na garganta. Era um manuscrito... Mas o que ele estava planejando? Escrevia um livro que era algum tipo de jogo doentio? Bel não sabia ao certo, mas cada novo detalhe que encontrava parecia apertar ainda mais o nó em sua garganta. Com as mãos suadas, ela pegou o celular e tirou fotos de tudo, as batidas do coração quase sobrepondo o som dos cliques. A jovem abriu as gavetas do móvel com cautela, os dedos hesitantes, como se já pressentissem o que encontrariam. Vasculhava em silêncio, até que, de repente, parou. Ali, encostada no fundo da última gaveta, uma faca – o brilho opaco do aço manchado por sangue seco. O grito escapou antes que ela pudesse contê-lo. Tapou a boca com a mão, mas era tarde demais. Gustavo se remexeu na cama, os olhos abrindo devagar e piscando contra a luz, confusos, perigosamente despertos.

– Bel? – perguntou, ainda meio grogue, mas a expressão no rosto dele mudou drasticamente quando viu o que ela segurava. O jovem se levantou de pronto, a tensão no ar acabando de se multiplicar.

Sem pensar, Bel derrubou a pasta no chão e saiu correndo. O corpo dela reagiu por puro instinto, o pânico tomando conta. Ela saiu às pressas pelos corredores estreitos do hotel, ouvindo Gustavo gritar atrás dela:

– Porra, Maria Isabel!

Mas ele não a seguiu. Possivelmente, sabia que seria inútil. Talvez estivesse processando o que acabara de acontecer. Porém, a única coisa em que Bel conseguia pensar era nas cartas de Berenice, naquela faca ensanguentada e no que aquilo poderia significar.

O ar da rua vazia em um domingo ainda gelado do início de agosto atingiu o rosto de Bel quando ela saiu apressada do prédio. Tentando controlar a respiração, ela parou por um segundo, as pernas trêmulas, o corpo em estado de alerta. Sabia que não podia ficar ali. Pegou o celular e enviou uma mensagem para o pai.

Bel: Estou a caminho da sua casa. Preciso falar com você.

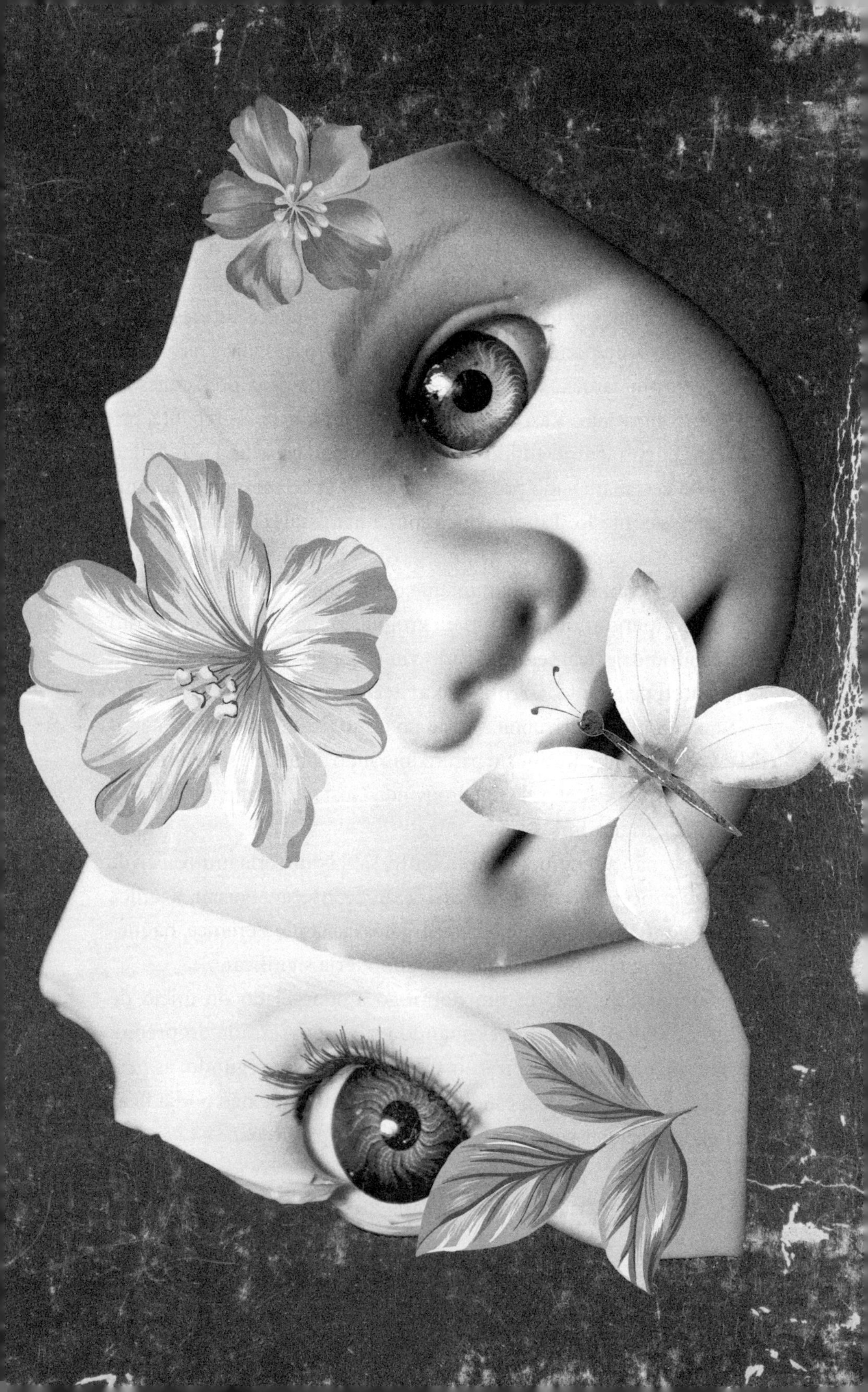

O ÚLTIMO CULTIVO

BEL ESTAVA NO BANCO DE TRÁS do carro, os olhos perdidos em *flashes* do que acabara de acontecer. Maria Regina viera buscá-la na casa do pai após uma longa e exaustiva conversa sobre tudo o que ela havia descoberto. Agora, o que Bel mais desejava era nunca ter visto aquela maldita pasta – ou pior, a faca; queria, de algum modo, acreditar que as coisas que encontrara ainda tinham uma explicação, mesmo que não houvesse tido coragem de esperar para ouvir qual seria.

No fundo, ela sabia que o impulso de fugir sem escutar as justificativas de Gustavo significava algo irreparável: ela já não confiava nele. Aquilo a dilacerava, como se cada descoberta estivesse tentando arrancar com uma faca afiada tudo o que aquele jovem um dia significara para ela. A dor a consumia por dentro, como fogo silencioso, deixando um vazio onde antes havia amor e segurança.

O peso das novas revelações a pressionava contra o banco enquanto o carro deslizava pela estrada, sob um céu nublado e frio. O domingo era cinzento, com um sol distante que prometia um calor que nunca chegava, acompanhando o clima de angústia da viagem até a chácara em Alambari. Na frente, ao lado da mãe de Bel, Pedro mantinha o rosto sério e os olhos fixos na estrada, visivelmente exausto com os desdobramentos incertos daquela história interminável, na qual cada verdade parecia abrir espaço para uma nova ameaça. O silêncio no carro era quase ensurdecedor, até que Maria Regina o rompeu. Ela olhou para Bel pelo espelho retrovisor; seu olhar, uma mistura intensa de preocupação e fúria.

– Sabe, filha, eu realmente não entendo. Era para você estar em um lugar seguro, em uma festa cercada de amigos, e, com um assassino à solta, você decide se aventurar por aí? – a voz de Maria Regina soou dura. Bel lançou um olhar rápido para a mãe, notando a tensão em cada linha do rosto dela. – E, quando encontrou aquelas coisas no quarto do Gustavo, por que não me ligou? Em vez disso, saiu sozinha, pegou um carro de aplicativo com um desconhecido, para uma cidade onde metade das pessoas quer nos ver longe.

Bel apertou as mãos no colo, os dedos balançando. Ainda se sentia atordoada, com um nó na garganta que a impedia de responder. Naquele momento, encontrar uma justificativa parecia impossível.

– E o seu pai... – Maria Regina suspirou, as mãos firmes no volante, como se estivesse tentando controlar o próprio nervosismo. – Meu Deus, Bel, puta merda, você poderia ter me ligado.

– Eu... Eu sei lá, mãe; só agi. Muita coisa aconteceu, só... Sei lá – murmurou por fim, a voz baixa e hesitante.

– Sei lá, Bel? Você só agiu? Essa é a sua desculpa? – a voz de Maria Regina saiu carregada de emoção, os olhos brilhando com uma frustração que não conseguia esconder. – Quando alguém está matando meninas da sua idade por aí, você não sai feito uma doida, no meio da madrugada, só agindo sem pensar. E, para piorar, foi ficar sozinha justamente com o... Meu Deus, você só pode ter um anjo da guarda para explicar o fato de nada ter acontecido!

A filha sentiu o peso das palavras da mãe, mas se manteve em silêncio, apertando as mãos enquanto a mente vagava por tudo que encontrara. Pedro, que até então se mantivera calado, lançou um olhar ponderado para Bel e disse, em um tom mais suave, tentando amenizar a tensão:

– Confesso que eu nunca, jamais, teria imaginado que o Gustavo... – ele parou, engolindo em seco, como se as palavras fossem difíceis de digerir. – Que ele poderia estar envolvido nesses assassinatos. Ele estava lá o tempo todo com a gente na chácara... É assustador, para dizer o mínimo.

Bel fechou os olhos, lutando contra a dor que latejava no peito. Depois de alguns segundos de silêncio, ela respondeu, com uma voz que oscilava entre a rispidez e a melancolia:

– Eu... sei o que tudo parece... Mas, para chamar alguém de assassino, precisamos esperar a conclusão da investigação, Pedro – no fundo, nem ela mesma acreditava no que dizia. As palavras agiam como uma tentativa desesperada de negar os sinais cada vez mais evidentes. Era quase como se, ao dizê-las, pudesse anular as certezas sombrias que rondavam sua própria mente.

O carro mergulhou novamente em silêncio enquanto se aproximavam da chácara. O ambiente parecia sem oxigênio. Assim que Regina estacionou, Bel abriu a porta rapidamente e respirou fundo, sentindo o ar gélido invadir seus pulmões. Tudo o que queria era um banho quente para lavar as sensações da noite e, com sorte, encontrar alguma paz.

Ela entrou na casa sem dizer uma palavra, subindo a escada com passos apressados. De repente, porém, diminuiu o ritmo, quando um cheiro estranho começou a se misturar ao aroma amadeirado e úmido que sempre impregnava a casa. Era um odor perturbador, intenso e impossível de ignorar, diferente de qualquer outra coisa.

Ao chegar ao andar de cima, um frio súbito subiu por suas costas, fazendo-a hesitar por um instante. Ela respirou fundo, lutando contra a sensação de desconforto, e alcançou a maçaneta do quarto. Assim que a porta se entreabriu, um cheiro podre e nauseante tomou conta do ambiente – o tipo de odor que invade as narinas e parece se agarrar à garganta. Bel recuou involuntariamente, o estômago revirado ao sentir o fedor opressor que pairava ali. Ela levou a mão à boca, abafando um grito enquanto os olhos se ajustavam à cena horrível diante de si.

No chão, jazia o corpo inerte de Mayara, o rosto rígido em uma expressão congelada de puro terror. Os olhos dela haviam sido brutalmente arrancados, deixando vazios perturbadores que intensificavam a sensação de horror. Bel sentiu o corpo todo tremer ao reconhecer a garota que um dia fora sua colega de escola. Mesmo que Mayara tivesse sido responsável por grande parte do *bullying* que Bel sofrera na infância, jamais imaginaria ou desejaria uma coisa daquelas para ninguém.

Ao lado do corpo, uma boneca grotesca estava posicionada de maneira sinistra, com olhos humanos inchados e brilhantes, colados de forma precária no rosto de plástico. O detalhe mórbido e perturbador era tão surreal que a mente de Bel se recusava a processar o que via. Um grito agudo escapou de seus lábios, ecoando pela casa em um chamado de puro desespero e horror. Ela cambaleou para trás, encostando-se na parede, os dedos inquietos enquanto lutava para respirar, sentindo-se presa a um pesadelo do qual não conseguia acordar.

Em questão de segundos, Maria Regina e Pedro surgiram no topo da escada, alarmados, os rostos dominados pela preocupação e pelo choque. Ao ver o corpo de Mayara, Regina soltou um grito abafado, levando as mãos à boca e deixando que lágrimas descontroladas surgissem em seus olhos. Ainda em estado de choque, ela se ajoelhou ao lado da filha, tentando acalmá-la. As mãos dela acariciavam os ombros de Bel, como se o gesto pudesse afastar o horror que as cercava.

– Meu Deus, o que é isso...? – Pedro murmurou, avançando devagar até o corpo, os olhos fixos na visão aterrorizante. O cheiro horrível de decomposição o atingiu em cheio, mas ele forçou os pés a andarem, a fim de se aproximar. Foi então que notou, ao lado da boneca, um bilhete dobrado. Hesitante, ele o pegou e o leu em voz alta, a fala trêmula de incredulidade:

A mulher deve aprender em silêncio, com toda a sujeição.
Não permito que a mulher ensine, nem que tenha autoridade

sobre o homem. Esteja, porém, em silêncio. Porque primeiro foi formado Adão, e depois Eva (1 Timóteo 2:11-13).

O cheiro de morte, a visão grotesca da boneca e o bilhete macabro transformaram o quarto em uma cena de pesadelo vivo.

🥀

Na sala de interrogatório da delegacia de Alambari, Maria Isabel estava atônita, o olhar fixo no nada, como se tentasse se afastar do presente por alguns instantes. O local pequeno e abafado a fazia se sentir encurralada, e as paredes brancas e sem vida amplificavam a sensação de desconforto. Ao lado dela, Pedro e Regina permaneciam em silêncio, ambos claramente abatidos, com olheiras profundas e semblantes pesados. Miguel, o advogado da família, estava mais distante, mantendo uma postura rígida e profissional, mas atento.

Já passava das quatro da tarde, e Bel, que não conseguia comer nada, mesmo tendo escovado os dentes, ainda sentia o gosto amargo do próprio vômito na boca. Sobre a mesa, alguém havia deixado uma barra de cereal e um copo plástico com café frio, ambos intocados. A jovem observava esses itens como se eles fossem estranhos, uma lembrança distante de normalidade em meio ao caos. Cada tentativa de focar nos detalhes menores parecia inútil, pois a mente a traía, trazendo de volta as cenas macabras do corpo de Mayara no chão.

– Então, Maria Isabel – a voz da delegada Bruna Barcellos cortou o silêncio, autoritária, mas com uma calma que parecia ensaiada –, como era o relacionamento entre você e a Mayara? Vocês eram próximas?

Bel piscou algumas vezes, tentando absorver a pergunta. A voz dela saiu fraca, hesitante.

– Não, não exatamente... Ela foi... – Bel pausou, lembrando-se da menina sempre buscando motivos para rir dela junto de outros colegas, como quando ela teve a primeira menstruação, manchando a calça do uniforme, e por meses Mayara fez todos da sala chamarem-na de "Carrie, a estranha". – Não éramos próximas.

A delegada tomou algumas notas e prosseguiu, com os olhos firmes em Bel.

– E quanto ao Gustavo? Você sabia que ele era neto da Berenice Lima antes de começarem a namorar?

Bel sentiu o coração apertar enquanto tentava absorver tudo o que acontecera no último mês, desde o enterro de Maria Antônia, que agora parecia pertencer a um passado tão distante. A vida pode de fato desabar em trinta e poucos dias.

– Não... Eu só descobri recentemente, e... Eu não sei. Está tudo muito confuso – respondeu, a voz embargada pelo cansaço e pela angústia que se acumulavam.

Enquanto tentava processar o interrogatório, Bel viu a porta da sala se abrir lentamente, revelando um policial corpulento e de expressão fechada – um homem de meia-idade com os ombros pesados de quem já vira coisas demais. Ele fez um sinal discreto para a delegada, interrompendo as perguntas. Bruna Barcellos se aproximou, inclinando-se para ouvir o que ele sussurrava. Bel tentou captar as palavras, mas foi impossível.

À medida que o policial cochichava, a expressão de Barcellos se endurecia, o brilho dos olhos azuis dela apagando-se pouco a pouco. Por um instante, as pálpebras da mulher se ergueram em choque, deixando transparecer surpresa e inquietação.

– Como assim, desapareceram? Do nada? – a voz dela ecoou pela sala, carregada de incredulidade e de um pânico que tentava disfarçar, sem sucesso.

Uma descarga de adrenalina percorreu Maria Isabel, e o olhar dela buscou imediatamente o da mãe. Regina agora encarava a tela do celular com uma expressão incrédula: o rosto empalideceu, os olhos se arregalaram e, em um gesto desesperado, ela levou a mão à boca, abafando o que parecia ser o início de um grito. Bel sentiu a onda de ansiedade crescer, o corpo cada vez mais alerta.

– Mãe, o que foi? – perguntou, o tom de voz tenso, já antecipando algo terrível.

Regina, ainda em choque, parecia hesitar em responder, os olhos fixos no celular. Antes que pudesse falar, Pedro pegou o aparelho das mãos da esposa e o rosto dele, já pálido, perdeu ainda mais a cor ao ler as mensagens.

– Vocês precisam me contar o que aconteceu! – Bel exigiu, a forçando firmeza na voz, enquanto o desespero começava a se enraizar no peito dela.

A delegada Barcellos soltou um suspiro profundo e, com uma expressão solene, anunciou, com o tom controlado de quem já dera esse tipo de notícia outras vezes:

– As suas irmãs estavam em um evento da igreja esta tarde e sumiram. Ninguém consegue encontrá-las... E o Gustavo também desapareceu. Não foi encontrado em lugar algum.

As palavras pareceram atravessar Bel como uma lâmina gelada. Ela sentiu o peito apertar, o estômago se revirando em um nó de puro terror. Seus olhos se encheram de lágrimas e as mãos buscaram apoio na mesa. Não parecia ser possível, mas o mundo desmoronava cada vez mais ao redor dela.

❦

Já era noite, e, debaixo do chuveiro de um hotel minúsculo e decadente próximo à delegacia de Alambari, Maria Isabel sentiu a água rala escorrer pela pele, quase queimando em alguns pontos, deixando marcas avermelhadas. Ela soluçava baixinho, as lágrimas misturando-se com a água do chuveiro e caindo no chão de azulejos manchados.

Ao redor dela, o *box* enferrujado e a pia quebrada pareciam compor um cenário no qual ela sentia que se encaixava perfeitamente.

Depois de horas exaustivas tentando contatar o pai e aguardando qualquer notícia, tinha se forçado a engolir uma canja de galinha sem sal que parecia tão insípida quanto o vazio que a consumia por dentro. Ela sabia que, agora, a prioridade da polícia e a de Joaquim seria encontrar suas irmãs; ele não poderia perder tempo com ligações e explicações. Com movimentos lentos, Bel desligou o chuveiro e pegou uma toalha branca, fina e gasta, que parecia mais um pano encardido. Passou-a pelo corpo, mas a sensação de sujeira não desaparecia. Mesmo que tomasse mil banhos, talvez nunca se sentisse realmente limpa depois de tudo o que havia presenciado.

De repente, assim que ela saiu do *box*, o celular começou a vibrar em cima da pia, o brilho da tela iluminando o banheiro escuro com uma luz amarelada e fraca, que oscilava ligeiramente e projetava sombras nas paredes manchadas e no chão úmido. Enrolada na toalha, Bel se apressou em pegar o aparelho, pensando que poderiam ser notícias de Joaquim. Com o corpo em alerta e os nervos à flor da pele, desbloqueou a tela. Os olhos de Bel se arregalaram em puro horror ao ver as imagens que chegaram de um número desconhecido: suas irmãs, Valentina e Pietra, amarradas e chorando, tinham o rosto manchado de lágrimas e medo. Em uma das fotos, uma faca pressionava o pescoço de Pietra. Bel sentiu o peito apertar, como se o ar tivesse desaparecido do cômodo.

Em seguida, uma mensagem de texto apareceu na tela:

> **Número desconhecido:** Se quiser ver suas irmãs com vida, venha para a casa de sua avó. Sozinha! Eu quero você, Bebel, e não elas. Mas se Regina, Pedro, Joaquim ou qualquer policial aparecer, eu corto o pescoço das duas.

As palavras pareciam flutuar na tela, e Bel sentiu o chão desaparecer sob os pés. O peito vibrava em um ritmo caótico. Pensou nas irmãs, que em nada se pareciam com ela; nunca foram muito próximas, o que atribuía aos nove anos de diferença. Mas a lembrança das tentativas das gêmeas de se aproximar, fosse com colares de macarrão que faziam na escola ou com pequenos bilhetes carinhosos, trouxe uma pontada de arrependimento. Bel havia mantido distância por ciúme da relação delas com Joaquim. Agora, porém, a ideia de que alguém pudesse machucá-las fazia com que se odiasse por cada vez que fora fria ou distante.

A mente de Bel girava. Sem pensar duas vezes, tentou ligar para o pai, mas as chamadas não foram atendidas. Algo estava claro: ela precisava agir – e rapidamente. Olhou novamente para o celular, mas, com um sobressalto, percebeu que as mensagens e as fotos estavam desaparecendo, uma a uma, até que não restou nada na tela. Em choque, vestiu-se rapidamente, colocou o celular no bolso da calça *jeans* e saiu do banheiro com passos cuidadosos, tentando não fazer barulho.

Ao sair do banheiro, viu Regina e Pedro dormindo juntos na cama de casal, com a luz suave do abajur destacando as marcas de preocupação no rosto deles, mesmo em repouso. Bel parou por um instante, hesitando em acordar a mãe. Sabia que, se contasse à Regina, ela envolveria a polícia imediatamente; se Joaquim não atendesse ninguém, os policiais de Alambari acabariam envolvidos, e, se isso acontecesse, temia que qualquer ação mais brusca pudesse significar o fim para Valentina e Pietra. Segurando o impulso de chamar pela mãe, respirou fundo e olhou uma última vez para Regina, que suspirava profundamente em um sono inquieto, e saiu do quarto em silêncio, com as chaves do carro de Pedro.

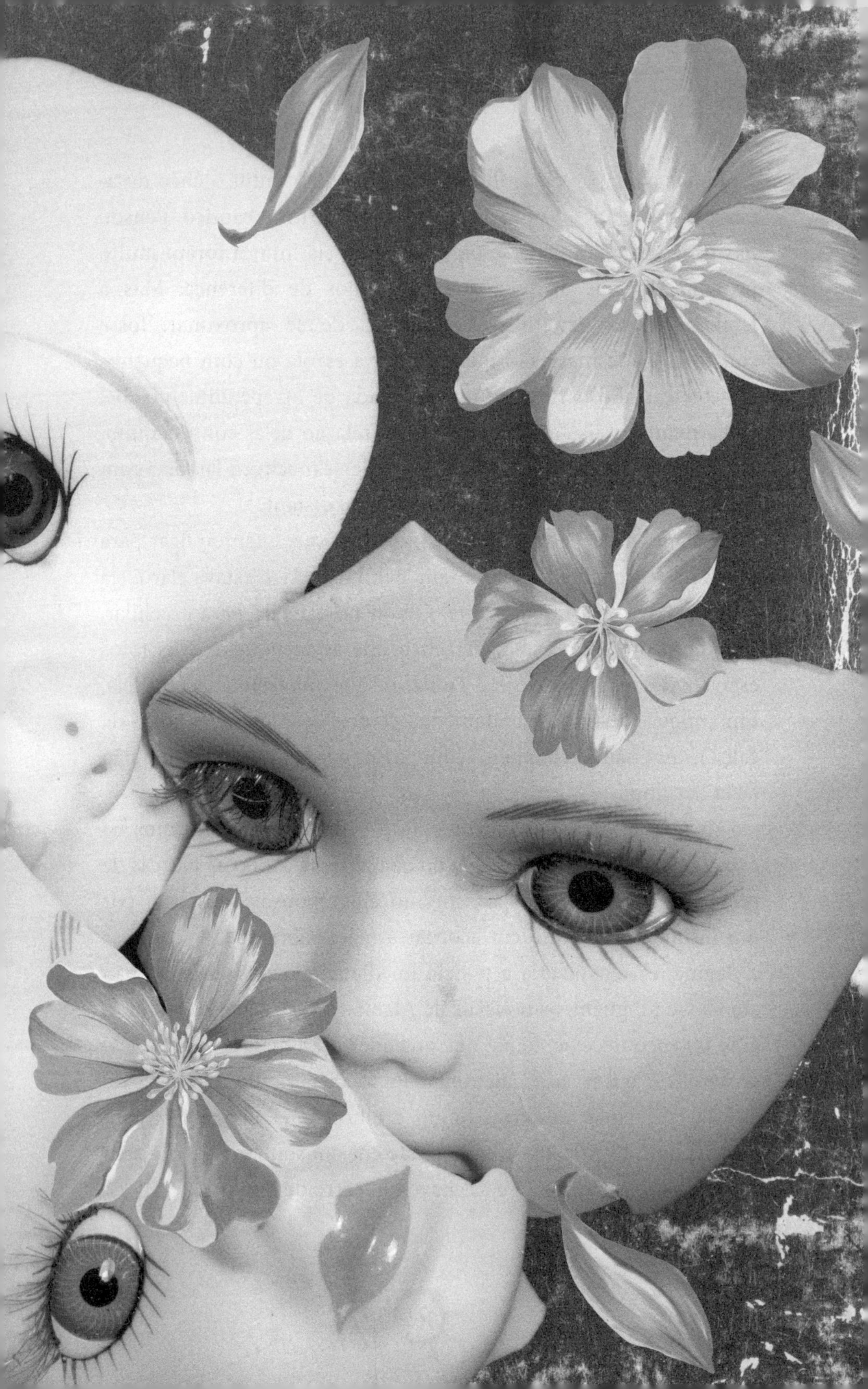

O FRUTO PROIBIDO

A RUA SERAFINO ALBUQUERQUE estava deserta, envolta em uma penumbra que fazia cada sombra parecer mais ameaçadora. Conforme Maria Isabel saiu do carro, um calafrio percorreu o corpo inteiro dela, deixando-a com a sensação de que algo estava profundamente errado. O rangido baixo e ritmado do portão de ferro parecia um chamado, um convite para que entrasse. Ela hesitou por um instante, sentindo um tamborilar no peito que anunciava perigo, mas sabia que não havia outra opção. As imagens das irmãs amarradas ainda estavam frescas na mente da jovem, alimentando o medo que a empurrava para a frente.

Respirando fundo, abriu o portão e entrou, sentindo o coração se contorcer enquanto atravessava o jardim, que agora parecia ainda mais sombrio e desolado do que antes. O trabalho da polícia havia deixado marcas profundas no solo; a terra estava remexida, galhos de árvores foram quebrados e espalhados pelo chão. O vento suave balançava folhas secas caídas, criando um sussurro inquietante que a fazia olhar ao redor e colocar as mãos intuitivamente no bolso da calça, onde guardara um *spray* de pimenta, buscando qualquer sinal de perigo.

Ela se aproximou da porta da casa, agora escancarada, sentindo um calafrio subir pelo corpo. O medo a dominava, mas a preocupação com as irmãs era maior. Mesmo hesitante, Bel sabia que precisava entrar.

Após o ranger da porta, os gritos desesperados e abafados de Valentina e Pietra ecoaram do segundo andar, invadindo o silêncio da casa como uma explosão contida. Sem pensar, ela correu para dentro, subindo a escada aos tropeços. Ao chegar ao corredor do segundo andar, os gritos a guiaram diretamente para o seu antigo quarto. Bel empurrou a porta com força, e a cena que encontrou quase a fez desmoronar: as gêmeas estavam amarradas, ambas cobertas de sangue, com os olhos arregalados de pavor. Elas tentaram gritar algo, mas as palavras foram encobertas pelas lágrimas e pelo medo.

– Quietas... Eu vou ajudar vocês! – Bel murmurou, a voz titubeante enquanto se aproximava. Mas, antes que pudesse tocar nas cordas que prendiam as irmãs, elas gritaram em uníssono:

– Atrás de você!

Maria Isabel congelou por um segundo que pareceu durar uma eternidade. Ela logo tirou a lata de *spray* do bolso, mas, antes que pudesse agir, sentiu um braço forte segurando-a por trás. Um cheiro doce, quase enjoativo, tomou conta de seus sentidos quando um líquido desconhecido foi borrifado em seu rosto. Os pensamentos de Bel se embaralharam, o corpo começou a fraquejar e a visão foi ficando turva. O último som que ouviu foi o eco distante dos gritos das irmãs, antes de ser engolida pela escuridão total.

Horas depois, Bel acordou sentindo uma dormência no corpo e uma dor latejante na cabeça. Os olhos dela se abriram para um quarto banhado pela luz da lua, que brilhava intensamente através da janela aberta. O céu estava negro, salpicado de estrelas, e o silêncio da noite a envolvia, quebrado apenas pelo som distante do vento balançando as folhas das árvores. A memória dos últimos momentos voltou como um golpe: as irmãs amarradas, aqueles braços, o cheiro adocicado e nauseante.

– Valentina? Pietra? – Bel sussurrou, a voz quase inaudível enquanto tentava se levantar. Ela procurou pela única arma que tinha, porém alguém já havia levado o *spray* embora, e nada no cômodo parecia útil para aquela situação.

Uma onda de enjoo a atingiu, fazendo o estômago se revirar, e as pernas dela pareciam feitas de borracha, prestes a cederem sob o peso do corpo. Com esforço, ela se equilibrou, usando a parede como apoio. O ritmo acelerado do peito dela era uma corrente elétrica pronta para explodir pela mistura de medo e adrenalina. Seus olhos vascularam mais uma vez o quarto, mas Valentina e Pietra não estavam mais lá. Precisava encontrá-las. Precisava fugir.

Cada movimento era um tormento, como se o líquido que inalara ainda impregnasse os pulmões e obscurecesse a mente dela, tornando cada passo um esforço quase insuportável. Bel forçou-se a avançar, arrastando-se pelo quarto até alcançar a porta. O corredor do segundo andar estava mergulhado em sombras densas, e o silêncio era tão opressor que parecia vibrar, carregando uma ameaça invisível. Uma sensação gélida a envolveu, e ela sentiu que algo terrível espreitava por ali, como se a escuridão estivesse apenas aguardando o momento certo para se revelar.

De repente, um som fraco ecoou do andar de baixo. Era um ruído de algo sendo arrastado, seguido por um som oco, como passos pesados. Bel começou a descer a escada, uma mão segurando firme o corrimão enquanto a outra tocava o próprio peito, tentando acalmar a pulsação. Cada degrau parecia interminável; cada som era amplificado pelo silêncio da casa.

Quando finalmente chegou à sala, o ar estava pesado e a escuridão parecia se fechar ao redor dela. Algo pareceu estalar na escada, e ela se virou por instinto, sentindo o coração parar por um momento ao ver Gustavo descendo os degraus. Os olhos castanhos de Bel se arregalaram enquanto reconhecia a figura diante de si, encarando-a de volta com as mãos e as roupas sujas de sangue. Na mão direita,

Gustavo segurava uma faca grande de cortar carnes. Ele desceu mais rápido, e ela se assustou:

– Bel! Bel, espera! – ele implorou, a voz quebrada por uma aparente urgência.

O pânico tomou conta da jovem, que, sem pensar, começou a recuar.

– Onde estão as minhas irmãs? – a voz de Bel saiu entredentes, carregada de desespero e ódio. Gustavo se aproximou rápido demais, os olhos fixos nos dela, enquanto estendia a mão para segurá-la.

– Eu posso explicar! Escuta! – gritou ele, apertando o braço da namorada com força. A súplica tomava conta dele.

Ela tentou se soltar, mas o movimento abrupto fez a lâmina da faca na outra mão dele deslizar pela pele de Bel, abrindo um corte. A dor aguda fez com que um grito de terror e agonia escapasse dos lábios da jovem enquanto o sangue começava a escorrer pelo braço dela. O medo se transformou em um instinto de sobrevivência puro e brutal e, em um impulso feroz, ela ergueu a perna, golpeando Gustavo nas partes íntimas com toda a força que conseguiu reunir. Ele soltou um grito rouco de dor, o corpo se dobrando involuntariamente e, com isso, afrouxando a mão que segurava Bel.

Aproveitando a oportunidade, ela se desvencilhou e correu na direção da porta ainda aberta. Os pés descalços bateram no chão frio enquanto ela disparava pelo jardim, o vento da noite gelada golpeando o rosto aflito. Atrás dela, o grito agudo de Gustavo ecoou, mas ela não parou; o único pensamento de Bel era escapar, encontrar ajuda e salvar as irmãs.

Ele perseguiu a namorada, gritando atrás dela pelo quintal. Bel tropeçou em uma raiz exposta, mas conseguiu voltar a correr, a silhueta sombria dele se aproximando lentamente.

De repente, a jovem viu uma luz fraca à distância: o portão... a saída! Havia barulhos de sirene que pareceram assustar a figura da qual, agora de longe, ela só via a sombra. A silhueta voltou para dentro da casa, e uma onda de esperança percorreu o corpo exausto de Bel. Com todas as forças restantes, ela correu em direção à luz, e já não havia mais sons de passos atrás dela.

– Maria Isabel! Onde você está?

Ela ouviu uma voz conhecida e correu em direção ao portão, já não se sentindo sozinha. O coração dela tentava encontrar um ritmo, agora que a sombra havia sumido.

– O que aconteceu, Bel?

Maria Isabel não conseguia falar. Lágrimas invadiram o rosto dela e a respiração pesada aos poucos ficou mais leve. Permitiu que o alívio tomasse conta do corpo e então, sem saber, Bel se jogou nos braços de alguém em quem achou que podia confiar naquele momento de desespero, em um abraço apertado. E, enquanto ele a segurava, ela jamais poderia imaginar que o verdadeiro perigo não estava dentro daquela casa, mas sim no abraço acolhedor que a envolvia.

A jovem baixou a guarda, e ele aproveitou para pegar o *spray* novamente e borrifá-lo no rosto dela. Antes de perder a consciência, Bel ouviu algumas últimas palavras sendo sussurradas em seu ouvido.

– Shiu… Está tudo bem, minha gatinha.

Bel acordou mais uma vez com a cabeça latejando e o corpo pesado, como se estivesse sendo engolida pela escuridão. O enjoo veio mais rápido, mais intenso e impossível de controlar. Com os braços amarrados, ela sentiu o estômago se revirar até que vomitou, o líquido quente escorrendo pelo peito. A náusea era avassaladora, e o cheiro forte de algo apodrecendo no ambiente tornava a situação ainda pior.

Tentou livrar os braços, lutando contra as cordas que cortavam a pele e deixavam marcas roxas profundas nos pulsos. A dor era lancinante, mas ela precisava escapar, entender onde estava e o que significava tudo aquilo. Os olhos dela, turvos e marejados, tentaram reconhecer os arredores, mas tudo o que sentia era a opressão do medo e um chão frio sob seu corpo.

O desespero tomou conta de Bel, que chorou e depois gritou, emitindo um som gutural e cheio de agonia. Foi aí que uma sombra se moveu diante dela. Ela piscou repetidamente, tentando focar a visão, até que, incrédula, reconheceu a figura que se aproximava.

– Que coisa feia. Uma menina tão linda se sujando desse jeito... – a voz suave, mas carregada de um controle assustador, penetrou a mente de Bel como uma lâmina afiada. Ele se aproximou com papéis nas mãos, limpando o vômito do corpo dela com movimentos precisos.

– Cadê as minhas irmãs? – a jovem sussurrou, com uma voz que parecia prestes a se transformar em grito, se ainda lhe restassem forças.

– Elas estão protegidas. O plano nunca foi machucá-las; elas não merecem. São boas meninas, obedientes, filhas de uma mãe devota ao marido, que sabe qual é o seu lugar na sociedade. Ao contrário de você, Maria Isabel, que virou uma puta profana, como a sua mãe e a sua avó. É triste como as maçãs caem tão perto da árvore... Mulheres como vocês são ervas daninhas no jardim, prontas para trazer mais desgraça a este mundo doente, onde os homens perdem o controle, a autoridade e a voz por causa daquelas que não reconhecem o seu verdadeiro papel.

Enquanto falava, ele acariciava Bel, percebendo que a coragem da menina parecia se dissipar, como quem aceita uma situação inevitável. Ela, por outro lado, sentia um alívio sombrio ao saber que as irmãs não eram o alvo.

– E da costela que o Senhor Deus tomou do homem, formou uma mulher; e trouxe-a a Adão. Gênesis, dois, 22.

Um brilho insano acendeu nos olhos dele ao recitar a passagem bíblica, e as lágrimas que se formavam nos olhos da jovem pareciam lhe despertar um prazer mórbido, alimentado pela dor da moça à mercê dele. Segurando os cabelos dela com força, sussurrou mais uma vez em seu ouvido:

– Você é minha. Minha gatinha!

O grito de Bel se transformou em puro desespero ao ouvi-lo dizer aquilo. "Minha gatinha!" As palavras saíram dos lábios dele com tanta familiaridade que ela estremeceu. Era assim que o pai costumava chamá-la, e a verdade era que a menina até gostava, mas, quando tinha 16 anos, parecia errado que o namorado a chamasse da mesma maneira. Em vez de dizer isso a Henrique, ela passou a pedir que Joaquim parasse com aquilo, alegando que odiava o apelido.

Henrique afrouxou as cordas em torno dos pulsos de Bel, que já estavam ficando roxos e inchados pela pressão. Ela se virou e viu o corpo de Heloísa estático no chão, sem vida, os olhos abertos em um vazio eterno. Aquela visão a atingiu como um golpe; o horror cresceu dentro dela e mais lágrimas brotaram em seu rosto.

Notando a direção do olhar de Bel, Henrique soltou um suspiro longo, pesado, como se decidisse desabafar algo.

– Eu sempre me preocupei com a minha irmã, sabe? Mesmo ela querendo tanto as coisas que eram minhas... Até me livrei do problema que aquela Marina era na vida dela. Mas ela tinha o talento especial de se meter onde não devia – ele murmurou, os olhos fixos em um ponto distante, falsamente melancólicos.

Henrique pausou, observando a reação de Bel antes de continuar, com a voz fria e quase distante:

– Ela estava me seguindo até esta casa faz um tempo, e ainda roubou algumas coisas... Uns cadernos, anotações que eram só para você. Aí começou a fazer perguntas, a parecer querer te contar algo. Um pouco antes da festa do pijama, ela finalmente ligou os pontos, sabe? Inteligente demais para o próprio bem, exceto por ter derrubado uma pulseira aqui. Então... – Henrique parou, deixando que o peso das palavras caísse sozinho, antes de sussurrar com uma tristeza contida: – Bom, não tive escolha... Ela sabia demais, e ia à polícia. Só foi idiota de, por fim, vir me enfrentar antes.

O assassino olhou para as próprias mãos cobertas por faixas ensanguentadas, esfregando os dedos com uma calma inquietante.

– Uma pena. Ela até poderia ter sido a nossa madrinha de casamento.

O coração de Bel quis saltar do peito quando ela olhou melhor para si e percebeu que estava vestida de noiva. O véu, agora sujo, caía sobre o rosto; e o vestido, que deveria simbolizar um dia de alegria, estava encharcado de suor, vômito e lágrimas. Henrique estava arrumado como um noivo, de terno e gravata, uma figura grotesca em meio àquele cenário macabro.

Ele se ajoelhou ao lado de Bel, os olhos brilhando com uma loucura que ela nunca tinha visto antes. Com um toque suave, acariciou o rosto dela, que reagiu instintivamente, mordendo a mão dele com todas as forças e sentindo o gosto metálico de sangue. Henrique gritou de dor e, sem pensar, golpeou-a com força no rosto. O impacto ressoou na mente de Bel como um trovão.

– Você é doente, Henrique! Acha que o meu pai não vai acabar me encontrando aqui? Como acha que essa história vai terminar para você?

Ele esboçou um sorriso frio, cruel, enquanto se erguia lentamente.

– Infelizmente, o nosso casamento será breve – disse com um tom perverso, as palavras escorrendo como veneno.

Assim que o primeiro som estridente das sirenes cortou o silêncio da noite, Gustavo sentiu um peso esmagador sair do peito: Bel estava bem. E logo Joaquim a encontraria. Ele precisava acreditar nisso; precisava se agarrar a isso com tudo o que ainda restava dentro dele.

Sem perder tempo, disparou pela casa, escancarando portas, chamando por vozes que não respondiam. O coração dele martelava tão forte no peito que parecia que despedaçaria suas costelas. Ele precisava encontrar as irmãs da namorada. Tinha que fazer alguma coisa certa, pela primeira vez em muito tempo.

Nos últimos dias, Gustavo se perguntara inúmeras vezes se tudo poderia ter sido diferente. Se tivesse sido honesto com Bel desde o início. Se ao menos tivesse confessado que ele e a família não eram apenas espectadores nos horrores que assombravam Itapetininga. Mas o medo – de parecer culpado, de perder tudo – calara o jovem. E agora, ironicamente, era exatamente o que acontecia: ele era o alvo número um daquela investigação.

Quando recebeu aquelas mensagens de um número desconhecido, com fotos de Bel desacordada, não pensou duas vezes: o jovem, que já estava cansado de revirar o passado e não aguentava mais ficar naquela cidade, mudou o rumo do carro alugado na estrada e correu para tentar salvar a moça que amava. Parte dele sabia que era uma armadilha. Mas também sabia que, depois de tudo o que causara, não poderia deixá-la sozinha.

E era uma armação. Porém, Henrique subestimara Gustavo – julgara apenas a força do outro, menor e menos musculoso, em vez da determinação dele em acabar com aquela história. Quando se viram cara a cara, Gustavo não hesitou: lutou, com uma fúria crua e desesperada, arrancando a faca das mãos do assassino. De alguma forma, não se surpreendeu ao ver que Henrique estava por trás de tudo. No fundo, Gustavo sempre soube que tinha algo de errado com aquele sujeito, mesmo que só o conhecesse pelos relatos da namorada.

Agora ali, sozinho, ele atravessou a casa. O lugar conseguia parecer cada vez mais assombrado, e o peito dele arfava a cada passo que dava, ecoando no vazio mórbido daquele ambiente mergulhado na escuridão. Então Gustavo ouviu. Um som abafado, acompanhado de um soluço engasgado vindo do quarto no andar de baixo – o antigo quarto de Maria Antônia, que todos evitavam como um túmulo aberto.

Gustavo empurrou a porta com força e acendeu a luz. Foi então que notou, no fundo do quarto, as duas meninas encolhidas no chão, abraçadas como se fossem uma só. Quando os olhos delas encontraram os dele, abriram-se ainda mais, cheias de puro terror, as meninas se perguntavam se o monstro poderia ter voltado agora sem máscaras.

– Eu vim ajudar – disse Gustavo, a voz rouca, largando no chão, com um baque surdo, a faca que ainda segurava.

Mas não teve tempo de dizer mais nada. Ouviu passos pesados subindo pela escada. Um segundo depois, o mundo explodiu em dor: Joaquim o acertou no rosto e nas costelas – um, dois, três socos – sem hesitar.

As meninas gritaram. Gustavo cambaleou para trás, apoiando-se na parede, o gosto do sangue invadindo a boca. Passou a mão pelos lábios rasgados, tentando se manter em pé, mesmo com as costelas gritando de dor.

– Cadê a Bel? Ela está bem? – conseguiu murmurar, a voz mais um gemido do que uma frase, enquanto os dedos pressionavam as costelas fraturadas.

Paramédicos surgiram como vultos rápidos, arrancando as meninas daquele pesadelo. E, durante todo o tempo, Joaquim encarava o jovem à frente dele.

– Eu juro, Joaquim... eu também me acusaria, se fosse você. Mas eu não fiz isso. Eu amo a sua filha – disse Gustavo, com a voz trincada, frágil e cheia de uma dor que ninguém poderia fingir.

O ar no cômodo parecia eletrificado. Agentes da polícia trocavam olhares, tensos, prontos para agir a qualquer comando do delegado. Gustavo viu nos olhos de Joaquim a guerra silenciosa acontecendo – o delegado tentando separar a verdade da mentira, tentando entender.

Joaquim já vira muitos culpados fingindo emoção. Sabia quando alguém tentava enganá-lo. Mas também sabia reconhecer o que era real. E se lembrava muito bem da primeira vez em que vira aquele rapaz olhando para Bel – aquele olhar de adoração, de proteção feroz.

Aquilo não era mentira; nem o melhor dos atores poderia fingir algo assim por tanto tempo. As palavras de Gustavo ecoaram na mente de Joaquim: "Cadê a Bel?".

E então o delegado viu claramente algo que, no fundo, incomodava-o já havia certo tempo, como peças de um quebra-cabeça que finalmente se encaixavam. As provas, os cadernos, as pistas... tudo sempre foi fornecido por Henrique. Sempre Henrique.

– Chamem os paramédicos! Levem o menino para uma ambulância – ordenou com voz grave, sem desviar o olhar.

Joaquim se levantou, os dedos tensos na arma que trazia na cintura. Virou-se para sua equipe. Bel ainda estava desaparecida. E ele sabia que ela não estava naquela casa.

Henrique andava de um lado para o outro, olhando diversas vezes as horas no relógio de pulso, quando disse:

– Eu não ia te matar, sabia? Não era o plano. Mas as coisas saíram do controle, e agora parece que só nos resta deixar este mundo juntos.

Bel gritou, tentando se soltar, em vão. As cordas mordiam a pele dela, os pulsos ardiam em agonia. Todo o corpo latejava, e as lágrimas, teimosas, voltavam a encher os olhos da jovem. Ela sentia o coração bater com força desmedida, e o sangue ferver e inundar cada célula, como se fosse explodir.

Ela fitou Henrique. Os olhos dourados que um dia amara agora ardiam, como a chama de um fogo frio e impiedoso. Como pôde se enganar tanto com alguém? Como não tinha visto antes o monstro mascarado sob o rosto daquele a quem já chamara de amor?

Talvez tivesse ignorado os primeiros sinais, ou os últimos – aqueles que vieram ainda na adolescência, quando ele, desesperado após o término, enviou mensagens dizendo que "ela jamais encontraria outro que a amasse de verdade, que a aceitasse como ele", que "todos os outros fugiriam", e que "fosse por amor ou por solidão, ela acabaria rastejando de volta para ele". Na época, parecera só o desespero de um jovem que não sabia lidar com a perda do primeiro amor. Mas ela devia ter percebido quando romantizou as crises de ciúme dele, achando que ele era apenas intenso, alguém que amava demais. Ele é romântico; só sente tudo com mais força, pensava.

Infelizmente, as pessoas não vêm com etiquetas avisando sobre o que podem se tornar. Um dia ele já tinha sido um amigo fiel, aquele que a defendia das maldades do mundo, que a abraçava quando ela corria chorando para o banheiro da escola, depois de alguém tê-la ferido. Depois foi seu primeiro amor, o jovem que a consolava sempre que o peso do mundo parecia insuportável, que a fizera rir inúmeras vezes, que a fazia esquecer dias e momentos ruins. Foi um menino doce que se oferecia para carregar coisas pesadas para Maria Antônia e que até mesmo ajudou Maria Regina diversas vezes.

Como ela poderia ter imaginado que, um dia, a parte mais sombria dele tomaria o controle? Como alguém poderia saber que o cara que um dia foi seu herói e confidente chegaria ao ponto de preferir vê-la morta a vê-la feliz com outra pessoa?

Quando Bel se tornasse mais uma vítima do feminicídio, as plateias dos telejornais se perguntariam secretamente sedentas por notícias como aquelas: "Como ela não percebeu antes?", ou "Como pôde um dia se envolver com alguém assim?". No fim, talvez alguns até a culpassem por tudo. Mas o segredo sombrio da humanidade é que ninguém é só luz ou só trevas, apenas bondade ou maldade. Nada é tão óbvio quanto parece para quem está de fora.

Henrique se sentou na frente dela, a voz deslizando pelo ambiente com uma calma ameaçadora, arrancando Bel dos devaneios.

– Temos pouco tempo, Bebel, e eu devo admitir que a culpa é minha... Não calculei direito. Por onde devo começar essa história?

Ele esfregou o queixo, parecendo realmente pensativo. Já Bel, com o rosto molhado de lágrimas e soluços presos na garganta, encarava-o em desespero. Ela, que nunca fora muito religiosa, rezava em silêncio, pedindo para que a encontrassem antes de ela se resumir a mais um corpo sem vida.

– Bom, tudo começou com o nosso fim. Eu comprei uma passagem para te ver em São Paulo, lembra? Mas aí você me pediu um tempo, toda seca nas últimas ligações, culpando a distância. Eu fui te fazer uma surpresa; vi pelo seu Instagram onde você estava... E lá encontrei o verdadeiro motivo de você não me querer mais: um cara magrelo, agarrando o que era meu, bem na porta de um bar – a voz de Henrique oscilava entre um tom magoado e um rancoroso, e ele continuou, os olhos fixos nela, inclementes. Bel também não conseguia desviar os olhos dele; apesar do desespero e das dores que sentia, queria entender como chegaram ali. – Acompanhei vocês indo embora. E, depois de me trair, você ainda teve a coragem de me ligar no dia seguinte para terminar tudo de uma vez? Anos de relacionamento jogados no lixo, assim, por telefone?

Bel quis argumentar, mas ele fez um gesto brusco com a faca, forçando-a a engolir as palavras. Ela sabia que qualquer resposta só atiçaria a fúria que o enchia.

– Eu tentei bater na porta da sua casa, pedir explicações, mas acabei indo embora... Como o "corno manso" que eu era.

– Desculpe, Henrique. Eu sei que errei, mas nada justifica isso... – sussurrou ela, em um último fio de voz, sem conseguir se conter.

– Deixa eu falar! – ele gritou, erguendo a faca com um movimento tão rápido que a jovem prendeu a respiração.

Henrique respirou fundo, rodopiou a lâmina entre os dedos com um jeito quase hipnótico e reorganizou os pensamentos.

– Quando voltei para cá, sabe o que eu fazia? Eu seguia a sua avó, depois da missa, toda vez que ela voltava com a minha avó. Não sei dizer o motivo; talvez para me sentir perto de você, de alguma forma. Então, uma noite, olhando pela janela, eu a vi afastando o sofá... E aí descobri que a sua casa tinha um porão. Sim, um porão cheio de segredos.

Ele fez uma pausa, sorrindo com malícia enquanto observava a expressão dela, de horror e surpresa. Bel mal podia processar a ideia, mas fazia sentido; a avó sempre se encarregava de limpar a parte de baixo da casa sozinha.

– Um dia, eu acompanhei a minha avó na missa e roubei a chave da dona Maria Antônia. Achei os cadernos que eu te entreguei, mas mexi em tudo antes. Manipulei as anotações, deixei somente aquilo que eu queria que você lesse nas capas, além de umas fotos. A sua avó era bonita como você – aquele comentário fez o sangue de Bel ferver. – Bom, eu sabia que você chegaria à conclusão de que tinha sido o Alberto quem havia registrado aquelas imagens, e que ele devia manipular Maria Antônia com aquilo. Porém, as fotos eram do Otávio – a revelação fez a cabeça de Bel girar. Henrique notou a confusão nos olhos dela, o que o divertiu mais. – Eu também encontrei naquele porão uma feliz surpresa: descobri que o seu querido avô era o Assassino das Bonecas! Dá para acreditar?! – ele soltou uma risada fria. Bel sentiu o estômago se contorcer. – A história estava toda ali! O pai dele o espancava, descontando a raiva por causa de um caso da mãe, que foi embora com outro homem, até que o velho morreu e deixou o Otávio sozinho, apenas com um legado de violência, ódio e muita grana. Então ele começou a ouvir a voz do pai dizendo que precisava "purificar o mundo", acabando com as Evas, as pecadoras que todos os dias corrompiam homens bons e tiravam deles o paraíso prometido, assim como a mãe dele tinha feito.

Henrique fez uma pausa prolongada, esperando as palavras se assentarem. Bel estava em choque, aterrorizada, e, ao mesmo tempo, intrigada demais para afastar os olhos.

– O Otávio bem que tentou ignorar a voz. Ele saía, bebia, tentava encontrar conforto... Mas aí a sua avó arrumou um amante, dizendo que o casamento estava morto – Henrique riu com desdém. – E ele...

Ele suportou, amou-a e até perdoou as dívidas do sogro! Como ela pôde trair um homem desses? Mesmo assim, ele não conseguia matá-la. Em vez disso, matava outras mulheres como ela, vingando-se de toda Eva que cruzava o caminho dele. Saiba, Bebel, que foi assim que o Assassino das Bonecas nasceu.

Ele suspirou, como se lamentasse, pela primeira vez.

– O Otávio achava que a segunda filha podia não ser dele. Algumas das cartas que a sua avó escreveu antes de morrer falavam disso, sabe? Quando ele pegou a sua avó e o amante em flagrante, enlouqueceu: começou a matar mais e mais. Até que acabou matando a Roberta, quando a filha encontrou o que ele escondia no porão. Ela sabia demais. A sua avó reagiu a essa dor, descobriu tudo e… matou o marido traído. Depois, escondeu tudo, com a ajuda do amante, claro. E o Alberto, apaixonado, ainda levou toda a culpa por ela, e se tornou o Assassino das Bonecas.

Henrique balançou a cabeça, fingindo uma tristeza profunda e emitindo um som de decepção.

– O amor, Bebel, leva os homens ao abismo da loucura.

Bel tremia enquanto Henrique olhava para o relógio andando de um lado para o outro, parecendo medir o tempo que ainda tinham. Ela sentia que seu mundo inteiro estava se despedaçando a cada palavra dele.

– E você resolveu seguir o exemplo do meu avô, inspirando-se em um assassino doente? – ela sussurrou, a voz abafada pela agonia.

– O Gustavo me deu o plano perfeito. A sua avó morreu e o seu namoradinho, com aquele livrinho que estava escrevendo, me deu o enredo dos sonhos. Aliás, se você me acha doente, parece que tem um tipo, né? – Henrique soltou uma risada que reverberou pela casa. – Da janela da clínica veterinária, eu vi o Gustavo imprimir o roteiro na copiadora da moça que eu estava conhecendo, então pedi à Mel que guardasse o arquivo para mim. Li tudo, e era ouro! A história da menina que perde a avó, vai para o enterro no interior e descobre que a família está envolvida em um esquema de tráfico humano. Tudo armado: o namorado-vilão-disfarçado-de-mocinho sabia de tudo; era o verdadeiro líder do esquema. Ele culpa o ex-namorado da menina pelos próprios crimes, sequestra ela, mata o ex, faz ele parecer culpado e sai como o herói. Perfeito!

Bel olhava incrédula para o monstro que Henrique revelara ser.

– E aí você decidiu sair matando pessoas inocentes, Henrique?

Ele agachou, observando-a com uma intensidade arrepiante, os olhos ardendo de excitação e possessividade.

– Sacrifícios, tudo por amor! – disse Henrique, a voz embargada de uma emoção sombria. – De certa forma, matar aquelas mulheres era como me vingar de você sem precisar te machucar diretamente. Eu não queria viver em um mundo sem a mulher que eu amo. Então, elas eram perfeitas para eu poder canalizar tudo o que sentia em outra pessoa... praticamente cópias suas. E, a cada golpe, o ódio se dissolvia, escapando de mim como fumaça. Bom, no fim, descontar nelas me permitia perdoar você, ao menos um pouco, pela dor que me causou. E, claro, eu precisava de um vilão... para poder ser o seu herói. E o Gustavo... Ah, o Gustavo foi a peça perfeita. Era como se o destino tivesse escrito esse roteiro para mim. Eu descobri que ele era neto da irmã do Alberto Lima, o homem que todos acreditam ser o assassino original. Eu comecei a plantar ideias na sua cabeça e me aproximei porque sabia que você precisaria de alguém para te apoiar – Henrique encarava o vazio como quem contemplava a ruína de um sonho inalcançado. – Você seria minha novamente. Eu tinha certeza. Mas aí... começaram os imprevistos. Era para o Gustavo ser preso – continuou ele, a voz ganhando amargor – Mas eu me confundi e roubei o celular do Pedro no lugar. E, ainda por cima, coloquei as carteiras de motorista das meninas na pasta do seu padrasto. Era o Gustavo quem estava com ela, sabe? Como eu poderia imaginar que não era dele? Aquilo me deu tanto trabalho... Eu tive que convencer a Melissa a derramar café na roupa dele, forçando-o a ir ao banheiro, e ainda precisei ser rápido; mal tive tempo de ver o que mais havia dentro daquela pasta. No fim, foi o Pedro quem virou suspeito. Isso complicou tudo. – Henrique parecia cada vez mais exausto e frustrado, e, por um instante, um lampejo de fúria voltou a cintilar nos olhos dele. – Eu até pensei em ligar para a polícia de novo, como já tinha feito quando entreguei a placa do carro do Pedro, achando que, quando chegassem à chácara, revistariam também as coisas do Gustavo. Eles se agarram a qualquer pista quando estão sob pressão para resolver um caso... até mesmo àquelas que vêm de ligações anônimas e telefones descartáveis. – Henrique girava a faca entre os dedos, distraído, enquanto Bel olhava ao redor, calculando se haveria alguma chance de fuga, caso ele a soltasse.

– Estou te entediando? – perguntou o assassino, apontando o objeto afiado para ela.

Bel balançou a cabeça em negativa, os olhos arregalados em puro espanto.

– Sabe, eu queria te dar um presentinho, meu amor. E a Mayara... – ele sorriu com um desprezo amargo. – Ela mereceu, fala sério...

Bel pensou no corpo sem vida da antiga colega de turma. O coração dela quase parou no peito enquanto algo insistia em se revirar violentamente em seu estômago.

– Enfim, Maria Isabel – disse ele, saboreando cada sílaba –, eu pretendia abandonar o corpo da Mayara junto com os documentos do Gustavo, que eu roubei quando invadi o hotel onde ele estava hospedado. Tudo para plantar a faca com o sangue da Marina.

Bel se lembrou da mania do namorado de sempre deixar a carteira de motorista para trás e sair apenas com o RG.

– Aí, a Heloísa inventou aquela festa... – Henrique estreitou os olhos, a raiva crescendo na voz. – E eu vi o medo nos olhos dela. Ela sabia. Já tinha ligado todos os pontos. Eu sabia que ela vivia me seguindo e estava desconfiada, mas achei que tinha despistado a minha irmã. Até vê-la naquela festa, lutando para te contar alguma coisa... mais uma pedra no meu caminho – Henrique fitou o corpo de Heloísa por alguns instantes, e Bel sentiu um arrepio ao perceber o vazio nos olhos dele quando ele voltou o olhar para ela.

– Só sei que você me beijou naquela noite e me fez ter esperança. Por um instante. Eu queria ficar ali com você. Já tinha decidido: eu me livraria do corpo da Mayara, ligaria para a polícia e cuidaria da minha irmã no dia seguinte. O Gustavo seria preso. Finalmente! Mas a vida... – ele sorriu de forma amarga, – ... nunca é como planejamos, não é?

Ele se aproximou outra vez, agachando-se para encará-la. Bel sentia o hálito quente do assassino, e uma pressão incômoda apertava seu peito, como se seu coração tivesse perdido o compasso.

– Você saiu correndo... e foi direto para os braços daquele idiota. De novo! Porra, menina! – Henrique agarrou a mandíbula dela com força. Bel quis gritar, mas já havia perdido qualquer esperança de ser resgatada dali. Ela apenas o encarava, com um olhar sem nenhum brilho, inerte. – Eu perdi a cabeça! – vociferou ele, antes de soltar o rosto dela brutalmente, fazendo a nuca da jovem se chocar contra a pilastra. Em seguida, sentou-se à frente de Bel, como se nada tivesse acontecido. – No meio da minha fúria – prosseguiu, a voz oscilando entre o rancor e a exaustão –, acabei entregando o seu presente na chácara, para te enviar uma mensagem. E foi lá que eu decidi: não queria mais que o Gustavo fosse preso. Eu o queria morto! Então sequestrei as suas irmãs! Tomei cuidado para que elas não vissem o meu rosto. E, no meu novo plano, você encontraria o corpo do Gustavo ao acordar, acreditando que eu tinha te salvado, junto com as meninas... Mas o idiota achou uma faca e resistiu a mim. Por sorte, eu fui mais esperto e escapei pela lateral da casa, prontinho para te encontrar no portão quando você fugiu desesperada dele. Agora, o problema é que, a esta altura, o seu pai já deve estar sabendo de tudo, e provavelmente logo chegará aqui. Então este é o nosso fim, Bel...

Henrique se levantou, e o olhar dele ficou sombrio novamente.

Ele segurava a faca de forma ameaçadora, passando de leve a lâmina pelo pescoço de Bel enquanto ela se debatia, implorando.

– Por favor, Henrique. Ainda dá tempo de fugir, de recomeçar. Não faça isso!

– Eu nunca desistiria de nós, minha gatinha. Mesmo você sendo uma piranha sem coração, eu te amo.

– Isso não é amor!

– Eu tentei salvar o plano até o fim... Bel, não é minha culpa. Nós somos vítimas do destino. Mas pelo menos vamos morrer juntos. Eu queria que fosse diferente, mas agora não tem mais jeito.

A faca roçou a pele da jovem enquanto ele deslizava a mão pelas pernas dela, sussurrando com uma voz perversa:

– Eu me pergunto... Se daria tempo de te sentir uma última vez, como você sempre gostou, antes do nosso fim...

– Não... Pare... Por favor! – ela implorou entre soluços, a voz um fio fraco de desespero.

E, então, o som de sirenes irrompeu pela rua, preenchendo o silêncio com uma urgência tão densa que fez o corpo de Henrique enrijecer. O brilho de confiança nos olhos dele desmoronou, e uma expressão de puro terror tomou o rosto do transtornado jovem quando ele se virou para a janela e viu luzes vermelhas e azuis refletindo nas paredes da casa. O local estava cercado, e a voz autoritária dos policiais nos alto-falantes ordenava a rendição dele.

Bel, com lágrimas ainda frescas no rosto, sentiu algo além do medo. Uma esperança tímida brotava em meio ao horror.

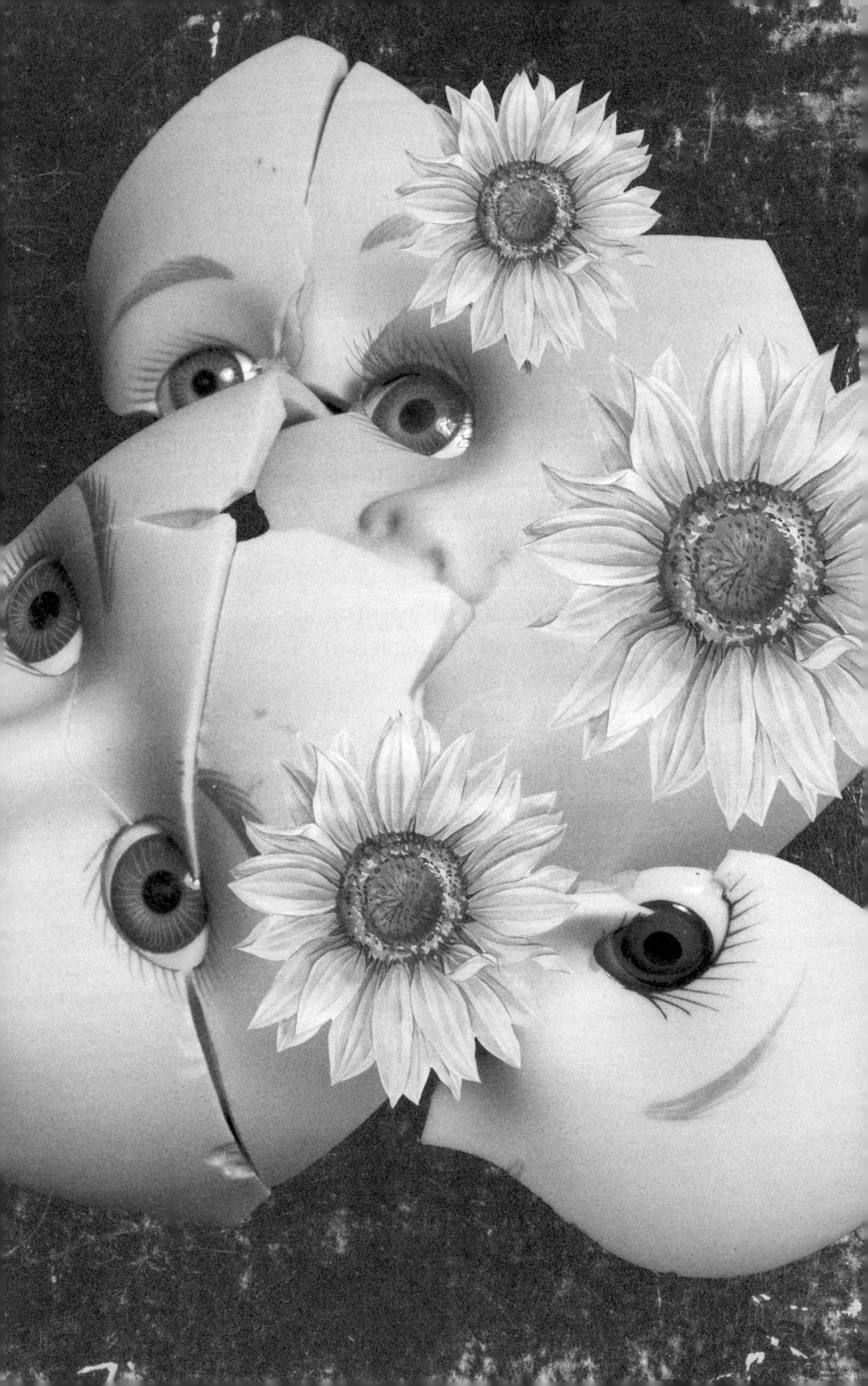

GIRASSÓIS

JOAQUIM INVADIU A CASA sem pensar duas vezes, ignorando os avisos dos outros policiais que o seguiam. Ele sabia que não havia tempo a perder – a filha estava em perigo. A visão do delegado se ajustava rapidamente à penumbra do local enquanto ele avançava pela sala, seguido pelos colegas ainda contrariados. Passavam todos em direção ao único quarto, no final do corredor da casa térrea de Alberto Lima, o Assassino das Bonecas, onde uma luz fraca estava acesa. O delegado mantinha as mãos firmes na arma, apertando-a cada vez mais.

Henrique, assim que ouviu o estrondo da invasão policial, pegou Maria Isabel com uma velocidade que só a adrenalina do momento poderia proporcionar. A jovem enrijeceu, o corpo contraído nos braços do assassino, que segurava uma faca com a lâmina perigosamente próxima ao pescoço dela.

Quando Joaquim entrou no cômodo, ficou devastado. Viu sua menina vestida de noiva, toda suja e machucada, com os braços marcados por hematomas roxos e lágrimas secas no rosto inchado de tanto chorar. Nesse instante, qualquer controle que ele ainda possuísse se desfez. O coração de pai, e não o de policial, bateu cada vez mais acelerado, o suor frio escorrendo pela pele dele.

– Não faça nenhuma besteira, chefe – uma das policiais ao lado dele sussurrou, mas todos os outros mantinham um silêncio tenso. Para Joaquim, apenas uma coisa importava: tirar a filha dali com vida.

– Henrique, seu desgraçado, não pense que eu vou hesitar antes de estourar os seus miolos. A minha mira é muito boa! – Joaquim gritou, cada palavra carregada de ódio.

Henrique riu com desprezo e, olhando diretamente nos olhos do policial, disse, com ar debochado:

– Você me mataria, arriscando acertá-la? Quer salvar a sua filha ou provar para a sua equipe que é um policial fodão? Deve ser difícil para o seu ego de delegado estar nesta situação, não?

Ele pressionou a faca contra o pescoço de Bel, provocando um grito abafado, e prosseguiu:

– Eu me pergunto o que realmente importa hoje para você: a Maria Isabel ou a sua carreira?

Um filete de sangue escorreu pelo vestido. Joaquim ficou ainda mais tenso, apertando a arma com tanta força que começou a machucar a própria mão, fazendo com que as veias saltassem sob a pele dele. Henrique, vendo que o policial parecia pensativo e ciente de a provocação estar fazendo efeito – pois, por mais que tentasse disfarçar, ele começava a ter as mãos vacilantes –, continuou, com um sorriso cruel:

– Você nunca foi pai para ela; nunca se importou. Ela me dizia isso quando éramos mais novos, sabia? Que, quando você estava com ela, parecia mais que se forçava a cumprir um papel que nem queria. Eu já devolvi as filhas com quem você se importa, Joaquim. Esta aqui é minha, e, se não for, não vai ser de ninguém.

– Você está errado – o policial respondeu, impondo firmeza na voz. – Eu tenho três filhas, e todas elas são igualmente amadas e importantes. Você pode me entregar a Maria Isabel agora ou sair daqui direto para um caixão, Henrique; essas são as suas escolhas.

Com um olhar desafiador, Henrique pressionou a lâmina firme contra o pescoço de Bel, que não parava de chorar. O moço parecia decidido a levá-la com ele, rumo ao céu ou ao inferno. O medo que transbordava dos olhos da filha foi o que impulsionou Joaquim além de qualquer hesitação. Ele nem sequer avaliou o risco de acertar a pessoa errada. Sem pensar, apertou o gatilho. O estampido seco do tiro ecoou pela casa.

Em um baque surdo, Henrique desabou, os olhos arregalados de surpresa, o sangue escorrendo lentamente da ferida fatal na cabeça. Quando a lâmina ensanguentada tilintou ao bater no chão, todos na sala despertaram do estupor, encarando a cena que mudara drasticamente em meio segundo.

Joaquim correu até Bel, que havia caído junto do corpo inerte do jovem. A adrenalina pulsava nas veias do delegado enquanto ele pressionava o ferimento da filha, tentando conter o sangue que escorria.

– Fica comigo, filha… fica comigo – ele sussurrava, a voz carregada de angústia.

Maria Isabel, ainda em choque, sentiu lágrimas quentes escorrendo pelo rosto. O terror a havia esgotado, e a visão dela começava a embaçar enquanto a dor cedia, dando lugar a uma escuridão tentadora. A consciência de Bel oscilava, ameaçando abandoná-la novamente. Quando Maria Regina entrou de rompante, empurrando os policiais para abrir caminho, deparou-se com a filha caída nos braços de Joaquim.

– BEEEEL!

※

Maria Isabel abriu os olhos e a luz invadiu as pupilas, que arderam. Ela piscou devagar, tentando entender onde estava, olhando para as paredes brancas enquanto um bipe ritmado soava ao lado. O corpo inteiro doía, mas o pescoço parecia em chamas. Só então notou que a cabeça estava imobilizada, e, com essa percepção, todo o terror voltou à mente da jovem: Henrique segurando a faca no pescoço dela, a dor cortante, a certeza de que morreria na casa de Alberto. As mãos formigaram de repente, e a boca estava seca.

– Calma, meu amor... Vá devagar – disse Maria Regina, surgindo ao lado da cama ao notar que Bel se mexera. Ela acariciava os braços da filha, fitando-a com olhos carregados de preocupação, ansiedade e cansaço.

– Á... ág... ua – foi tudo o que Bel conseguiu murmurar, a voz rouca e fraca.

Maria Regina pegou um copo de plástico transparente, encheu-o com água e ajudou Bel a beber aos poucos. Cada movimento trazia uma pontada de dor, e Bel se contraía a cada gole, mas o alívio na garganta foi imediato.

– As... menin... menin... nas. Valen... tina... Pi... Pi...? – Bel tentava falar, enfrentando a ardência que sentia.

– Elas estão bem, Bebel. Está todo mundo bem – respondeu Maria Regina, apertando a mão da filha com carinho. – O corte não foi tão profundo, graças a Deus, mas vai doer por alguns dias, então tente não falar muito, está bem?

Bel fechou os olhos, revivendo o momento em que Henrique deslizou a faca pelo pescoço dela, o disparo da arma do pai e o instante em que a mão do ex-namorado perdeu a força. Lágrimas quentes escorreram dos olhos da jovem, misturando alívio e tristeza. Estava viva, e as irmãs, a salvo, mas o pensamento em Henrique e Heloísa a atravessava como uma dor surda, assim como a imagem dos pais deles, sempre tão gentis, que voltariam de viagem para encontrar os dois filhos mortos.

– A... vó... vó – Bel sussurrou, puxando o ar, enquanto as revelações sobre os assassinatos dos anos 1980 ecoavam na mente dela. – A ver... da... de!

– Shiu! Eu sei, Bel; sei de tudo – respondeu Maria Regina, tentando acalmá-la.

Ela puxou uma cadeira para perto de Bel e pegou um papel de dentro de um envelope amarelado, que estava em cima de alguns cadernos de capa preta, empilhados na pequena cômoda de metal ao lado da cama.

– A polícia me deixou ficar com algumas coisas que o Henrique pegou do porão... E também com uma carta que ela escreveu para nós. Não sei exatamente quando ela escreveu isso, mas deixou lá. – Maria Regina fez uma pausa, estudando o rosto da filha, a voz ganhando um tom de pesar. – Provavelmente imaginava que acharíamos quando ela já não estivesse mais com a gente. Quer que eu a leia para você?

Bel ergueu a mão, sinalizando um "sim" firme com o polegar. Maria Regina respirou fundo e reuniu coragem para percorrer os olhos por aquelas palavras uma segunda vez.

Maria Regina e Maria Isabel,

Hoje, enquanto estou só nesta casa, senti a necessidade de refletir. Por muitos anos, perguntei-me se algum dia teria coragem de olhar nos olhos da minha filha e da minha neta para contar a verdade sobre nosso passado. Nunca tive. Sempre foi difícil demais. No fundo, guardei a esperança de que, se nunca tocasse no assunto, toda essa história pareceria apenas um pesadelo, algo distante e esquecido, como se jamais tivesse acontecido.

Por isso escrevo esta carta e a deixo escondida no porão. Se vocês estão lendo, é porque já não estou mais neste mundo, e sei que não conseguirei esconder esse canto da casa para sempre, então tenho certeza de que vão achar este papel. Vocês têm o direito de conhecer a verdade sobre nossa família. Mas, para entender tudo, é preciso começar por um amor proibido.

Em outros tempos, que parecem, hoje, outra vida, conheci um rapaz, quando tínhamos apenas dez anos de idade. Ele se chamava Alberto e tinha se mudado com a família para a mesma rua em que eu morava. Nós nos tornamos amigos, mas meus pais não gostavam da nossa amizade, então costumávamos brincar escondidos. Na adolescência, nós nos apaixonamos, mas meu pai não aceitava que eu namorasse um rapaz negro. Isso partiu meu coração. Continuamos a nos encontrar em segredo, até que fomos descobertos e punidos.

Meu pai, sempre instável com dinheiro, trabalhava em uma fábrica, mas nutria o sonho de ganhar a vida com apostas. Quando suas dívidas se acumularam, ele tomou uma decisão terrível: negociou a filha mais velha com o dono da fábrica em que trabalhava. Foi assim que me casei com Otávio. Naqueles tempos, nós, mulheres, aprendíamos a não questionar. Recordo-me do olhar triste da minha mãe, que, embora quisesse me dizer que eu não deveria me casar com aquele homem, nada podia fazer. Dependíamos financeiramente de meu pai, e, no interior, nos anos 1970, ser mulher e ter coragem era um desafio que poucas conseguiam enfrentar.

Otávio sempre me dizia que eu era bonita e que ele precisava de companhia, de alguém que cuidasse da casa e de suas necessidades. E assim me tornei essa pessoa. Quando engravidei pela primeira vez, ele já estava cansado de mim. Sumia nas noites atrás de jogos de cartas e partidas de futebol. Embora me proporcionasse uma vida financeira estável, tratava-me como se eu fosse sua empregada. Ele parecia sentir prazer ao me ver obedecendo e servindo, fazendo todo o trabalho da casa sozinha. Eu suportava as agressões verbais e a fúria de suas bebedeiras, pois aprendi desde cedo que "assim eram os homens", porém, logo descobri que essa fala não era uma regra.

Um dia, meus olhos encontraram novamente os de Alberto, na feira. Ele me comprou um buquê de girassóis, e começamos a nos ver como amigos. Alberto vivia sozinho, e seu amor por mim não tinha morrido. Ele sempre era tão gentil, tão diferente de Otávio...

Aos poucos, viramos amantes e, por anos, fui à casa dele em segredo. Sei que trair meu marido não foi uma decisão bonita, mas foi a única maneira que encontramos de ficar juntos. Se eu deixasse Otávio, ele daria um jeito de tirar minha filha de mim.

Anos depois, desconfio que, em algum momento, meu marido nos seguiu e soube de tudo. Um dia, ele chegou mais cedo e bêbado, e me agrediu fisicamente pela primeira vez, dizendo que eu era "sua mulher" e lhe devia respeito. Fui à delegacia, mas me perguntaram apenas "o que eu havia feito para irritar tanto o meu marido".

Pouco tempo depois, começaram os assassinatos na cidade. Mulheres desapareciam, e logo se descobria que haviam sido vítimas de fofocas de traição ou julgamentos morais. Então, bonecas com olhos humanos começaram a aparecer por toda parte, e a cidade vivia em pânico. Eu sabia, em algum nível, que Otávio estava envolvido. Muitas vezes lavei roupas ensanguentadas, com ele inventando desculpas para explicar as manchas. Fingi não ver, como fiz tantas outras vezes com tantas outras coisas.

Depois de um tempo, Otávio começou a descontar a raiva em nossa filha mais velha, Roberta. Eu estava grávida novamente e temi pela vida da minha segunda menina, ainda mais quando não tinha certeza de quem era o pai. Decidi que fugiria. Falei com Alberto, e ele concordou em ir comigo. Na cidade, as bonecas terríveis não paravam de surgir, enquanto os desaparecimentos de mulheres continuavam.

Certo dia, ao voltar para casa, encontrei um silêncio mortal. A porta do porão, onde Otávio passava horas sem permitir minha entrada, estava aberta. Ao descer, vi minha filha morta no chão, perto do corpo da filha do delegado, e Otávio com uma faca ao lado, trêmulo e encostado na parede, mandando alguma voz na cabeça dele ficar quieta. Otávio nem se defendeu quando o matei em meu momento de fúria. Acredito que matar a própria filha de dez anos, que nunca havia machucado ninguém, tenha feito até mesmo aquele monstro atingir algum limite.

Corri até a casa de Alberto e lhe contei tudo; era a única pessoa em quem eu podia confiar na época. Ele me ajudou a enterrar os corpos no jardim – aquele jardim de que Otávio tanto cuidava, sempre preocupado com a aparência, escondendo tantos segredos. Nosso plano era fugir com Maria Regina e recomeçar assim que a herança e a venda da casa de Alberto fossem resolvidas.

Porém, após o desaparecimento de Otávio e Roberta, a cidade foi tomada por rumores. Afinal, as mortes cessaram. A polícia me avisou de que era hora de contar tudo, ou então eu acabaria como cúmplice. Eu tinha certeza, pelos olhares deles, de que, de qualquer forma, seria presa; era uma questão de tempo para terem um mandado de busca e vasculharem a casa e o jardim.

Alberto começou com um plano maluco, dizendo que fugiríamos ainda naquela semana e, na noite da fuga, antes de irmos, ele ligaria para a polícia, deixaria alguns pertences das vítimas na casa dele e assumiria a culpa. Isso os afastaria da minha casa. Eu só queria fugir, mas ele me convenceu quando disse que poderiam nos achar e, caso isso acontecesse, seria melhor que a culpa recaísse sobre ele, que não tinha filhos, do que sobre mim, porque eu tinha uma bebê de um ano que dependia de mim. Ele dizia que se, no fim da história, alguém saísse preso ao nos acharem, queria que fosse ele.

Juro que eu não imaginava que Alberto faria o que fez. Eu estava com as malas prontas, esperando ele vir me buscar, mas ele nunca apareceu. No dia seguinte, estava em todos os noticiários que o Assassino das Bonecas tinha se suicidado e assumido a culpa. Aquilo acabou comigo, e até hoje não entendi por que ele fez aquilo. Eu nunca teria deixado, se soubesse que era esse o plano.

A gente aprende, no meio do luto, a continuar a vida. O tempo passou, e eu enterrei essa história com os segredos de nossa família. Era eu e uma criança contra o mundo; tive que protegê-la. Depois a Bebel veio, e vocês duas foram a razão da minha vida por todos esses anos...

Minhas Marias, não posso pedir que compreendam minhas escolhas, mas talvez possam me perdoar um dia. E espero que esta carta chegue antes de descobrirem os segredos enterrados no jardim. Desejei, com todas as minhas forças, que pudessem ter tudo o que eu não pude; é o que os pais sempre querem para os filhos. Queria que vocês tivessem uma vida mais livre e feliz, que pudessem amar e ser amadas. Às vezes, sinto que fui dura demais por causa disso nas minhas tentativas de abrir os olhos de vocês, mas, à minha maneira, só queria que entendessem que o mundo estava mudando, que poderiam ter tudo o que mereciam.

Espero, do fundo do coração, que tenham encontrado a felicidade e, quem sabe, alguma paz com esta carta.

Com todo o amor que existe em mim,

Maria Antônia

Com um soluço entrecortado, Maria Regina guardou o papel de volta no envelope amarelado, as mãos vacilantes demorando-se um instante sobre o lacre, como se, ao tocar o papel, pudesse segurar ali as lembranças da mãe. Ela suspirou fundo, e sentiu a familiar tristeza se espalhar pelo peito. Após um momento, voltou-se para Bel, apertando a mão da filha com força e transmitindo consolo e uma saudade que palavras não poderiam expressar.

Bel ainda encarava o teto, processando tudo que fora lido. Fechou os olhos e jurou sentir uma fragrância doce vinda daquele envelope. O perfume parecia ser uma chave na mente, abrindo um redemoinho de lembranças tão vívidas que quase podia sentir a presença da avó ao lado. Ela sentiu o calor das manhãs de domingo, o cheiro de café fresco e de bolo saindo do forno. Via Maria Antônia enfeitando a mesa com flores recém-compradas. Lembrou-se de como os olhos dela brilhavam quando o dono da banquinha de flores lhe reservava girassóis – as flores favoritas dela, que, agora Bel entendia, talvez guardassem a memória daquele antigo amor, Alberto.

As lembranças continuaram a desfilar, uma após a outra. Bel pensou em como a avó cuidava dos detalhes, a atenção silenciosa e delicada que dedicava a tudo e a todos. Não era uma mulher de sorriso fácil nem de muitas palavras, mas, sem dúvida, pelas ações, fazia de tudo para ver a neta e a filha felizes. A jovem pensou em cada joelho ralado em suas brincadeiras de criança que Maria Antônia tratava como se fosse um ritual, colocando curativos coloridos, dando beijos na testa e aquele abraço que passava a sensação de conforto. Bel revivia esses momentos agora, cada gesto já feito pela avó para curar as dores da infância e da adolescência que iam além de feridas físicas.

Então, a lembrança mais pungente lhe veio: o último abraço que ela deu em Maria Antônia, apressado e distraído, ansiosa para começar o ano-novo com os amigos e o namorado, sem saber que aquele seria o último adeus. Se soubesse, teria segurado a avó por mais tempo; teria respirado fundo para guardar o perfume floral dela; teria dito, sem pressa, o quanto a amava.

🌹

Depois de duas semanas no hospital, Bel estava hospedada em uma pousada afastada em Itapetininga. Maria Regina resolvia os últimos detalhes da herança deixada pela avó antes de irem embora da cidade. O sol nascia preguiçosamente, porém com uma intensidade que desafiava o inverno. Os dias começavam a esquentar, e Bel aproveitava a anomalia para se dar de presente um momento de paz, tentando sentir a vida comum que havia muito tempo lhe faltava. Vestida em um maiô liso, simples e preto, ela deixou o calor da manhã tocar a pele ainda mais pálida do que o habitual enquanto se preparava para a piscina.

Ao encarar o reflexo no espelho, Bel notou os olhos cercados de olheiras arroxeadas, vestígios das inúmeras noites maldormidas e dos pesadelos que ainda a assombravam. Observou, então, a cicatriz no pescoço – uma linha fina, mas profunda, que parecia carregar todo o peso dos momentos vividos. Por um instante, ela pensou que passaria a vida escondendo essa marca, buscando cobri-la como se fosse uma fraqueza exposta. Mas, ao olhar de novo, percebeu que aquela cicatriz era um símbolo da força que precisou reunir para enfrentar seu agressor. Era uma marca de sua coragem e resiliência.

A jovem se virou para pegar o protetor solar, mas os olhos dela logo se voltaram para as rosas que haviam chegado no café da manhã. Ela sabia que eram de Gustavo e que um bilhete repousava ao lado das pétalas vermelhas e vivas. Ao observar o buquê, as lembranças a transportaram de volta àquela conversa no hospital, quando o pai a visitara.

O delegado estava nervoso e frustrado, bufando em desacordo com a notícia de que seria afastado da polícia por um mês. Os superiores haviam considerado impróprias algumas das atitudes que ele tomara ao resgatar as filhas. A punição, para ele, soava como um absurdo. Depois de expressar sua indignação, Joaquim contou a Bel o que mais havia acontecido na noite do sequestro, e como o namorado tentou salvá-la.

Bel se sentou na cama e respirou fundo, absorvendo a intensidade de tudo o que sentia com o que vivera nos últimos dias. O olhar dela permaneceu fixo sobre a cômoda de madeira envelhecida ao lado, onde repousavam o envelope e as rosas enviadas por Gustavo. Com cuidado, ela pegou o bilhete, deslizou os dedos sobre o papel e o abriu.

Amor, saiba que vou respeitar seu espaço. Eu poderia ter mandado tudo no WhatsApp, mas prefiro que esta mensagem chegue a você com as flores, do jeito que os maias e os astecas fariam. Quero que saiba que estou aqui. Quando se sentir pronta para conversar sobre nós, estarei esperando. Eu ainda acredito que a gente valha a pena. Errei ao esconder coisas de você, e entendo se não quiser mais nada comigo. Ah, e saiba que eu te perdoo por me achar um assassino... Realmente as evidências apontavam para essa confusão. Tenha certeza de que, quando quiser conversar, eu estarei aqui, esperando por você. Te amo!

Bel deslizou os dedos sobre as palavras de Gustavo, um sorriso involuntário surgindo no rosto dela enquanto absorvia cada linha com atenção. Apesar das mentiras e omissões, ela sabia que ele estava longe de ser um vilão. Durante as semanas no hospital, Gustavo respeitou o espaço que ela pediu: não ligou mais e não enviou mensagens. Mas Bel sabia que ele se preocupava, pois sempre perguntava à Maria Regina sobre a recuperação da filha, ansioso para saber se ela estava bem.

Com cuidado, ela guardou o bilhete e fechou os olhos, inspirando o perfume suave das rosas que impregnava o chalé com uma calma acolhedora. A mensagem parecia oferecer não só uma promessa, mas uma esperança de que talvez houvesse uma chance de reconstruírem o que havia sido quebrado. Maria Isabel ainda amava aquele moço, embora soubesse que havia muitas perguntas não respondidas e muitos detalhes que precisava entender antes de tomar qualquer decisão sobre o futuro.

Bel, então, aplicou o protetor solar com movimentos lentos, tentando se concentrar no momento. Saindo do chalé, o silêncio era absoluto, e a solidão do lugar parecia trazer consigo certo conforto. Ela caminhou até a piscina, onde o sol refletia na água azul, e entrou devagar. A água estava fria, e o choque inicial com a pele quente provocou um arrepio. Mas, conforme nadava, o frio dava lugar a uma calma interior que havia muito não sentia.

Bel se aproximou da beira da piscina, na parte mais rasa, apoiando o braço na borda para observar alguns girassóis ali, com hastes esguias e folhas aveludadas, voltados em perfeita harmonia para o sol daquele final de manhã. As pétalas amarelas, vibrantes e abertas, pareciam pequenos sóis em si mesmas, irradiando uma luz própria que refletia e intensificava o brilho ao redor.

As lembranças da última visita do pai ao hospital, antes de ela ter alta, voltaram à mente. Ele contou que o delegado que liderava o caso dos crimes dos anos 1980 havia procurado a polícia para revelar a verdade: depois de ouvir a confissão de Alberto sobre os crimes, o oficial, que tinha certeza de que sua filha desaparecida era uma das vítimas, não hesitou: desligou o telefone, foi até a casa de Alberto e o matou, encenando tudo como se fosse um suicídio. Nos dias atuais, quando viu no noticiário que o verdadeiro culpado era Otávio, e sem mais nada a perder após a morte da esposa e o diagnóstico de câncer, o homem se entregou. Ele se sentia culpado pelas inúmeras vezes que maltratara a irmã de Alberto, que costumava ir à delegacia na tentativa de limpar o nome do irmão.

Com os olhos semicerrados que ardiam com a luz, Bel se perguntou se, onde quer que estivesse, Maria Antônia sabia de toda a verdade. Pensou se, de algum modo, esse conhecimento poderia aliviar pelo menos uma das culpas que a avó carregara por anos.

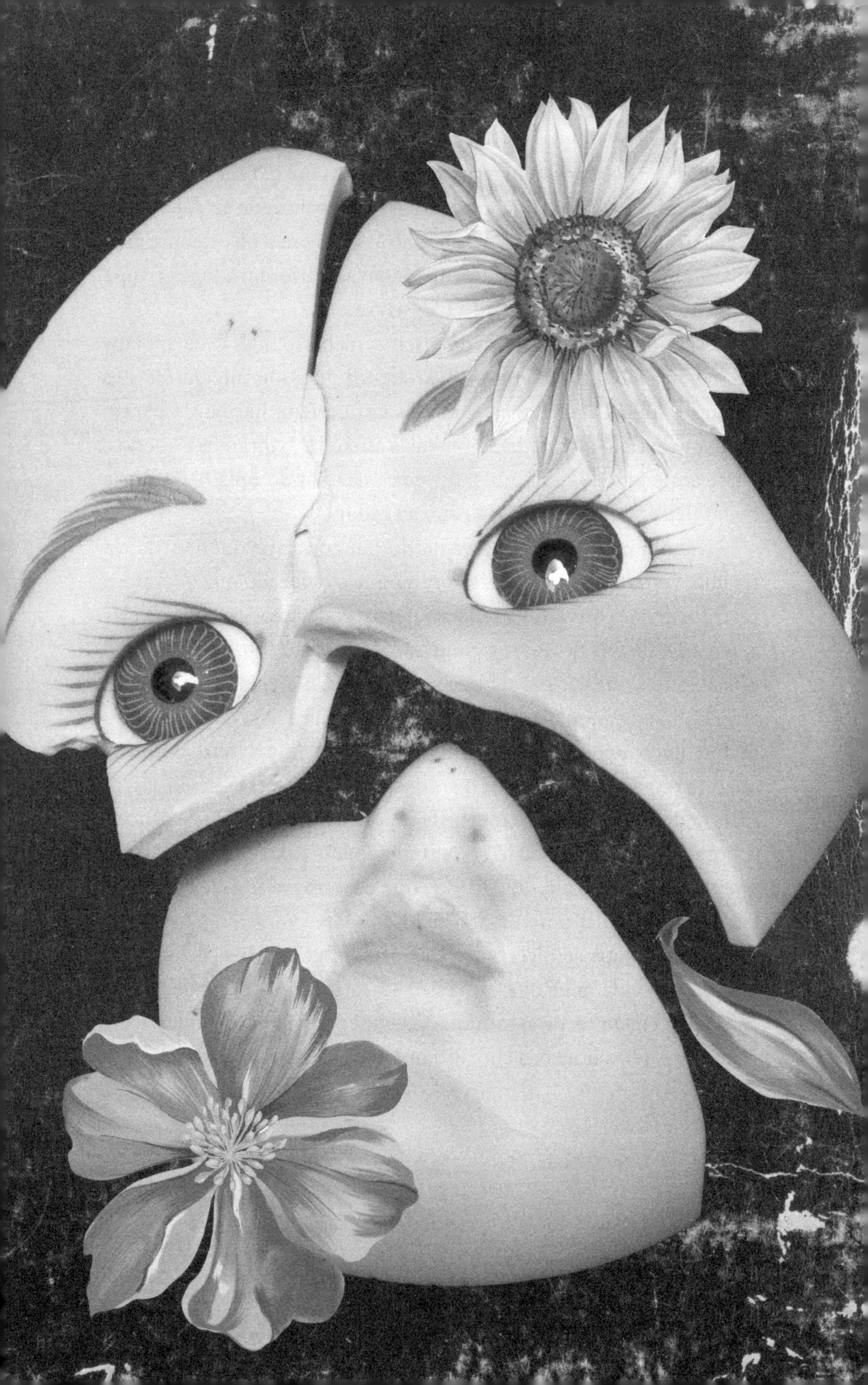

O CAMINHO DAS FLORES

NO TREM, uma sinfonia de vozes preenchia o vagão. Pessoas conversavam sobre temas diversos enquanto vendedores aproveitavam o público para oferecer de tudo: de chocolates a produtos de limpeza, de capinhas de celular a raladores de cenoura. Um deles, com uma habilidade invejável, encostava-se na parede e, com movimentos ágeis, demonstrava como o utensílio era bom e barato, ralando cenouras diante dos passageiros intrigados.

Quando o trem chegou à estação do parque, o som das portas se abrindo misturou-se ao burburinho urbano que invadia a plataforma. Ali, o ruído dos trens se encontrava com o dos carros em ritmo frenético e com buzinas e xingamentos de motoristas impacientes, mesmo em pleno fim de semana. Bel respirou fundo, aspirando aquele aroma tão característico de São Paulo: uma mistura de metal e fumaça, o cheiro quente do asfalto e a fragrância sutil das árvores próximas. Apesar de tudo, ela tinha aprendido a amar a caótica e vibrante cidade.

Ao passar pela catraca, entre grupos animados que se dirigiam ao Parque Villa-Lobos, avistou Gustavo. Fazia quase um mês que não o via, e ele estava diferente: ostentava um novo corte de cabelo, com as laterais raspadas em degradê, enquanto os cachos no topo da cabeça pareciam mais baixos. Fora isso, permanecia o mesmo. Quando ele sorriu – aquele sorriso largo exibindo as covinhas que ela tanto amava –, as mãos de Bel ficaram suadas e ela sentiu borboletas revoando no estômago. Gustavo segurava uma cesta de piquenique e um buquê de girassóis – exatamente as flores que, em uma conversa recente por telefone, a jovem mencionara terem se tornado suas favoritas.

Eles se aproximaram e, naquele instante, tudo ao redor pareceu perder o foco. Era como se o mundo desacelerasse enquanto se estudavam. Primeiro, conversaram em silêncio, por olhares que diziam mais do que palavras. Então Gustavo rompeu o silêncio:

– Oi, Bebel – disse, inclinando-se levemente, como se fosse beijá-la, mas hesitando no último segundo. Ele recuou e entregou o buquê com um sorriso incerto.

– Oi, Gu. Obrigada, eu amei! – ela respondeu com um sorriso terno, pegando o buquê e, em seguida, segurando a mão dele.

Gustavo pareceu relaxar com o gesto, e, juntos, atravessaram a ponte que liga a estação ao parque. Andaram devagar, como se ambos precisassem organizar os pensamentos.

Caminharam juntos, passando por ciclistas e *skatistas* que deslizavam com movimentos precisos e por crianças correndo em todas as direções. Quando cruzaram uma área onde a música pop soava alta, avistaram um grupo dançando em sincronia, guiado por um instrutor animado que gritava ao microfone: "Bora rebolar o bumbum!". O clima de alegria e leveza era intensificado pelo sol inesperado daquele final de agosto.

Eles seguiram adiante, atravessando entre carrinhos de pipoca que perfumavam o ar, até encontrarem uma área mais tranquila, rodeada de árvores. Bel estendeu um lençol amarelo que trouxera na mochila e colocou o buquê de girassóis no centro. Gustavo abriu a cesta de piquenique, revelando suco de uva, sanduíches de presunto e queijo e algumas frutas. Bel sorriu, tirou da bolsa um vinho tinto de tampa de rosca e duas taças.

– Você realmente trouxe taças para o vinho aqui, no meio do parque? – Gustavo perguntou, rindo, enquanto se acomodava na toalha.

– Ué, você sabe que vinho não tem o mesmo gosto em copos de plástico – respondeu Bel, sentando-se ao lado dele e servindo as taças com cuidado.

Gustavo tomou um gole, fingindo pensar, e soltou:

– O mesmo gosto que teria em um copo de plástico, eu aposto!

A jovem deu de ombros, mas logo o sorriso que exibia se enfraqueceu e deu lugar a uma expressão mais séria. Ela apertou a taça entre os dedos antes de começar.

– Gustavo, olha...

Fez uma pausa, desviando o olhar para onde uma garotinha de cabelos cacheados chutava uma bola para um homem que provavelmente era o pai. Gustavo, compreendendo o momento, começou a falar primeiro.

– Bel, eu sei. Errei com você de uma forma que não dá para resolver só com desculpas e seguir em frente – ele disse, fitando-a com um olhar sincero. – Quando você me falou que era de Itapetininga, eu nunca imaginei que as nossas famílias teriam algum vínculo, muito menos com o meu tio-avô... que todos achavam ser um assassino. Isso não é algo que a gente sai contando por aí.

Bel o encarou, aguardando que continuasse.

– Agora faz sentido por que você sempre gostou de falar sobre aqueles *podcasts* de *true crime,* mas trocava de assunto quando eu mencionava o caso do Assassino das Bonecas – Gustavo riu sem humor. – Era pessoal demais. Essa história ficou distante, como uma sombra... Mas, ao mesmo tempo, próxima demais. Os meus pais sempre odiaram a ideia de falar sobre isso. Acho que sentiam vergonha, sabe? Quando alguém da família faz algo terrível, parece que todos nós somos culpados, de alguma forma.

Bel assentiu, pensando nas recentes notícias que vira sobre os pais de Henrique e Heloísa sendo hostilizados no enterro dos próprios filhos, uma dor já insuportável que parecia só aumentar com a crueldade das pessoas. Gustavo interrompeu o devaneio:

– Quando eu era criança, a minha avó evitava tocar no assunto, porque o meu avô só queria esquecer toda aquela história. Para ele, já era difícil ter perdido a filha, e ainda havia a suspeita de que o próprio cunhado pudesse ser o assassino. Mas, para ela, era ainda pior. Afinal, ela nunca acreditou que o irmão tivesse coragem de matar a própria sobrinha. No entanto, o meu avô nunca compreendeu o lado dela; ele achava que fosse só teimosia. De acordo com o meu pai, ele nem acreditava que houvesse algo errado na versão oficial dos fatos; ninguém da nossa família achava. Isso gerava brigas constantes entre os dois, e eles quase se separaram, até que ela desistiu de falar sobre o Alberto para manter a paz no casamento.

Uma pausa fez o silêncio reinar entre os dois. Gustavo tentava encontrar as palavras certas.

– O meu pai, que era muito mais novo que a minha tia, viveu tudo isso mais de longe, ouvindo fragmentos da história e sentindo o peso da vergonha e do medo. Quando o meu avô morreu, a minha avó quis reabrir o caso, mas logo em seguida foi diagnosticada com Alzheimer... O meu pai aproveitou a situação para vender a casa dela e colocá-la em um asilo com o dinheiro da venda. Era como se ele pudesse fugir daquilo tudo, tentando se livrar de uma maldição que se recusava a carregar. Nós já estávamos morando em São Paulo, então o meu pai basicamente abandonou a Berenice lá em Alambari com as enfermeiras.

Gustavo deu mais uma golada no vinho, e então prosseguiu:

– Enfim, quando fomos a Itapetininga, no enterro da sua avó, eu me senti tentado a visitar a minha avó. Você precisava de tempo para lidar com o luto; estava tão imersa na sua dor... Eu já nem sabia como ajudar... Eu estava vagando pela cidade sozinho e, então, decidi vê-la em segredo, naquele dia da tempestade, buscando também uma inspiração para o livro que eu estava escrevendo. Porém, ela não falava nada; só me encarava com raiva.

Bel suspirou, os olhos buscando os dele com uma mistura de mágoa e compreensão.

– Gu, entendo. Mas... por que você não me contou sobre a Berenice quando encontraram ossos no meu quintal? Ou pior: Quando novos crimes começaram a acontecer? Eu estava desesperada, e você tinha informações que poderiam ter me ajudado. Em vez disso, preferiu mentir para mim.

Gustavo abaixou a cabeça.

– Eu fui um imbecil. Guardei esse segredo por tanto tempo porque tinha medo do seu julgamento... Ou que você pensasse que eu só tinha me aproximado por causa de tudo o que aconteceu na sua cidade. Eu cresci com o receio constante de ser visto pelo que o meu tio-avô fez. E, enfim, tanta coisa me aconteceu... – Gustavo passou a mão pelos cabelos, inquieto. – Até eu comecei a achar que era culpado de alguma forma, sei lá... Já pensei que pudesse ter outra personalidade, ou alguma coisa assim. Teve até uma vez em que uma moça deixou cair um *pen drive* na rua, e eu não consegui devolver... aí depois ela simplesmente apareceu morta. Era uma das vítimas do Henrique. Quais são as chances?

– Pen drive? De quem? – Bel perguntou, confusa.

– Da Marina. Eu esbarrei com ela na cidade. A menina deixou o *pen drive* cair, e eu o peguei. Corri atrás dela para devolver, mas aí ela entrou em um carro de aplicativo, acho. Então, sem saber o que fazer, eu o guardei. E, de repente... ela apareceu morta.

– Meu Deus! – sussurrou Bel, espantada.

Gustavo se lembrou do desespero que sentiu ao perceber o dispositivo esquecido entre suas coisas, mas sacudiu a cabeça, afastando a lembrança. Bel o observava com ansiedade, aguardando, e ele retomou:

– ... Bom, quando eu fui lá de novo, no asilo, falar sobre o que estava acontecendo, e pedir ajuda, a Berenice surtou ao ouvir sobre os ossos, e depois ficou muda de novo. Ela se recusava a conversar, então achei que o melhor seria deixar essa história enterrada de vez... Até que não deu mais.

Os dois ficaram em silêncio. Gustavo balançava a perna, claramente nervoso. Bel o observava quieta, até que perguntou, quase em um sussurro:

– E aquelas cartas... com os recortes de jornal e o roteiro do seu livro?

Gustavo encheu novamente a própria taça, respirou fundo e continuou:

– Depois que a polícia me chamou para depor, eu voltei ao asilo e implorei para que a Berenice me contasse algo; qualquer coisa. Ela me olhou com um ar distante e murmurou: "Agora você entende como é ser acusado injustamente, Rogério?", achando que eu era o meu pai. Foi então que ela me entregou as cartas que escrevia para ele... E que sempre voltavam para o asilo, sem encontrar o destinatário.

Ele hesitou, voltando a encará-la.

– Eu tentei te ligar para contar, mas você não atendeu. Depois, apareceu de surpresa no hotel e as coisas simplesmente aconteceram... Bom, você sabe! No dia seguinte, você encontrou as cartas antes que eu pudesse te mostrar e achou que eu estava escondendo tudo de propósito... Olha, com aquela faca que surgiu ali, eu, no seu lugar, teria corrido também, não vou mentir – era evidente que ele se esforçava para não rir de algo profundamente trágico e que, de algum modo, agora conseguia achar cômico.

Bel ficou vermelha ao se lembrar do momento no hotel e assentiu, mordendo um pedaço de sanduíche enquanto observava o homem e a filha deixarem o parque, um pouco distante deles. Ela comentou, por fim:

– Você sabe que o Henrique se inspirou no seu livro, né?

Ele assentiu, tristemente.

– Sim, o seu pai me disse.

– E vocês andam conversando, é? – Bel questionou, fingindo estar surpresa.

– Ele tem me dado umas dicas de coisas sobre o livro. O Joaquim é um cara interessante.

– Estão íntimos, pelo visto, hein…

Gustavo riu e revirou os olhos. Então retomou o assunto de onde tinha parado:

– Eu sinto muito pelo que você passou, Bel. No dia em que tudo aconteceu, eu ouvi a sirene se aproximando e achei que você estivesse segura…

Bel segurou a mão de Gustavo, fazendo com que ele se voltasse para ela.

– Gu, eu te amo. E quero tentar de novo… Mas confiança é algo que leva tempo para reconstruir. Eu espero que você me prometa nunca mais esconder nada de mim.

– Eu prometo, Bel – ele respondeu, os olhos cheios de esperança.

Ela se inclinou e o beijou, sentindo uma onda de alívio e saudade que nem sabia que carregava. Quando os lábios dos dois se separaram, Gustavo a olhou com ternura.

– Eu também te amo… tanto! – ele passou a mão de forma delicada no rosto dela, e então completou: – Como você está, princesa? Tipo… como está de verdade, depois de tudo?

Maria Isabel suspirou, afastando-se um pouco enquanto encarava o céu, tentando conter as lágrimas.

– Eu ainda tenho pesadelos, mas a terapia tem ajudado. Acho que encontrei uma forma de lidar com tudo isso… Vou fazer um documentário sobre o caso do Assassino das Bonecas, o meu avô. Quero explorar como a sociedade impõe papéis sobre nós, mulheres, e toda essa relação de poder entre os gêneros, que já foi muito pior, mas ainda existe. Há tantas camadas nessa história... Esses dias, enquanto criava o roteiro, eu me perguntei: Por que as bonecas? Um dos *podcasts* que eu ouço propôs uma teoria interessante, falando sobre o desejo de "devolver a inocência" para mulheres que ele via como corrompidas – Bel fez uma pausa, os olhos se estreitando ao lembrar as palavras do podcast. – De fato, eu encontrei essa ideia nas anotações perturbadoras do Otávio; ele via bonecas como símbolos de pureza e inocência. Ao colocar os olhos das vítimas no lugar dos olhos das bonecas, ele acreditava que estava "devolvendo" essa pureza perdida. Na mente distorcida dele, era um ritual para "purificar" as almas que sairiam deste mundo. Uma loucura!

    A jovem tentava organizar os pensamentos, mas a mente dela parecia embaralhada. Enquanto comia algumas uvas, a sensação de tranquilidade que buscava parecia escapar, e cada mordida era mais uma tentativa de se concentrar. Ela tomou um gole de água e continuou, sentindo sobre si o olhar de Gustavo, que aguardava, ansioso, o desfecho dos pensamentos da namorada:

– No fundo, essa visão de "inocência" e "pureza", de que a mulher deve ser delicada, obediente, uma boa menina que se encaixa nas expectativas e blá-blá-blá é uma construção social que acaba sendo cúmplice de crimes como esses e de tantos outros. Ainda estou processando tudo isso, mas quero criar um conteúdo que faça com que as pessoas reflitam também.

– Concordo com você, Bel. E, se eu puder ajudar em algo, estou por aqui.

– Mas e você, como está? Como está a Berenice? E o livro?

– Eu o mandei para uma editora… E vai ser publicado.

– Uau! Parabéns, escritor!

Gustavo esboçou um sorriso, mesmo que um tanto tímido.

– Quanto à minha avó, ela está em um asilo mais próximo. O meu pai acabou se sentindo culpado e tem tentado se reaproximar dela.

Bel sorriu com sinceridade.

– Que bom. Não é nem de longe um final feliz, com tantas mortes e tudo que deu errado, mas é um final, e eu me sinto aliviada por isso.

Ela repousou a cabeça no ombro de Gustavo enquanto ele acariciava a mão dela.

Ao final do semestre do curso de cinema, Maria Isabel terminou a primeira versão de seu documentário: *Um jardim onde morrem as flores e nascem segredos*. A exibição, marcada para os fins de semana de dezembro, no teatro da faculdade, tinha os ingressos esgotados em todas as sessões. A renda arrecadada seria destinada à Organização da Sociedade Civil Caminho dos Girassóis, uma instituição que oferecia apoio a mulheres em processo de superação de relacionamentos abusivos. Além de acolhê-las temporariamente, a OSC (Organização da Sociedade Civil) ajudava na reintegração ao mercado de trabalho, oferecendo suporte emocional e profissional para que pudessem reconstruir a vida com dignidade e segurança. Maria Regina havia doado a casa de Maria Antônia para servir de sede à instituição, transformando um espaço que carregava memórias sombrias em um lugar de acolhimento e esperança.

Na noite de estreia, Bel e as amigas que ajudaram no projeto andavam de um lado para o outro no palco, tentando aliviar a ansiedade. Ela usava um vestido longo preto com brilhos discretos, além de um tênis vermelho e batom combinando. Enquanto o telão descia, os últimos espectadores tomavam os assentos nas fileiras do teatro, que exalava o cheiro fresco de madeira e veludo aquecido pela luz suave. As jovens passaram meses entrevistando os familiares das vítimas dos assassinatos dos anos 1980 e dos crimes recentes. Embora muitos tenham se recusado a falar com Bel, uma boa parte aceitou conversar com as amigas dela e com colaboradoras no projeto. Ela entendia – com certa dor – a resistência daqueles que não quiseram se abrir com a neta do homem que havia lhes causado tanta dor.

Ao final do documentário, o público explodiu em aplausos, e muitos enxugaram as lágrimas. Maria Regina segurou a mão da filha.

– Tenho tanto orgulho de você, Bebel!

Bel a abraçou com força, deixando-se tomar pela emoção. Ao lado, Gustavo abraçava Berenice, que chorava soluços silenciosos. Nos últimos meses, avó e neto tinham se aproximado cada vez mais, e Berenice começara a ter mais momentos de lucidez. A família descobrira que o Alzheimer não estava tão avançado, e sim que os sintomas se acentuaram mais diante dos problemas emocionais que a senhora vinha enfrentando. Maria Regina enxugou as lágrimas, afastando-se para que Bel e as colegas pudessem caminhar entre os espectadores, recebendo cumprimentos emocionados de amigos e desconhecidos.

Na saída do teatro, enquanto Maria Regina conversava com Berenice, Bel se afastou um pouco com Gustavo, puxando-o pela mão. Ela se inclinou, deu-lhe um beijo suave e perguntou baixinho:

– E então, o que achou?

– Acho que a minha namorada, além de linda e incrível, é talentosa pra caramba! Que sorte a minha!

Ela riu, jogando a cabeça para trás, e o puxou para mais um beijo.

– Vamos embora? –Maria Regina chamou apontando para Pedro, que buzinava do carro.

Bel sorriu para Gustavo.

– Te vejo amanhã, namorado?

Ele retribuiu o sorriso, deu um último beijo e sussurrou no ouvido dela:

– Vou contar as horas.

Ambos, ainda com um sorriso bobo estampado no rosto, seguiram cada um o seu caminho.

Chegando ao Tatuapé, na zona leste da Grande São Paulo, Pedro, Maria Regina e Maria Isabel entraram no apartamento do 16º andar. O aroma de lasanha recém-saída do forno misturava-se ao perfume suave de lavanda que pairava no ar. A sala era espaçosa, decorada com móveis aconchegantes e almofadas coloridas sobre o sofá. As luzes amareladas criavam um ambiente acolhedor. O som alegre das gêmeas jogando *videogame* ecoando da sala de TV enchia a casa de animação. Joaquim e Lúcia as levaram para visitar a irmã no apartamento onde ela morava com Maria Regina. Joaquim surgiu carregando uma vira-lata caramelo, que balançava o rabo com entusiasmo ao avistar Bel. Maria Regina e o ex-marido haviam tido uma longa conversa sobre como tentar conviver em paz, pela filha. De certa forma, após tudo o que acontecera, ambos conseguiram processar os acontecimentos e deixar para trás os erros do passado.

– A Pagu aprontou de novo e atacou a sua roupa de cama – brincou o pai da jovem colocando a cadelinha no chão. Pagu correu direto para Bel, dando saltos e lambidas animadas.

– E eu devia estar com o juízo longe para ter concordado com a adoção dela – comentou Maria Regina, sorrindo e fingindo revirar os olhos enquanto colocava a bolsa no sofá.

As gêmeas deixaram o *videogame* e correram para acariciar Pagu, que as rodeava, farejando e abanando o rabo freneticamente. Logo, Lúcia surgiu segurando uma travessa fumegante de lasanha, o molho borbulhando sob a camada dourada de queijo derretido.

– Para comemorarmos a estreia da nossa cineasta! – anunciou ela, orgulhosa.

O pai de Bel e Lúcia vieram do interior para assistir ao documentário no dia seguinte, já que naquela noite ficaram em casa com as gêmeas. Bel aproveitaria o domingo para levar Valentina e Pietra, com Gustavo, para conhecerem os pontos turísticos do centro de São Paulo. Ela vinha estreitando os laços com as irmãs mais novas.

Enquanto observava a cena ao redor, aliviada, Bel viu a mãe e Lúcia trazendo os acompanhamentos do jantar, enquanto Joaquim e Pedro arrumavam a mesa. A atmosfera leve e aconchegante a envolvia; as risadas das gêmeas enchiam a sala com uma alegria que parecia expurgar todos os momentos difíceis. A visão de todos os que mais amava reunidos ali, sãos e salvos, era um instante merecido de descanso e paz.

Se alguém narrasse essa história, dificilmente usaria a expressão "felizes para sempre" – uma promessa encantadora, porém distante e ilusória de contos de fadas. Na realidade, há incertezas, lutas, altos e baixos que formam o verdadeiro tecido do cotidiano. Para aqueles que precisam conquistar e preservar seus direitos, então, a vida é uma sequência de batalhas constantes. Porém, ao pensar nas mulheres que a inspiraram – a mãe, a avó e tantas ativistas que admirava –, Maria Isabel sentiu uma certeza profunda: sabia que, por mais difíceis que pudessem ser alguns dos dias futuros, onde houvesse injustiça, violência ou desigualdade, haveria também uma luta determinada, movida pela sede de justiça que não cessa. E ela sabia que essa chama passaria de geração em geração, mantendo-se acesa por mulheres que agiram em prol de um mundo mais digno, igualitário e respeitoso.

AGRADECIMENTOS

A todas as mulheres que me inspiram, começando pelas da minha família: minhas avós, dona Carmen e dona Elza; minha mãe, Soraya; minha madrinha, Maria Regina; e todas as minhas tias. Cresci ouvindo as histórias delas, absorvendo as lições que deixaram, e me moldando a partir da força e da resiliência que cada uma demonstrou. Vocês fizeram de mim uma mulher que nunca hesita em lutar por aquilo que é justo, por igualdade e por dignidade.

Sou profundamente grata também às minhas ancestrais, cujas vidas foram marcadas por lutas silenciosas, muitas vezes ignoradas pelos historiadores. Mulheres que pavimentaram o caminho para que hoje possamos desfrutar de direitos pelos quais elas tanto batalharam. Seus feitos heroicos, muitas vezes esquecidos, continuam a ecoar em cada conquista que celebramos.

Da mesma forma, expresso minha admiração pelas ativistas contemporâneas que nos lembram constantemente de que a luta é contínua e de que aquilo que foi conquistado com tanto esforço não está eternamente garantido. Mulheres como Nísia Floresta, Bertha Lutz, Mietta Santiago, Celina Guimarães Viana, Carlota Pereira de Queirós, Patrícia Rehder Galvão (Pagu), Laudelina de Campos Melo, Rose Marie Muraro, Kate Sheppard, Harriet Tubman, Emily Davison, Marielle Franco, Malala Yousafzai, Angela Davis e tantas, tantas outras, cuja lista de nomes, por si só, já daria um livro, e cuja vida e lutas nos inspiram a seguir em frente.

Um agradecimento especial às minhas amigas e aos meus amigos. As histórias de vocês são, para mim, fonte inesgotável de orgulho e admiração. As amizades são um tesouro que levo comigo sempre.

Por fim, mas nunca menos importante, não poderia deixar de agradecer aos homens fundamentais da minha vida: meu pai, Elio; meus avôs, Antônio e Emídio; meu irmão, Vitor Hugo; e, é claro, meu namorado, Erick. Vocês me ofereceram apoio, amor e carinho incondicionais, sendo parte da base que me mantém de pé.

Quero agradecer de coração à querida Juliana Cury, responsável pela primeira edição; seu olhar atento transformou e potencializou esta história de maneira que jamais esquecerei. Sou imensamente grata também à Luciana Garcia, que revisou e editou o texto com tanta sensibilidade – afinal, um livro é a soma de muitas visões, e a dela foi essencial para que esta história explorasse todo o seu potencial. Agradeço também à querida Karina Danza pela revisão minuciosa e cuidadosa.

E, claro, não poderia deixar de agradecer mil vezes a todos os profissionais que acreditaram neste projeto e nas minhas palavras. Obrigada ao selo Trend, da editora Ciranda Cultural, e um agradecimento mais que especial, do fundo do meu coração, à Ingrid Calderão, que aposta nas minhas ideias mais loucas desde 2017; à minha editora e grande amiga Nayra Ribeiro; à minha parceira de aventuras editoriais, Lígia Evangelista; e ao querido Marcel Cleante, que me apoiou e acreditou nesta história.

E a você, querida leitora, querido leitor, meu mais sincero agradecimento. Obrigada por dedicar seu tempo – esse recurso tão precioso e finito – para ler meu segundo livro. Espero que esta história tenha tocado você de alguma forma, e que cada página tenha sido uma boa companheira de jornada.